断代

郭强生 —— 著

民主与建设出版社
·北京·

目 录

1	人间夜	1
2	关于姚……	33
3	旧　欢	51
4	重　逢	71
5	在迷巷	97
6	沙之影	129
7	梦魂中	161
8	勿忘我	183
9	痴　昧	217
10	痴　魅	233

仿佛在痴昧/魑魅的城邦	王德威	285
在纯真失落的痛苦中觉醒		
——郭强生专访	何敬尧 采访	297
沙影梦魂，众生情劫：谁是凶手？	张霭珠	301

1　人间夜

　　一切仍得谨慎提防的一九八五年——换言之，彩虹旗红缎带摇头丸这些玩意儿根本还没问世的三分之一个世纪前。

　　在台湾当时的报纸只有三张，离国际化还很远，资讯就像尚未开放进口的洋烟酒一样，这方面的事更极为稀有也鲜为人知。连在台北市，百姓普遍英文程度仍属低落，所以千万别随便开口，请问哪里有ㄍㄟㄅㄚˋ[1]，他可能会以为你是在用器官粗话骂人。同志？别忘了还是戒严时期，"爱人同志"是共产党用语，罪加一等。

　　那么，要怎么定义MELODY呢？

　　就干脆不必明说了。没错，若非熟人带路，还会被小心盘查以防滋事。别招摇，得学会故布疑阵，教外人一眼识不破狐狸尾巴那才是上策。所以也别期待MELODY店里有什么风格或设计。店刚开张的时候，这地方连个卡拉OK设备都没有。台北那时的经济还落后马尼拉吉隆坡，想当年能有这个场子

---

[1] 即拼音 gēi bà。——编者注（以下若无特别说明，皆为编者注）

已经很不错了，就别挑剔太多。

　　BTW[1]，还记得卡拉OK机器刚出现的时候，没有电视荧幕，只能看歌词本，而且用的还是那种匣式录音带？一匣十六首歌，有一本书那么厚。MELODY才十坪[2]的店面，去掉吧台与座椅，站人都嫌挤，哪来的多余空间堆放？想来这里高歌？还是等数位化点歌系统出现再说吧！

　　不过说也奇怪，即使日后有了钱柜这种全民欢唱出现，每家同志酒吧不论规模大小，仍少不了卡拉OK娱乐。这恐怕是三十年沧海桑田过程中唯一还保留下来的传统。歌唱得好坏倒是其次，有个上台亮相的机会才是重点，否则黑麻麻一屋子人哪能赢来目光，出门前的一番精心打扮岂不浪费？

　　不是说那时候的人英文水准不高吗？那又为什么取了个这样装模作样的英文名字MELODY？且慢，写成了"美乐地"，就别有一番滋味了不是？这就是所谓的故布疑阵，外人看起来觉得是做洋人生意的，员警都要敬畏三分。就像二十年后曾轰动一时、却又昙花一现的摇头吧TEXOUND，这名字在店卡上写写就好，私下大家都说"台客爽"，反倒俗而有力，挺风骚传神的。

　　与"美乐地"同期的，还有其他这几家场子。

---

[1] 即顺便一提，by the way 的英语缩写。
[2] 约合 33.06 平方米。

"同心桥"应该是最早装设了卡拉OK的。"重庆"的小舞池里,男男翩翩,夜夜跳着探戈吉鲁巴。中山北路上的"第一酒店"还没歇业,旁边那条小巷里平日窄暗幽僻,到了周末就突然多了成群少年郎鬼头鬼脑忙进忙出。位于那巷底某大楼地下室的"TEN",一与〇暗语私藏其中的店名堪称经典。那可是当年第一家走迪斯可风的,开幕时锋头最健,影剧圈里私下盛传的几位男星竟然现身捧场,让刚出道的小家伙们个个看得目瞪口呆。

彼时,老七年方二十,高高帅帅坏坏,浪子膏堆满头,出现在TEN的舞池,总能溅起四面传情目光沐身,好不虚荣。

当兵退伍回来,遇着原来在TEN当领班经理的老三,告诉他乔哥现在已从电视台基本签约小歌星,跃上文艺爱情片大银幕成了二线男主角,想出资弄个自己的小聚会所,提供熟朋友带自己的朋友来认识彼此的朋友。没两年文艺爱情片开始退烧,痴情小生未雨绸缪移民加拿大,听说还在那儿结了婚。只剩下老七还愿意留下帮老三继续接手,这才是"美乐地"正式挂牌的开始。

和同业相较之下,他们这店当年真是阳春得可以。可任谁也想不到,MELODY竟能如此长命,跨世纪存活至今。

那年头谈恋爱走的是日久生情路线,客人来店,不唱歌纯聊天,没有手机,没有Line,常有人把情书留给吧台代传,不像后来网路交友百无禁忌让人眼花缭乱。年轻的时候,老七从没去想过,属于他们这种人的爱情能维持多久,这种自欺欺人还有几年光景,总以为年少轻狂,这儿打工不过是个中途站,时候到了就会乖乖就范成家去。从没料到，自己竟然是如此这般地过完大半生，每天傍晚来开店打扫然后忙到四点打烊收工，日复一日，这样的生活已是第二十五个年头。

老七更没想到的是，自己能活着看见"同志婚姻"这名词出现，并且三天两头被堂而皇之拿出来讨论。虽然，那已经跟他没太大关系了。

在他成长的年代里，自求多福，方是立足境。要婚不婚，就让下一代去操心吧！年年的大游行他也一次没去凑过热闹，每天累到睡眠都不够，哪有那样的闲工夫？

他已年过半百，最坏的年代也都走过来了。可怜当年的赵妈，还会因一张变装照片被警察以"人妖"罪名逮捕入狱。搞运动？不是该为那些当年因风化罪入狱的老皇后们向政府申请"国赔"什么的？这事从来也没人管。

得了，小家伙们只图自己开心最重要，游行不过是场嘉年华会，鳏寡孤疾老怪者，顶好躲一边去。结束后要庆祝狂欢，小家伙们也不会挑上来他这里。现在他们要去的地方会是红楼小熊村、FUNKY、JUMP……

时代不一样了。二十五年前若有人锁定玻璃圈，说这个消费市场潜力无限是块大饼，怕不笑掉人的大牙。

这阵子每有新生代蹦蹦跳跳推门进来，看见一屋子欧吉桑[1]，无不吐舌做鬼脸，转身就摔门撒腿，毫不给面子。早个几

---

[1] 对不特定年长男性的称呼，源自日语。

些年，小伙子们都还懂点礼貌，既然推了门进来，也好歹点杯饮料坐坐。大家同病相怜，听听前辈们的故事，暖暖彼此的回忆，犯不着骄纵作态。如今不必遮遮掩掩，明目张胆多出了个身份，叫消费者。多的是一个晚上喝完酒，唱完歌跳完舞，最后再加三温暖一游才觉尽兴的圈内玩家。这些都玩腻了也不愁，还有轰趴伺候。

曾经一度，没人再管这地方叫美乐地；直接都说"老七的店"。现在却只有老客人还在喊他老七，后来的客人则喊他Andy。

世代差异？不如说是他们这代在凋零吧！为了在这行生存，他也曾求新求变。那一年，各家酒吧如雨后春笋，遍地开花，经营进入战国时期，他一咬牙重新改装，把店里里外外涂了个漆黑，国外进口的男体海报挂它个满墙，决心来好好干他一票。有钱不赚，难道是想上天堂？再怎么也轮不到他们这种人吧？

他那年三十五，意识到老来没依没靠，此刻不存点老本更待何时？看多了圈内的老病残穷，连当年秀场炙手可热的谐星，到最后也只剩西门町小套房里潦倒等死。老三得了那圈内人闻之色变的病，最后把店托给他的时候两人哭成一团。老七不想如此，Andy更不甘。

接下来那几年，Andy以人肉市场艳帜高张闻名圈内，来到店里如进乌漆麻黑的盘丝洞，爱怎么玩，能怎么敢，照单全收。然而美乐地的店名终还是没改，因为心里不舍。老七总记得自己当年啥事不懂，若没碰上几位前辈哥哥们，弄出了这块小避风港，一直在新公园里继续鬼混，还不知道会被怎么作践。

几起几落，少不得风风雨雨，MELODY 早成了同业间的一则传奇。

在这吧台后一站就是二十五年，除了那几年里身边多了汤哥帮忙，他一个人扛起一家店，生意再忙也不曾有过算错账或送错酒，只能说，天生是干这行的料。

再怎么能干，现在的老七不得不承认，自己真的是有点年纪了。像昨天夜里，打烊后收杯扫地不过才进行了一半，他一阵头昏，再睁眼竟发现自己怀里揣着扫帚，蜷在墙角已困了一觉。

睁眼醒来时心还怦跳着，一看墙上的电子时钟闪的是 04：20，不过才过了半个钟点，却好像去了很远的地方一直在赶路，整个人弛软在地，一时间不晓得自己身在何处。

眼前守了半辈子的这家店，仍是每晚打烊后的相同景象。吧台上东倒西歪的啤酒瓶，关了声音的电视荧幕继续播着卡拉OK 影带。整个密闭的空间没有窗户，看不见外头的雨究竟停了没有。

寒流过境，冰雨已经连下了好几天。

他这儿本就不是小朋友跑趴的热门点，反倒是这样的坏天气时，不怕没有熟客上门。雨夜孤灯谁都怕，不如来吧里打发时间也好。老七这店里别的没有,就是卡拉 OK 歌曲比任何一家吧都多,二十多年前的陈年金曲他都保留着。在别处找不着的记忆,适合在又冷又雨的夜里来他这里重温。

昨晚不过六七个客人,点歌单却厚厚一叠,还有很多曲子在机器里等着播放,客人却不知何时都悄悄撤了。老七眨眨眼,看着电视荧幕上是林慧萍的哀怨特写,少说也快二十年前的一首歌。不知是哪个客人点的,没等到歌出来就先离去了。

等不了那么久。多少铭心的盼望都让人最后不得不放弃了,何况只是一首歌?

时序入冬后,近来非假日的晚上都是这样落寞地结束。客人独来自去,时候到了就走,不会出现两人看对眼可以成双离去的场面。

冬雨寒夜里会出门的客人通常是另一种。

若只是期待艳遇那还比较好哄,但另种客人的心情就跟外头的阴雨一样难捉摸。唱了一曲又一曲,时而借酒装疯,时而又陷入沉思,午夜心事特别难熬。总算,又一个生命中寂寞的夜晚终于耗完,这些人临走时并未显得比较开心,甚至有可能在心底暗暗鄙斥自己的意志软弱。为何双脚总是不听使唤?到底何时才能够不必再踏进这地方?这样的日子还要过多久?

老七收下酒钱的同时,仿佛也听见了他们心底对 MELODY 的爱恨交织。在某些人的眼中,老七不过是利用了同志的寂寞饱了自己的荷包,他们的自怨往往转成了对老七的不屑,老七并非没感觉。但越是这种时候,老七越要提醒自己别被他们的情绪影响,所以总是左一声"晚安喔",右一句"再来啊",喊得格外卖力。

雨还在滴滴答答下没完。
空暗的酒吧里,全是烟味不散,像看不见的记忆。

还没完全清醒的老七,突然想起来,林慧萍的这首歌应该是小安点的。(早就该叫老安了吧那家伙!)那人与BF在一起十五年,至今是纪录保持人。毕竟是在老七这里认识才开始交往的,两人没有过河拆桥,一年里偶尔还是会来店里露个脸。昨晚也是,他们看完了午夜场电影,散场吃完消夜路过老七这儿,丢下几包卤味与香鸡排,叽叽喳喳跟熟人打完一轮招呼,没坐多久便走了。

小安碰到刚退伍的阿祥时已经四十,自然把身高一八三当过宪兵的阿祥当成了宝来宠。阿祥如今已是小安那时的岁数,早胖成了当年两个大的庞然巨物。他们前脚才离开,麦可那个势利鬼就忍不住开口发表起意见来。

真是老天帮忙,让阿祥胖成这德性,麦可说。除了小安还把他当宝,现在还有谁会多看他两眼?不然的话早分了。

老七懒得搭理,心想当初你不是还对宪兵阿祥心痒痒?可惜人家不要你。

麦可也算在圈里打滚一段时间了，可是到现在都还搞不清楚状况。他的长相有点吃亏是没错，人矮，鼻子又扁塌，但有比他长得更差的，还不是后来碰到了对象在一起？可是他每次就爱拿出自己医生的名片来，很让人倒胃口。

男配男，没有谁高谁低，都得打心底是心甘情愿才行。两个美女相见只能争艳较劲，成了红眼宿敌。两个帅哥反其道，不相妒反相爱，这算不算得是一种人性升华？想用异性恋那套死缠烂打都是自掘坟墓。如果自知不是帅哥等级，那就尽量个性好一点，做人大方一点，身段放低一点，总有某个玩累了的帅哥，到了见帅不帅的人生阶段，哪天反看中了你的成熟稳重。最怕的就是老来娇。要知道，年轻货色再不起眼的，也比一个老姐姐强。要不就安分找个平凡顺眼的，拿医生名片出来吓唬谁呢？眼看也一把年纪了，这以后只会每下愈况，看他还能自我感觉良好到几时。

（等等，麦可不是跟自己同年？）

老七迅速朝玻璃墙中的那个折映出的人影多端详了两眼。（还过得去吗？都有在健身呢……）

年轻的时候，仗着自己有几分皮相，专喜欢跟害羞的客人说上两句露骨调情的话，看对方羞得满脸带春真是有趣。如今再怎么说，在业界都算是妈妈桑等级了，过个两年，也许真该考虑退休了，总不能让客人看见吧台后站了一个年华残败的老皇后。

（退休之后要干吗呢？）

从一九八〇年代出道算起，老七他们这一代也差不多届临退役之年了。哪天他们要是走上了街头抗争，并非不可能的事。青春年华都在噤声躲藏中度过了，老来也许撒手一搏，不为别的，为的正是同志该怎样老有所终。

到底是要学学老荣民找个安养院？还是假装自己是被子女弃养的独居老人？小朋友把结婚权看成第一，哪想得到年老这回事。又不是有了婚姻权就一定有人愿意跟你成家，真是的。

所以得要有专设给同志的老人院才行，老七常跟客人这么抱怨：难道七老八十了，还要他们跟院里其他的老太婆们搞联谊不成？

*

撑起身，拖着步子，老七走进吧台先给自己倒了杯水灌下。不知怎么，从刚才醒来他就一直全身乏力，睡了比没睡还累。

拿起遥控器，按下了导唱功能键，那首曾红极一时的老歌便曲曲折折又复活了起来。一个人收拾好这地方还要一会儿工夫，多个声音陪伴也好。嘴里跟着林慧萍哼歌，很快便把杯子洗好了。

本以为专心在打扫上，刚睡醒时那一阵难言的慌失之感就会消失。结果他心头还是悠悠地荡挂着一只空水桶似的，不知道那里头到底装了什么。

方才那一盹还真睡死了，乱糟糟的梦一连做了好几个。他不是个爱乱做梦的人,每天几乎都是累到倒头便睡。不过短短半点钟光景,他到底梦了些什么?

梦里发生的事醒来就记不真切了,只剩那个感觉在,知道汤哥出现在梦中,场景就是这地方。梦里好像还有别人,是同一个人还是不同的人,老七越想去记得,越分不出那画面是从前记忆中的一个印象,还是刚刚梦里发生的片段。

汤哥去世快一年了,下礼拜就是他的忌日。他的癌症没扩散前,最后那些年总是会常出现在店里帮忙,所以那画面的确真实得就像过去时光中的某一晚。但是老七又说不上来,明明只是一个熟悉的场景,为什么醒来时会感觉如此虚瘫,仿佛出了什么事害他心悸不已?

人前的 Andy 能屈能伸,人精嘴贱,跟谁都能哈啦,但是老七低调极了,生活里除了这店之外实在乏善可陈。尤其汤哥过世之后,老七的世界变得更小了。甚至他把周日店休也干脆取消,因为出了这店他就不知该怎么过日子,顶多每周上三次健身房,回到家打开电视,都只是瞪着它发呆,啥也没看进去。

客人永远只是客人,不是朋友。

与客人间交集的部分只有夜晚的老歌与酒,出了店门以后的事,如果客人不主动提起,老七从不多嘴。就算他们爱说,也不表示说的都是实话。朋友是自己选的,客人可不是,任何好恶与是非都不关己。既然是美而乐之地,这里的发生过的一切都不能留下隔夜渣滓。每晚店门一开,都是一块被抹干净的画板,重新等待着被恣意喷洒。甚至客人之间也未必真见知交,称兄道弟都只为一时酒色；随时可散。这种来来去去，老七看了二十几年，圈子就这么大，同志情爱就这么回事，有道是，山水有相逢，不怕你绕了一圈不又乖乖兜回来美乐地。连分手后的恋人，双双又回他这里开始各自钓人，也都是平常。

能怪他吗？每晚在他眼前上演的贪嗔痴怨，有劈腿偷情的，有谈判割腕的，有抢菜翻脸的，更少不了的是酒后失态或哭或闹的，除非他不想再做生意，否则同样的这些客人再度上门，他依然得当作什么事都不曾发生。

*

生离如此，死别亦一视同仁。

几年前，一个老客人周末在这儿喝完回去，一直到周三因为太多天没去上班，才被发现人已经死了好几天，身体都腐黑了。周董是那人的外号，一个南部上来台北有点木讷的老实人，做进口瓷砖生意，因这几年房屋建案大增而小有些家产。其他客人多年来与他在店里也都仅止于敬酒寒暄，没有更深的认识。

听到了这样的消息，老客人里有人摇头感慨了两声，有人对老七指责了几句：怎么让他喝那么醉？

老七面无不悦地反驳：周董又不是没酒量的人，每次都喝成那样你们大家又不是没见过？其实不用他们说，老七心里肯定比其他店里认识周董的人更难受。不是错在他没留心，反而是多年前那人初次上门时，老七多留了心，学到了教训。

也许是酩酊的那个侧面，看来有那么一点旧情人的影子吧？某晚生意不是很好，才过子夜一点，店里就只剩下姓周的一位客人了。毕竟是快十年前的事，那时的老七仍气浮欲盛，又加上分手情伤，那侧影正好触动了老七掩藏太久的寂寞蠢动。

开店以来仅有的几次破例提前打烊，前一次是因为汤哥在街上被人打成了脑震荡，后一次也仍然是为了汤哥，医院通知病人已经弥留了。这一回他在事后怎么想，都只能说那晚鬼迷了心窍，竟然将醉倒的周先生带回了自己住处。

周董误会了两人的关系，开始给老七连发了一个礼拜的简讯。当然不能回。老七并非玩弄对方，而是因为立刻嗅出对方的寂寞浓度，如黏液的那种，一碰就要沾得全身，大家都最怕这种人。

就算是给姓周的上一课，不管是来买醉还是逐色，人人都有反悔的权利，该停的时候就要懂得放手。老七也会担心万一事情传了出去，竞争同业随便玩笑说他酒里动手脚迷奸客人，他就别想再混下去。好在周董那人不是个擅交际的，没有多少圈内朋友好八卦，只不过消失了一整年没再上门。

等再度出现在店里，那人已经变了样，跟其他那些喝完台北一圈已无处可去，又重新回到MELODY的老鬼一样，成了个没行情的冤大头，总是带着在别间店里刚认识的小弟弟来续摊。小弟弟反正都是跟着白吃白喝，还有点良心的，趁周董醉茫的时分就偷偷走人，过分一点的干脆开始跟别人勾搭，与更想吃的菜回家。总之，最后都是丢下周董一个人。

对周董的过世，老七随着客人的七嘴八舌淡淡帮几句腔，不能说得更多。后来这些年，老七就看着周董这样的落空一再上演，他爱莫能助。他怀疑那人是存心想喝死的。因为已经这么多年了，他还是找不到他要的爱——他一直还是不知道要怎样去爱。

男人都是天生的猎人，有时你得把自己装成迟缓的猎物，等人家来靠近。

（或许应该教教他的……）

随即老七便跟自己下令停止这样的多愁善感。多年前一夜夫妻的插曲，早就不足挂齿，如今动了这样的善念又有什么意义？

很多事根本不能教的，只能凭个人的慧根与造化。

如果说，客人来店里都戴上固定的假面；同样地，客人们对老七的所知也永远隔着一个吧台的距离。

没人看得出来，老七在斟酒谈笑间用了多少心思，他那双看似慵懒无神的眼睛，事实上把他们观察得多入微。

更没人见过，上班时一身皮衣与链环的 Andy，成了短裤汗衫的老七是什么模样。

*

清理好了吧台，关掉了空调，老七这时走到门边，把店门拉开一道口，再用一把高脚椅挡着，室内闷了一晚的烟味立刻开始流散。

外头的天还是暗的，雨仍在下，斜对面的便利商店是整条巷里最明亮的地方。老七偷瞄了一下店里大夜班的工读生，正蹲在地上整理货架。

还是同一个人。也不晓得那年轻人几岁了，已经做了三四年有了吧？永远都是大夜班，头发长得遮头盖脸的一个颓废派，看来已经把打工当成了正职。

老七有时关店后会去他们店里，买个茶叶蛋加一个饭团当早餐。两人打招呼的方式多年来也一成不变。老七会先说，快下班了喔。对方就回，生意好吗？好像鸡同鸭讲，却也成为另一种家常。

这条巷子在三十年前还多半是公寓住家。MELODY 的地点就是老三用自家老房子的一楼改建的。老三死后，房子留给了情人，但遗嘱言明要让 MELODY 继续经营，除非老七决定歇手。

老三的情人命大，没染上老三的不治之症，那时有人背后就说八成两人早就貌合神离，几年都没做那件事了吧？没多久那人就移民去了美国，一年回来一次收租。看着附近的一楼也都纷纷成了酒吧商店，那家伙曾私下到处打听这一带的房租，然后用听起来关心的口吻不时总爱问老七，怎么还不退休？这行饭能吃几年呢？得早早有什么其他打算才好哪……

老七知道，如果他歇业，把这小店租给别人，价格可以翻一倍。是他老七在这陋巷里守了二十年，才等到地价房租涨到今天的局面。换作老三的那个情人，当年一定等不及早脱手了。老七当然听懂了对方的盘算。就算是为了老三吧，老七决定让对方再继续苦等个几年也好。

二十五年了，这巷子里的景气几起几落，老七都记忆犹新。八〇年代末清一色仍是日式粉味吧天下，九〇年代经济一片大好，房租就是从那时起每年一跳。同志店大举进驻则要等到二〇〇〇年之后，手机网路一红，想拉拢年轻客群的那几家立刻中弹。做日本人生意的酒店，如果走的是高价位，也因为高铁一完工，日籍工程师纷纷回国而一路生意下滑。

奇怪的是，一家关了马上有另一家接手，仿佛一年四季总有长不完的新鲜寂寞，等待着被收成。

早些年，每逢有新店开幕，不管走的什么路线，老板都会过来打声招呼。大家彼此照应也是应该，像是总会遇到半夜里洋酒缺货，需要别家支持的时候。如今那些老店几乎都转手了，新的经营者早没有老一辈的礼数，老七跟新邻居已经都没什么来往。有时看到店面又重新顶让改装，光从新店招牌根本看不出，到底做的是哪一门生意。

也许是日式酒廊，也可能是女同志店，甚至是鸭店。最近老七还听说，有家同志店过了凌晨四点后不打烊，公关弟弟们继续留下，专做下班后的酒店小姐生意。只能说业绩越来越难拼，大家花招尽出，颠鸾倒凤成了新潮流。

有一回打烊后，在超商里老七意外碰见附近一家酒店的第三性公关们下班。一次四五个出笼，两两手挽着手，婀娜嬉笑地迈进了巷子，个个踩着六寸高跟鞋，顶着假发浓妆，一进店便在货架间奔来跑去。结账时，自然也不会放过那个大夜工读生，几个人轮番上阵把他好好调戏了一番：晚上都不用陪女朋友喔？你看我们哪一个比较美？有空来我们店里坐坐啊，我们的服务很好哟！

面对着这几位不知是醉了还是嗑了药，状况非常high的"小姐"，工读生一概还是挂着他那副带着距离的微笑，牛头不对马嘴地应答：三明治第二件六折，牛奶要加热吗？

等那群莺莺燕燕终于离开之后，老七问那工读生：嗳，那你知不知道，我的店是做哪种生意？

工读生头都没抬，边找钱边丢出了一句：还不都一样。

都一样吗？一样堕落？一样虚假？还是一样的令人欷歔？老七不明白他说的"一样"究竟是指什么？听那口气，七条通这些店里进进出出的人对他来说，好像是另一个星球的事似的，他已经见怪不怪，也没有兴趣了解。只能怪自己多嘴一问，问出了这样令人错愕的答案。

是啊，都一样，都是为了讨生活——

收起工读生递上的零钱，老七临去前只得讪讪地替自己这样解嘲。

*

其实，第一眼看到那群扮装佳丽走进来的时候，老七立刻想到的是汤哥。

一直想进歌坛却始终碰壁的汤哥，还被人骗过上百万说要帮他出唱片。当年就已经不年轻了，三十好几的人还会信这种骗乡下小姑娘的伎俩。这人死心眼又固执，四十多岁仍不肯罢休，最后扮起女装模仿艺人，才总算让他圆了多年的舞台梦。

只是，明明是1号哥，常做女装扮难道不怕自毁身价吗？

虽然心里也清楚，模仿秀跟变装癖不相干，但是汤哥有时在下了节目后，没换装就跑来了店里，老七还是会摆出张臭脸。那回被打成脑震荡，不就是因为穿着女装在路边招计程车时，莫名其妙挨了机车暴走族的一记闷棍？

汤哥问他：客人穿这样你就不服务了吗？

那不一样。

有什么不一样？你就是看不起我的工作。

老七也气了：你就是这样，所以到现在都没男人！

好好笑，这个话还轮不到你来说我吧？你自己呢？

没男人总得有事业，你这样唱下去能唱出什么名堂你告诉我？

汤哥对他的唠叨完全不放在心上，最后总是把白眼一翻，给他一个红唇飞吻，让他哭笑不得。

最早认识的汤哥,那时还是某当红编舞师旗下的团员。

电视综艺节目的盛世,每家电视台少说都开了六七个规模不等的歌唱节目,自然少不了舞群的搭配。餐厅秀也正当红,东王、太阳城、狄斯角、巴沥史[1]……档档高朋满座,舞群们配合不同的艺人,一个晚上赶个好几场都是常有的事。想来汤哥能把几个当年的天后揣摩得颇为神似,定是那些年实地近距观察舞台秀的心得。

那些年汤哥很风光,是舞群里的小队长。阿汤哥阿汤哥,底下的小咖都这样叫。

老七当然心里知道汤哥那时很喜欢自己。

只是老七年轻时,想追他的人也不少,汤哥却总是嬉皮笑脸地,追得不顶认真。事后老七很难回头假设,如果汤哥真的认真追求了呢?

年轻时哪个不是把皮相摆第一?汤哥的长相在老七的评比中只能算尚可,优点是腿长,跳舞好看,但是整个人真可用瘦骨嶙峋形容。老七一直希望的是能交到一个上班族,因为从TEN的时期开始,他就看多了这些有明星梦的人,对过于打扮的男生总会迟疑。这一迟疑,两个人就只剩下做姐妹的份。

年轻的那些年,老七的几段恋情也都短暂,一直要到三十

---

[1] 东王、太阳城、狄斯角、巴沥史,均为台湾旧时以餐厅秀表演闻名的西餐厅或夜总会。

岁时，老七才第一次认真了——恐怕至今仍是他此生的挚爱，还是一个公立大学的毕业生呢——结果四年多的感情最后以不了了之收场，让他痛了好几年。

汤哥总骂他傻，现在分手还有机会找下一个，有没有想过，天长地久的意思就是看着身边的男人老成又秃又脏的德性？还咽得下去吗？

汤哥嘴里嚷嚷得比谁都嚣张，但是认识他那么久，老七看穿他对感情其实没啥安全感，总是跟人约会没几次，还没真正进入状况就跟对方掰了，不是嫌这个太老土，就是笑那个的尺寸太儿童。老七不是没在心里猜测过，会不会汤哥只是惯爱在他面前装坚强，为了掩饰其实对他仍然在意？

老七的生日汤哥每年都记得，又是花又是蛋糕的，送到MELODY来帮他庆生，还带领着吧台前的客人一起唱生日快乐歌。趁他吹熄蜡烛的时候，汤哥总是会在他颊上印上久久一吻。老七说不上来那年度之吻中掺杂了些什么。是依恋吗？是失望吗？还是同病相怜？

汤哥总是这样点到为止，老七正好继续装傻，总以为真心的朋友才是一辈子，情人不过是一时。

直到那年的庆生会，店里客人玩得特疯，连蛋糕仗都出笼，一发不可收拾。一片闹哄哄中，没人注意汤哥何时退出了战局，独自拿着麦克风坐在角落里唱着他的歌。那样典雅的曲风，加上他低沉而哀怨的歌声，与周末夜晚的情欲沸腾特别显得不搭调。

老七被人抹得一头一脸的奶油，起初也没留意；好不容易得了一个喘气空档，一边拿纸巾擦脸，一边才听出了歌词的含意。想到了过去种种，眼下的鲜花蛋糕骤然失去了欢乐的色彩。

心肝想要，甲伊弹同调，哪知心头又飘摇……
乎伊会知影着我，满腹的心潮，心肝闷，总想袂[1]晓……

满室的淫嬉浪笑中，一曲凤飞飞的《想要弹同调》委婉却也露骨，既是唱给老七，也是汤哥唱给自己。一曲双关，直逼了老七内心最脆弱的防线。

怎么能不闷？交往了那么久，虽然无法常见面——那人的说法是，他只能藉每周在职进修班上课的时间来台北——但老七对周末的固定相约心满意足，两人在床上的热情始终维持，能够这样下去也很好，不能要求更多了。直到有一天对方突然停用了手机，老七再也找不到人，才发现除了念书的借口是假的，连职业都是。

同志圈里这样的故事不是闻所未闻；但都不是发生在两人交往这么久之后。是那人太聪明，把谎言编得天衣无缝？还是老七太怕失去，所以对偶尔的破绽从没介意，甚至还以为是自

---

1 袂，不的意思，闽南语。

已太多疑？

当这一切都已发生，再回头翻搜记忆中的现场都是徒劳，现场早已被重新布置过，记忆的修图不知什么时候早就已启动，全都符合了老七对那人之前的一切想象。也许对方从一开始就是存心的，每周上台北跟他打一次炮，他却毫无警觉，连对方是不是有老婆还是另有男友都没去调查过。但真正查到了答案又能如何呢？

想袂晓啊，肉体可以如此熊熊共燃，为何心却隔着无法翻越的一道墙？

这首歌，汤哥后来在店里再也没唱过。

多年后的老七，在打烊后的这个冬雨夜，好怀念以前有汤哥留下来帮他一起清扫关店的那些日子。抹完了吧台，他突然想起了这首曲子。歌里含蓄的悲伤，既遥远又清晰，似乎有太多当年的他尚不能体会的心情。

他把原已收好的厚厚歌本又取了出来，翻到了这首歌的曲号，拿起遥控器按出了 MV 影像——

> 心肝想要，甲伊弹同调，哪知心情茫渺渺，
> 我对伊啥款心情，怎会袂明了，再讲也讲袂得了……

电视画面上出现的歌词字幕，一句句如流水般滑过。老七

在自己店里是不唱歌的，觉得自己的歌声不能入耳。这时分虽没有旁人在场，他执起麦克风的手仍微微颤抖。刚刚汤哥才来过他梦里。人都走了一年多了，这还是汤哥第一次来入梦。这首歌也算是他欠汤哥的。

感情的事，没有谁真辜负了谁，到头来都是自愿的飞蛾扑火，只能说，与汤哥的有情无分早有命定，就连当个朋友，也终不能长久到老。

*

仍记得，那年的庆生大伙喝得特别放肆，到了打烊时老七早已是八分醺茫。醉眼带泪、心潮波澜总不止的他，默默地跟着汤哥回了家。一进屋，汤哥便忙着张罗，替他放好洗澡水，准备消夜，点起了精油灯；他却没有任何冲动的感觉。

他不是不懂汤哥的心意。

老七也气自己：为何有人这样贴心仍不知珍惜？连续剧中常见的情节是男主角终于发现真爱原来就在身边，女主角以温柔的等待终于换来幸福的结局，显然这不会发生在自己身上了。

因为那样的剧情是写给异性恋看的。

男人与男人之间，不需要谁来做牛做马。不像异性恋男，可以把女友与老婆分类成两种目的，既然没有相夫教子与孝顺公婆的考虑，大家一辈子追求的，无非就是一个完美情人。

完美，对同志来说不是梦幻的概念，而是生理的宿命。老七这辈子就是对长方脸肉壮男最有感觉。汤哥什么都好，偏生了张圆脸瘦高个儿。都说同志就是这么肉欲，其实应该说男人皆如是。但男男之间要的肉欲往往比女人还更重感觉。女人还能假装高潮，而男人的高潮骗不过另一个男人。

老七在汤哥伸手进床头柜抽屉摸寻时，一把按住了他，汤哥发现他已经软了。

如果只是敷衍，吹吹搓搓骗混过去，让汤哥还心存指望，那样的话他把汤哥当成了什么？

老七无奈地穿回了内裤，最后只好让汤哥搂在怀中过了一夜。

两颗心之间相隔的一堵墙如果已够难翻越，男人间身体的那道感应线只会更严峻。事后回想，那晚对汤哥来说一定很难堪，但老七既不能为此向汤哥道歉，说对不起只怕会更伤人，也无法把之前当成彩排，可以要求重来一次。好在汤哥没有老羞成怒或继续伺机而动，老七以为，彼此都坦诚了，至少还能继续做朋友。

两人的感情生活在那之后，仿佛都同时停摆了，连汤哥也不再像过去花蝴蝶似的。各自孤身的落寞看在对方眼里，竟让彼此关系出现了更多的矜持。

与其如此，倒不如各自寻得新欢，就算见色忘友，都还是会为彼此高兴。继续相依为命的两人，越是为对方的无伴担心，越得要提醒自己，不要踩过了红线。

这么多年，便在这样的无奈与克制中过去了，虽然早都可以把那一夜当成了笑话来说，但是老七隐隐感觉得到，有些事再也不相同了。

综艺节目开始没落，餐厅秀一家家收摊，舞群解散，他看着汤哥的歌星梦碎，钱被人骗，他们匆匆就这样老了十几岁。不顾老七的反对，汤哥仍执意辞了固定薪水的一份工作，转往了模仿秀，从庙会市场一步步唱起。

老七心有不忍，但是他自己的日子老实说也好过不到哪里去，情伤始终不愈，"美乐地"成了他的闭关之地。汤哥那个人，与自己像是反差极大的正负片，所以老七始终也搞不懂，为什么都中年了还要这么冲刺冒险。一直到汤哥生病前，老七都还以为，那是他想要的人生。却没想到过，那或许也是汤哥无法面对此身孤老以终的另一种逃避。

年年店里庆生依旧，但汤哥的生日，他向来都只是送上一个现金的红包。为什么他就做不到像老三当年照顾自己那样，也对汤哥多一些支持跟关心？难道真的就只因为，他们始终成不了单纯的朋友？

*

对面超商的工读生已把新货都上架完毕。电动门叮叮咚咚发出一阵乐声，把老七从沉思中唤回了现实。

工读生走到店门外透气，掏出了一包烟来。看到站在门后的老七，他面无表情地点了个头。

（刚才梦里面他是什么造型打扮？怎么才梦过就形容不出了？）

老七感到一阵胸闷，连做了几个伸展，并用力吸进了几口像是冻成冰渣的空气。

（他是担心我连他第一个忌日都会忘了，所以要来提醒一声吗？）

每想到汤哥，总是埋怨、不舍、怨怼、歉疚、窝心、忧伤一堆情绪。像接满了电线的插座，一不小心怕就要短路走火。老七本是不信托梦这一套的人，却在这晚感受到一种从未有过的惴惴不安。这家伙，如果再跑来他的梦里，得怎么安慰才好？不如就告诉他：走吧，没啥舍不得的。如果现在不死，等大家都老得病歪歪的时候，谁还能顾得了谁呢——？

"还没打烊吗大哥？"

对面的工读生熄了烟头，和他对望了几秒钟，好像很不得已地终于开口说了话。

"再收一收就要走了……你呢？还没下班？"

"快了。"

工读生要进店前突然又想到什么，转头问道："大哥需要订年菜吗？七五折到今天为止喔！"

（可不是吗？下个月就要过年了……）

老七笑说，好好，也许等会儿过去看看。但不知为何，好像被人说中了什么见不得人的秘密似的，他感觉心口比刚才又更紧闷了些。

*

超商当大夜班刚开始的第二个月，阿龙就遇见了在附近酒廊上班的小闵。

深更半夜她来店里挑了几袋零食，头一迳垂得低低，结账时他并未对她特别注意。如果不是临走前那女人对着自动门当镜，衬着街巷霓虹夜色整起头发，他不会又多瞧了两眼，发现她竟然有些面熟。

隔了一周才又看见她来店里，这回是下班散场时分。初夏天亮得早，蒙蓝晨光像雾，尚未熄去的路灯与他惺忪的眼，都在瞪着对街 MELODY 那个小小灯箱店招，然后终于看见它啪地黯了去。门开了，从店里走出最后几位跌跌撞撞的客人，看在阿龙眼里不自觉皱了皱眉。

这条巷子里的酒吧都是在做什么样的生意，看了一个多月大概都有数了。日式酒廊有小姐坐台，男人登门买醉，醉翁之意不在酒，这个他懂。但是对面这店里有啥机关，他猜不出来。

没有少爷，没有酒促公关，除了老板。以前就只有一个偶尔会来帮忙的，留到最后关店的总是这两人。来帮忙的那位常来超商买烟，话也比较多，后来竟然还会见到他不时穿着秀场式的亮片小礼服出现，差点没把阿龙吓坏，更觉得对街那门后的世界诡异。

那屋子里进出的男人们，到底都是几岁年纪不容易猜，因为都穿得时髦。更教人困惑的是，前一秒散会前还在路边跟同伴们涎脸嬉笑的，下一秒转身各自上路后，有些人的脸上表情却立刻老了十岁，没了笑容不说，甚至还带着失意的沧桑。

在南部乡下长大的他，最早只看过电影中搞笑的，还有新闻里光着膀子大游行的同志。上了大学，同学里出现了几个疑似者，管他究竟是不是，大家在背后都说"那个死 gay"。上了台北工作之后才发现，年轻的小 gay 这年头满街都是。曾几何时，想要避开这些人都避不了。

只是以前从没察觉，更没想过，原来同志也有中古货。

阿龙以为时代开放了，这些人也会像一般人那样，到了年纪，就找个人安定过日子去。没想到中年后无家可归的同志竟然这么多。

所以才需要像 MELODY 这样的地方吧？

单亲家庭长大，阿龙从没见过自己的父亲，母亲对两人当初为何不再联络也从没给过完整的答案。国小的时候，阿龙曾猜测母亲或许是别人的小三？或者父亲是通缉犯？要不就是欠赌债跑路？……各类可能都曾在他心里搬演过，猜不透为什么这个人就再也没了线索？究竟是哪种深仇大恨，还是另有难言之隐，让母亲连随便编个故事哄哄他，也不肯多这个事？

等年长些，知道了这世界上有一种人叫作 gay，他的胡思乱想里又多加了这项——搞不好我那没用落跑的父亲就是，怪不得母亲都没脸跟我说真话。

若真是如此，那父亲也惯爱在某处的暗室里，总跟同类一喝到天明吗？

一直在当会计的母亲，在他高中那年，跟上班地方附近一间铁工厂的老板同居了。之后阿龙就很不爱回家，读了个离家很远的三流改制后的大学，当完兵就决定只身来台北找工作。白天骑着机车跑业务收账，下午四点回到小套房补个眠，晚上十点超商大夜班开始，凌晨六点下班休息一下，再接九点半打卡。这样生活过了两个月，每天都在硬撑。很想死，不知道这样的日子自己还能撑多久，这样的人生究竟会带他往哪里去？

原以为就只能这样一成不变地过下去了。要不是那个清晨，他和小闵又再次遇见了的话。

前一次觉得她面熟，但是因为化了浓妆，一时也说不上来哪里见过。结果那天当阿龙看着对街关店，又想起了自己的母亲时，正好小闵下了班绑起个马尾，进店来走向了ATM提款。从屋顶的监视照镜中，他终于把小闵的正面看了个清楚，恍然大悟。怕她尴尬，阿龙当时没露声色。

换作是他自己，也不希望在这种情境下被歌迷认出来吧？

好歹曾经也是发过唱片，某个少女团体中的成员，虽然在良莠不齐的歌坛大混战中只是昙花一现，如今成了七条通里的酒廊小姐，总不是好下场。

小闵当时在那个团体里的艺名叫咪咪，不算特别抢眼，但是高中时的阿龙曾偷偷迷过她。他喜欢她的名字与她那条甩来甩去的马尾，意淫她的照片恐怕不下百次。四年的大学，除了作为宅男养成训练外，专业技能他还真没学到多少，成天泡在电脑前搜寻色情照片，趁室友不在便打手枪，有时候一天照三餐打，多亏有了咪咪及那些如今不知下落的美眉自拍，让他度过了那段没有女友只能自慰的无聊阶段。

见到本尊，尴尬的人其实是他自己

竟然下海成了酒廊小姐啊？玩味着这几个字，不知为何，阿龙有种同病相怜之感。

这次反变成他在结账时不敢抬头了，胃里有一股酸气往喉头冒。那种不舒服的感觉，不光是因为想到原本只属于自己性幻想的咪咪，如今早被人真枪实弹射过，更因为在七条通这样的场景，无邪无忧的青春赫然已离得好远，想到了自己未知的人生，一下变得颇为感伤。

又一个月过去了，再见面的时刻换成了某个子夜刚过的周末凌晨。

小闵身边还跟了一只猪哥样的男人。是被带出场了吧？那时的阿龙对这样的画面早已经见怪不怪。男人买烟时，他用眼角不时偷瞄站在门口，把自己发尾拉到嘴边咬着的小闵，然后听见她开口了：“我头好痛喔，哥哥，今天就先这样了让我回去休息好不好？”

醉了的男人先是口里"贝比、贝比"胡乱叫着企图安抚，接着肢体动作就多了，女人情急用力想脱身，指甲一把抓伤了男人手臂。阿龙还没来得及眨眼，就听见男人一句"干你娘鸡掰"，然后一个挥拳就把女人打倒在地上。"先生你不要这样——"他上前拉不住，赶忙拨电话报警。女人不尖叫也不哭，跟男人在店里追逐，拿起货架上的罐头就朝男人身上丢，然后一路往贮藏室的门口跑。他也慌了，拿起平日备而不用藏在柜台下的铁管，让女人躲进贮藏室，自己一夫当关挡在了门口。

听说店员已报了警，酒醉男满口飚着脏话便放弃了。等管区员警离去后，小闵才从贮藏室推门而出，不但没感谢，劈头就对阿龙乱骂："你白痴啊！叫警察？你新来的对不对？警察来了我不就被当成鸡带走了？你有没有脑啊？"

"你是鸡啊！"他冲口而出，"不红了也不至于这么下贱吧？"

小闵听懂了，闭上了嘴半天没出声，伸手将乱成鸡窝的一头长发使劲一扯，他才看出原来是假发被她抓在了手上，像拎着一只狗。"弄坏的东西我会赔。"说完她便丢下三张千元大钞，扬长而去。

当时他没想到，自己会在同一家店里又继续待了三年多。说来全是为了那晚曾骂他白痴的那个女人。

之后阿龙没再兼白天那份差了。他们同居之事至今还瞒着酒廊的妈妈桑，因为妈妈桑最痛恨小姐们贴小白脸。但是阿龙并不认为自己是那种吃软饭的，因为他既不赌也不嫖，也没有好吃懒做。除了教小闵如何存钱理财，照顾她的生活起居之外，他依旧心甘情愿地每晚去超商上他的大夜班，那二万多元的薪水多少还可以存下一点寄回家。

但重要的并不是钱。因为只有这样继续当班，他才能在深夜里，在距离最近的地方守着小闵。万一酒客闹事，或出场后她觉得苗头不对想抽身,她会知道,他就在街转角的店里,随时可以保护她。

他们一个在巷头,一个在巷尾,夜夜连起一道看不见的虚线。阿龙喜欢那种有东西可以让他守候的感觉。

不光是守着一份萍水相逢的感情,更像是守住了自己,再不必担心,有一天自己会因在台北孤独太久而有突然发了狂的可能。

但在同时,他又会矛盾地痛恨着,守候的对象早就不是当初梦中的情人了,但她们确实又是同一个人。

小闵说她会挑客人的别担心,她只会跟那种醉得差不多,到了宾馆没十分钟一定就会睡死的客人出场。只是工作而已,这身体反正也早是不干净的了,她说。你不相信我吗?你有本事一个月赚十万给我花啊!你走你走,没有你的时候我也活得好好的!

吵吵闹闹也过了快三年。

小闵确实比起刚认识时少出场了。最近她还从客人那儿学到了门道,要阿龙去批来一些日本的化妆保养品做直销,晚间七八点客人上座前,就沿着七条通八条通这一家家的小酒店上门拜访,专卖给没空在光天化日逛百货公司的酒廊小姐。

去年她还答应他,等存够了钱,他们就来开间小小的进口服饰店。

有了这样的一个承诺,阿龙已经觉得,过去将近一千个夜晚的守候,就算值得。

2　关于姚……

> 我已经对你感到十分着迷，必须向你揭晓，你是何许人也。
>
> ——奥斯卡·王尔德，*The Picture of Dorian Grey*

那时候的台北没有像现在那么多的高楼，上课不专心时目光闲闲朝窗外瞟去，老树油墨墨的密叶静静晃动，犹如呼吸般吐纳着规律节奏。衬底的天空总是那么干净，即便是阴雨的日子，那种灰也仍是带着透明的润泽。

几朵乌云睡姿慵懒，隔一会儿便翻动一下身子，舒展一下筋骨。

应该就是那样的一个阴雨天，我拎着吉他从社团教室走了出来。

那年用的吉他还是塑胶弦，几年后才换成钢弦吉他。正值校园民歌风靡的巅峰，走到哪里都像是有琴弦玎玪当背景。走过旧大楼长长的走廊，无心转了个弯，想回自己班级教室看看的这个傍晚，我并不知道这一个转弯将是人生另一条路的起点，更无法料到接下来发生的情节，会在我的记忆中保留一辈子。

十七岁的我看起来跟其他的高中男生没两样，军训帽里塞一小块钢片，把帽子折得昂首挺尾，书包背带收得短短，装进木板把包包撑得又硬又方。功课还过得去，在班上人缘尚佳，但不算那种老师会特别有印象的学生。放了学总不舍得回家，参加了吉他社，练得很勤。成长至今一路都还算循规蹈矩，若问那时的我对自己的未来有什么想象，或许最大的希望是三十岁前能拥有一部车。家庭婚姻这些事还太遥远，大学联考可以等高二以后再来担心。那时从没觉得自己有太大企图心，也从不认为自己相貌出众。生活里除了上课与练吉他之外无啥特别刺激的事，难免也会让这个年纪的我感到有点闷，但顶多也只是被动地跟自己耗着，睡觉看电视发呆，无聊至极的时候，甚至帮还在读小学的弟弟做劳作。我还不会，或是说不想，去处理这种青春期的闲与烦。

那种心情就像是扫地扫出来的一堆灰尘毛球，不去清它的时候好像也就不存在。所以若说十七岁这年的我真有什么可称为遗憾的事，大概就是这种自己也不甚理解的虚耗。一直到这天拎着吉他行过走廊，我都还没有意识到，自己跟其他同学有什么不同。不明白自己的这种被动，或许是在抵抗着什么。

在自己班级的教室外驻足了。

毫无心理准备的我，一步之隔，欲望与懵懂，从此楚河汉界。

角落里最后一排靠窗的那个位子上，有人还坐在那儿。那人低着头，用着完全不标准的姿势握着一管毛笔在赶作文。教室里没开灯，昏暗暗只剩窗口的那点光，落在摊开的作文簿上，那人潦草又浓黑的字迹。

大概因为是留级生的缘故，姚瑞峰在班上好像存在，又好像不存在。没人清楚他怎么会弄到留级的。他除了体育课时会同班上打成一片外，下课时间多不见人影，还是习惯去找原来已升上高二的那些老同学。发育的年龄，一两岁之差，身量体型就已从男孩转男人了。此人在班上格外显老，一半是因他那已厚实起来的肩膀胸肌，一方面也由于那点留级生的自尊，在小高一面前爱装老成。但是任谁都看得出姚的尴尬处境，班导师从不掩饰对他的不耐，特别爱拿他开刀来杀鸡儆猴："留级一次还不够吗不想读就去高工高职你们若不是那块料也不必受联考的苦干脆回南部做学徒……"

被罚站的姚立在黑板旁，一身中华商场定做的泛白窄版卡其服，小喇叭裤管尖头皮鞋，没一样合校规，竟然脸上总能出现忏悔的悲伤，让人分不清真假。下了课，其他同学都不知如何是好，只能避开不去打扰。我的座位就在姚旁边，平常互动虽也不多，但碰到这种情况，我总会等姚回到座位时，默默把自己上一堂课的笔记放在他桌上。

很多中南部的孩子都来挤北部的高中联考，姚也是那种早早北上求学的外宿生。可想而知，家乡父老多开心他考上了北部的明星高中。那表情也许不是装出来的。看见没开灯的教室里的那家伙，不用猜也知他欠了多篇作文。

　　学期就快结束了，那人正在拼了命补作业。过了这学期，高二开学大家就要重新分组分班。我选了社会组，当教员的父亲并没有反对，觉得将来若能考上个什么特考担任公职也是不错。重理工的年代，社会组同学铁定是不会留在原班级了。站在教室外，想到过去这一年，好像也没有特别的回忆。

　　若真要说，可能就是姓姚的这个留级生吧？出于同侪的关心，我常会注意姚的成绩究竟有没有起色，奇怪他每天都在忙什么，怎么作业永远缺交被罚？

　　因为他的漫不经心，因为他两天不刮就要被教官警告的胡渣，因为他那张塞满了球鞋运动裤漫画作业簿参考书的课桌椅，都让我无法忽视姚的存在。

　　姚惯把东西留在学校不带回家，外地生没有自己的家。一个学期下来，他的杂物持续膨胀，多了雨伞泳裤汗衫篮球与工艺课的木工作业，颇为可观。有的塞在课桌椅的抽屉里，有的藏在座位底下，或挂在椅背上，猛一看像是有某个流浪汉，趁放学后教室无人偷偷溜进来筑起了克难的巢。

　　发现有人走到身边，姚没停笔，匆忙看了我一眼。"喀喀喀，我完蛋了，今天补不出来我国文要被当了！"

　　那家伙在这种情况下还能好心情，让我吃了一惊。

　　"你怎么还没回家？"

　　"刚刚社团练完。"

　　那家伙停下笔。"让我看你的吉他。"他说。

没想到接过吉他姚就行云流水拨弹起来了，金克洛契《瓶中岁月》[1]的前奏。只弹了前奏，唱的部分要出现的时候他就停了，把吉他还回我手上。

"我破锣嗓子。"那人道。

两人接下来并不交谈。我也没打算走，对方也不介意有人一直在旁边看他鬼画符。校园变得好安静，刚刚姚弹过的那段旋律仿佛一直还飘在空气中。突然觉得这景象有趣，我想象着自己也是离家的学生，和姚是室友，我们常常晚上就像现在这样，窝在我们共同租来的小房间里。

室友，多么新鲜的名词。不是同学，不是兄弟，就是室友。在家里排行老大的我，底下两个弟妹，一个国中，另一个才国小。回到家里对弟妹最常出口的一句话就是："出去啦！不要随便进我房间！"但是那一天的黄昏，和姚这样自然地独处在教室的角落，一个假装的房间，我第一次发现到，男生在一块儿不一定就得成群结伙吃冰打球。

"你唱歌给我听。"

"为什么？"

"因为我觉得你唱歌应该很好听。"

"为什么？"

"因为你说话的声音很好听啊！"

那家伙并不抬头，翻起作文簿算算到底写了几页，又再继

---

[1] 即 Jim Croce 演唱的 *Time in a bottle*。

续振笔疾书。

"怎么样叫说话声音很好听?"

"嗯……就是,睡觉前听的话会很舒服的那种。"

"喔,你意思是说,像李季准那种午夜电台的播音员吗?"

也不懂这句话哪里好笑,竟惹得那家伙先是扑哧一声,接着一发不可收拾:"哈哈哈——对对,哈哈哈,就像那样。"

平常只见姚爱摆一张酷脸,要不歪着嘴角笑得顶邪门。原来那人大笑起来是这样的。他这样开朗的笑容很好看,我也跟着笑了。

★

姚的长相称不上帅,至少在当年还剃着平头,土气未脱的时期,他不会是让人一眼留下深刻印象的那型。五官比例中鼻子有点嫌大,一脸青春痘被挤得红疮疮的,那口整齐的白牙齿恐怕是他最大的加分。但是他的笑声让人觉得很温暖,平日吊儿郎当的留级生其实一点也不顽劣。眼前的姚几乎可以说是一种迷人的组合了,一个还带着童心的,十八岁的,男人。

只有两人独处的当下,那家伙仿佛变了一个人。果真就为他唱完了那首《瓶中岁月》。姚要我再唱一首,说是这样写作业才不无聊。但是这回姚没有安静地听歌,我一面唱,姚一面插话跟我聊起天。

"ㄟ[1]我跟你说,我前几天遇到一件很奇怪的事。"

姚的语气平淡低缓,顿挫中和吉他的弦音巧妙呼应着,有一种奇特的温柔。我等对方继续开口。

"晚上差不多快十二点了——啊?我也忘了我那天在干吗。对啦跟以前的同学打弹子[2]。反正我常常在街上晃到很晚。这个不重要。快十二点了。我在火车站那边,等了半天公车也没来,大概已经收班了,我就想用走的吧也还好。然后有一辆车就停到我身边。我觉得我在等公车的时候那辆车好像就在附近了。车子停下来,一个大概三十多岁的男的摇下车窗问我需不需要搭便车。那个人西装笔挺,还蛮帅的,我想说也好啊,男生搭便车也没什么好担心的,对不对?上车就闲聊啊,我也没注意他好像在绕远路。我跟他说我住外面的学生套房,他就问我一个月多少钱,然后跟我说很贵,他家空房间很多,可以租给我,打八折。平常他经常出差不在家,所以等于我一个人住四十坪[3],他也希望有人看家比较安心。我想就去看看吧,搞不好还真给我碰上这种好运——"

和弦早已不成调了。是姚这样乡下出来的男生不懂得防人?还是像我这样的台北小孩太过警觉世故?

突然不希望对方再讲下去,同时却又非常想知道后来发生的事。

---

1 即拼音 ei。

2 即打台球。

3 约合 132.16 平方米。

"到了他家,他又说太晚了。要不就干脆睡他那里。他家在内湖嗳,我已经累了,就想说别再跑来跑去了。他家只有一张床,不过两个男生,有什么好怕的,对不对?我先洗完澡就睡下去了,过一会儿醒来发现他躺在我旁边,用手在摸我那边。干!我跳起来,教他不要这样,很变态ㄝ[1]!我实在很困,但是他就不让我睡,一直摸我,我最后受不了了,跟他说我要回去了。"

"那他……那个人就开车送你回去了?"

"当然没有。我跟他说我要坐计程车,给我五百块。离开的时候已经早上快五点了。我最后是走去总站等第一班公车。"

想象中共租的小房间里已经没有音乐了。姚说,没想到给他赚到了五百块。

开始感觉到晕眩。上下学通勤的公车上,我也碰过类似这种教人不舒服的事。

沙丁鱼罐的空间里,有人在后面顶。不是偶然的擦撞,而是有规律地,持续地,朝着身上同一个部位。根本连旋身回头都不可能的车厢人堆里,碰到这种事只能假装毫无反应,闭起眼默背着英文单字。从没跟任何同学问起,是否他们也碰过这种令人厌恶、又教人不知所措的经验,因为难以启齿。

羞愧。为什么是挑中自己?

震惊。那会是什么样的人如此胆大包天?

---

[1] 即拼音 ê,或者 ie、üe 的 e。

下意识里某个看不见的警铃已经从那时候开始时时作响。如今回想起来,那种偷偷摸摸只敢在对方身后如动物般摩挲的低劣举动,已悄悄启动了我对自己身体突然产生的自觉意识。

　　我已经发育得差不多快成年的男体。

　　不敢向任何人提起公车事件还有一个更重要的原因。我真正厌恶的是那种偷袭的行为,而非有人对我的身体有如此的兴趣。

　　国中时跟比较要好的男同学牵手勾肩也是常有的,整个人趴伏在对方冒出闷湿体热的背上,有一种很安心的亲切感。但上了高中后,班上同学便很少再有类似昵玩的行为。为什么其他人就比我先明白了?明白大家现在拥有的已经是不一样的身体,不再是不分彼此。现在的这具以后将有不同的用途,十七岁的我不是不知道答案。但想到这具身体将成为生殖制造的器具,想到和女生裸裎相对,我的惊慌不亚于被陌生男人触撞。

　　公车上的偷袭令我感觉到污秽,并非因为身体受到侵犯,而是被这样污秽的人挑中,成为猥亵对象。这似乎是在暗指,我与他们根本是同路货色。

　　害怕自己身上或许已散发了某种不自知的淫贱气味,已被对方认出,正好借此恐吓:你的存在已经被发现了,莫想再继续伪装了,我们随时可以将你绑架,带你回到那个你本应该属于的世界,如果你敢不乖乖就范的话……

　　但是这种事姚竟然在旁人面前说得如此坦然。

　　那么现在该轮到我来说在公车上的遭遇吗?大家交换了

这种秘密以后就算哥儿们了,是这样吗?我不安地避开姚的注视。

也许不过是一则少男成长过程中探险的插曲,也或许是命运揭晓的前奏亦不可知。不敢惊动姚的若无其事,被一种无形的气压镇住,仿佛那当下,多做了任何反应都会引发生命中的山崩落石。

姚试图对我微笑,暮色昏照中那家伙脸庞上的骨廓显得更加突出,石膏人头像似的。姚一直还在注视着我,仿佛期待我进一步做出什么回应。不敢再抬眼看姚的表情,目光落在他那双被不合校规的泛白卡其制服包得紧紧的大腿上。视神经不受自己意识指挥了,自动调到特写对焦。

姚的胯间,鼓凸出一脊峰脉。某种抽象浮雕艺术,隐喻着原始的激昂。

"你——赶快去写你的作文吧!"

极力故作镇定,却仍听见自己声音里无法克制的颤抖。姚低头看了看他的胯间,又把眼光移回我的脸上。

"你碰过'那种人'吗?"

他收起了笑意。我仿佛看见被班导训斥时的姚,让人分不清是诚心认错还是故作忏悔状的他,脸上那种无辜却又像置身事外的歉然表情。

那种人。我永远记得姚的措词。印象中那是生平第一次,我从旁人口中证实了有关"那种人"的存在。一种变态的代名词，像是隐形的诅咒。我与姚立刻发出了厌恶的啐声，仿佛那样就可以擦去了"那种人"在我们四周留下的蹑手蹑脚的证据。

教室里的光线更稀薄了，几乎要看不见彼此的脸。也许当时下意识里，我们在等待的就是这一刻日光彻底的消褪。只有在晦暗不明中，我们的不安，我们的好奇，我们的苦闷与寂寞，才不会留下影子，成为日后永远纠缠随行的记忆。

我们才不会成为，那种人。

★

姚猛地从座椅上站起了身。那身形轮廓表情都成了灰蒙的一片，只剩下声音与气味。呼吸声浊重了起来，究竟是自己还是他的喘息？彼此身上还残留着游泳课后挥散不去的漂白水气味，凉凉地唤醒了身体在水中受压的记忆。姚突然握起我的手，一个猛劲往他腿间的鼓起拉去。我闭起眼，用力握住手掌下那轻微的跳动。

那一瞬间，我想到也许自己正企图捏死一只活生生的小鼠。

姚一手按住我，一手扯开自己的裤裆拉链。面对了暴胀的那柱赤裸，原本激动忐忑的情绪一下子转为了忧伤与失落。原来，我的身体里面住着一个无赖又无能、却对我颐指气使的叛徒。这只蠢蠢欲动的地底爬虫，嗅到了生命惊蛰的气味，已然与公车上那些猥亵的男人们开始分享起愉悦的秘密。

我对抗不了这个叛徒。

如同被这个叛徒绑架，当下脑中只有服从，让这事能够就此快快过去。那年头还没有霸凌这个说法。那年头对很多的事都没有说法。尤其对于那一刻我所经验的，感觉低级又情不自禁的那种身体与灵魂的冲突。纵使嫌脏，我还是伸出了舌头。

在录影机还没发明的那个远古年代，A片尚未深入每个家庭担负起性教育的功能，十七岁曾有过的性幻想仅限于拥抱与亲吻。我甚至不记得在那样草率匆忙的两三分钟里，自己的胯间有出现什么样的反应。并未准备好与内心里的那个冲动焦虑的叛徒从此共存，但舌尖上却永远沾存了那瞬间几秒中所发生的困惑、尴尬、惊慌，以及奇异的一种，如释重负。

但同时，十七岁的我，恨姚竟连一个像样的拥抱或深情的亲吻都没有。

恨姚已经看透了自己。（他会不会说出去？）恨这以后只能更加活在惊恐中，从那一刻起已经就要开始盘计着，从今以后如何让自己隐藏得更好？（真的就只是如此了？还会不会再发生一次？）为什么这样不经意的撩拨方式就可以轻松卸除了我的防卫，难道——

姚伸手想为我擦拭，却被我推开。

默默从膝跪的姿势中撑起身，微微摇摇晃晃。远处篮球场上的灯光已经亮起。扶住桌角无法步行，无意间瞟见我的吉他，孤独地躺在课后才被拖把舔过仍濡亮的磨石子地上。这时身后环来一只臂膀搂住我的肩胸，随即耳边出现姚的哑嗓，一句句带着湿热的呼气，全吹进了我的领口里：

"好啦对不起啦！……不是故意的嘛……我都跟你说对不起啰，不可以生气喔！也不可以跟别人说，好不好？……不过刚才真的好刺激喔！……不懂为什么我马子她就是不肯帮我吹！"

★

那时的姚，那个大我一岁的留级生，粗鲁，吊儿郎当，却让我第一次理解到，男人的性感原来还带着一种类似愚蠢的安然，像一只不知所以光会伸出舌头呆望着草原尽头的小豹子。

男人的性感最好是那种懒且健忘的。因为他不再记得你，他才会成为你经验中无法超越的刻度。

那么在姚的眼中，那个在暮光糜烂中，捧住他青春之泉的我，是显得虔诚？还是卑微？当时以为，与姚永远不可能有讨论这个话题的一天。不需要立誓的默契，有关那天的一切，本以为早在走出教室后便画下句点。

高二分组，与姚进入了不同的班级，教室位于不同的楼层，几乎连在走廊或福利社撞见的机会都微乎其微。

转眼联考进入倒数计时。毕业前的校庆晚会上，我带着吉他社学弟们上台做了在校的最后一次演出。

当天下午校园里摆满了摊位，游园会的盛况吸引了台北各校的学生，一向封闭的男校里，一下子多出了这么多女生，让校园里的气氛更加显得热烈。在礼堂做完最后彩排,拎着新换的钢弦吉他,走过那些欢乐的人群,不经意眼角扫过一摊。煞有介事摆着水晶球在做塔罗算命的帐篷前,站立了一个熟悉的身影。姚瑞峰抱着一个女孩,两人的脸几乎贴在了一起。视线不自主往下移,看见姚那双被裤管紧抱住的长腿,三十度微张,从矮他一个头的女孩身后,跨夹住了对方的腰线。想是在抽牌问联考,因为随即便听见姚一声欢呼:"哇真的假的?会考得很好?"姚夸张的语气夹在女孩开心的笑声中,一样是那么雄性的粗哑。

"咦?——锺书元?"

逃不掉了,只好停下步子。

"这是我女朋友,"姚一伸臂把我拉近到他们身边,"这是小锺,我们高一的时候同班。"

是同一个"马子"吗?还是又换过了?当然我不会笨到真的问出口。

"要抽一张吗?"姚问。我摇摇头。然后姚看见我手中的吉他,开始对女孩吹嘘我的自弹自唱有多厉害,接着问我今晚是否要上台表演。

"贝比,小锺要表演,我想留下来听……电影改天再去看嘛,我们先去吃东西,吃完东西回来看小锺表演……小锺,你今天要唱什么歌?"

"瓶中岁月。"

"喔。"

姚眨了眨眼，脸上还是挂着笑，"那更是要去听了，你的名曲呢！"

是的，特别来为我高中最后一次演出鼓鼓掌，也算是一种对我的，算补偿吗？那时在心中掀起的酸与怒，已然是我日后在感情路上不断颠簸的预告。

我不是唯一。圈子里有太多像当年的我如此一厢情愿的人。

嘴上总说一夜情没什么，却总不相信对另一个人来说，那就只是一夜情而已。甚至于，明明并非真的觉得有喜欢，但也不能接受对方擦擦嘴就算了。不不，不是因为你喜欢的是男生，如何对十八岁在游园会的算命摊前，被姚几乎要搞哭的那个我解释：异性恋也是一样的，有人要攻，有人就要懂得守。当你懂得扮演攻的一方，一旦大胆成功过之后，就不会再像老处女一样总是陷进自己没守住的哀怨里了。懂不懂？懂不懂——？

夏始春余的四月天，日间接近暑热的气温，到了晚上却又开始骤降，成了让人得环臂抱胸的飒凉。

演出后没有立刻回家，也没有坐进观众席观赏接下来的表演，我独自站在礼堂的后台侧门外，等待。等待自己犹豫、失望与紧张的心情，能终止喧哗。我以为它们之间停止互相的指责与奚落后，我就能回到高一时，吉他社练习完就直接回家的那个自己。如此我就能松一口气，恍然大悟，那天黄昏的教室里其实空无一人，那个窗边位子上赶作文的男生，不过是我的想象。

台前土风舞社上场,音乐声起,是下午一遍遍重复排练到我都已会哼的一首俄罗斯民谣。学弟们邀了北一女的土风舞社同台演出,果然台下的欢声鼓噪雷动,站在礼堂外都能感受得到场子里发情的骚乱。沸腾中的荷尔蒙化为五彩气球,同时不断发出一颗颗卵形泡泡被恶谑击破的连环爆响。礼堂里的青春进行式,距离自己是那么的远。

场外的风却更寒了些。

直到我明白,什么也等不到了,才默默在夜凉中移动起脚步,往校门口方向那盏被飞蛾盅绕的路灯青光走去。

★

侥幸地挂上了北部公立大学,却是毫无兴趣的一个冷门科系。高二分组之后与姚瑞峰之间完全失联。甚至没有企图去打听过,姚后来考上了哪里。

但是我并没有忘记。

回忆的画面中,对方已模糊成一个影子。姚留给我的只是一种氛围、一种电流似的感应、一个类似充气的人形而已。形貌的细节早已被不同的陌生人替换。在校园或是在书店里,一张张让目光不自主停驻的脸孔,转贴到那个人形轮廓之上。色香触味,移花接木,自慰时便可有一再更新的版本。

Beta 影带还没被 VHS 打垮的年代,出租店里的密道领进不见天日的暗藏隔间。满墙的盗版,写着像是"花花公子精华版""欧洲香艳火辣性爱大观"等等耸动丑怪的字样。相较之下，我其实更偏爱超市货架上，各款男性内裤包装上的那些照片。内裤男模们不设防的无邪微笑迎接我的饥渴注目，他们自然欢喜地袒露半身，胯间的勃起若隐若现，好像他们是神的作品，本就该无私地献出予世人共享，全然不在意我的想入非非。一直要等到超市经理走近，我才意识到自己的行迹在旁人看来何等诡异，匆忙转身，然后朝出口故作平静地慢慢踱离现场。

已知其味，却未曾真正食髓，是我谨守住的最后一道，自欺欺人的防线。

曾经，公车上令人无措的陌生人身体接触，如今竟成为释放我的吊诡救赎。那些短暂的意合、技巧地传情，如同一场迅速又短暂的告解，承认了自己的罪，也赦免了彼此。入会的仪式暗中完成，不惊动任何人。更重要的，生存的讯息借此传递。我们的故事彼此心照不宣。握着拉杆的手掌偷偷并靠，小腿若有似无地轻轻贴触，没有多余牵扯，下车后一切归零。

无下文的旅途，短暂为伴，适时安慰了两个陌生人。在转身后，我们又可以鼓起勇气，重返异性恋的世界，继续噤声苟活，并开始习惯失眠。

总是不明原因突然惊醒，枕旁的收音机一夜没关，窸窣不明的讯声乍听像是潜意识发出的雷达呼救。同样的ICRT频道，同样的低音量，传来声波如水，如同站在夜黑的岸边，河面上看不见的行舟传来遥远的歌声。菲尔柯林斯（Phil Collins）当红的几首歌，*One More Night*, *Take a Look at Me Now*, 似乎总在同一时间播出。要不然，就是葛伦佛瑞（Glenn Frey）的 *The One You Love*, 乔治麦可（George Michael）的 *The Careless Whisper*, 都是悲伤男人的耳语。

可不可能有一天，男人唱给男人的情歌，也可以像这样公开播放，风靡传世？

距离那一天，还有多远？

无法再入眠的凌晨，只能悄悄潜回心底那间迷乱秘室里蜷缩，听着外头世界的尘暴一步一步越来越逼近。觉得自己像是一个越狱脱逃的犯人，躲在某个偏僻的小旅馆中，想起了过去清白无罪的人生。想到这一生将与如此漫长无尽的寂寞对抗，未来，只有两种选择。全副武装做好打死也不认，伪装到底的准备，要不，轰轰烈烈谈一场被这世界诅咒的恋爱，然后……会有然后吗？

这随时会被风沙袭摧的小小藏身处，甚至容纳不了另一个人与自己相依。

我几乎没法正常地上下课，没法跟大学班上的同学正常地互动，唯一能让我感觉安全的时刻，无非就是当抱起了吉他，在别人的和弦中化身成为一个个不同的痴情角色。

因为只有这时候，没有人会怀疑我情歌的对象。

3 旧 欢

打从十八岁那年北上念三专,老七一直就是过着独立打工的生活,开店后更是十几年都没回老家屏东吃过一次年夜饭。一个人关起门来过日子惯了,除夕又如何?顶多自己弄个小火锅,边吃手里还忙着待会儿开店要给上门客人的红包礼。招财进宝的钥匙圈,加金光闪闪的进口保险套,一个个丢进红包袋,都是好彩头。

年不年夜饭从没困扰过他,开店前的时光总是一晃很快就过去。更何况这年头已经不兴围炉守岁这一套了,一吃完年夜饭,谁想留下来跟成家的兄嫂妹婿们谈婚姻子女?单身鬼一个个都迫不及待溜出家门。到时候他们就会感谢,好在尚有MELODY这块美乐之地如此善体人意,照常开店等候孤家寡人上门。

一直以为,只要有这家店在,就够了。

最后一次,也是唯一那一回与汤哥一块儿过年,汤哥坚持要亲自动手煮一桌年菜。两人还煞有介事地提起菜篮跑去南门市场，在人潮中像逛大观园似的人挤人凑热闹。拎着满满两大袋食材回家的路上，老七心想这真像办家家酒。到了小年夜，酒吧打烊后两个人回到住处都已经凌晨四点，这才开始钻进厨房切切弄弄，一直忙到第二天快中午都忘了困。虽然自己一向吃不多，更何况那时身体已经有病，但是汤哥仍然好做那些费工的菜色。又是豆腐镶肉，又是珍珠丸子，还有最拿手的红烧鱼，煎完再焖，好漂亮的一尾，跟饭店卖的一样。

当初汤哥告诉他，是鼻咽癌而且他不想开刀的时候，老七还冷语回他一句：哪有你这种人，这么不知死活的？

开刀后声带就毁了，再不能唱歌，汤哥说，他宁可唱到死的那一天，也不要哑了。

什么鬼理由？老七初听见他这说法，一度气得不想再同他说话。

等过些日子静下心来，老七才体会出汤哥的痛处，甚至开始自责以前为什么对汤哥那么无情。不是赌气。不是放弃治疗。汤哥只是累了。就算杀死了那些癌细胞，不过就是让他继续在失望中苟存——

不能再唱了，汤哥的人生还剩下什么？

之前老七在新生北路高架桥边的那间小套房一住就是十年，买屋的存款早就够了，但是多年来他却始终缺乏改变生活的动力。只除了热恋的那几年里，他曾经幻想过，或许可以，与那人拥有一个自己的窝。之后看着房价上涨也没再动过心，总以为自己死后也没人可继承，何必多这个事。

若不是汤哥的病,老七还下不了买屋的决定。

意识到汤哥的时间不多了,不想看他这么辛苦,一边化疗,还得一面工作付生活费与房租,老七非常积极地开始为两人找一个新家。

甚至于老七认为,换了住家便是改了风水,磁场换一换,一定对汤哥的病情有帮助。最后终于在长春路上看中了一间,价钱还能负担,懂风水的朋友也请去看过,也觉得这个老式七楼公寓环境不错,所以一并连日子也看好,说赶在年前搬进去是大吉。

但是,要怎样开口邀汤哥过来同住呢?老七才发觉,要避开这个提议背后的复杂情绪,远比他想象中的困难。

某个打烊后的周日凌晨,在路边那家几乎跟MELODY同龄的老字号"万嫂"面摊上,老七点了几盘黑白切,等面上桌的空档,他斟酌着该如何开口。先问汤哥化疗进行得如何了,又问起治疗期间不能跑场登台,手边的钱还够用吗?

干吗?想要帮我申请急难救助吗?

汤哥用筷子夹起一片透抽,很快就打断了老七的迂回。

除了面锅上方垂吊了一烛灯泡,照出热汤冒出的滚滚蒸气给人有种温暖的感觉之外,几张折叠小桌都被遗弃在冬夜寒风飕飕的暗影里,两个人都冻得缩头缩手。

老七看不清汤哥的表情。这样也好,他想。

你知道,我买下的那间公寓,它有两个房间——

别说了,我不会跟你分租的。

嗳，谁说要跟你收租金了？你就过来住，帮你省房租不好吗？

汤哥正在一盘嘴边肉里翻挑，突然声音一拔高：那不就成了同居了？你他妈的想为那家伙守活寡是你家的事，我阿汤还在等我的白马王子出现呢！别想坏我的好事。跟你一起住？那我带人回家打炮太不方便了！嘿嘿除非你答应，第二天早上会帮我们把早餐做好，这样的话也许我还可以考虑考虑——

我答应你，汤哥。

黑暗中两个人影都静止着。彼此怎会不知对方的心事，都已经到了这等年岁了。一个担心的是若不这么做，怕会后悔一辈子。另一个不放心的是，如果这么做了，会不会让自己最后的岁月里又多了一桩后悔？

你不怕我拖累你？

过了半响，汤哥才给了这么一句回应。

没有情人，至少也有姐妹同住，那才算是个家吧。

老七说。

不管汤哥心里究竟有没有释怀，对他是否还仍有不谅解；如果汤哥对两人快三十年的情分也感到相同不舍的话，他知道，再多做任何解释其实都是不必要的。

汤哥走得很快，真的没有拖累。只是又太快了些，快到老七没有机会完成他觉得应当做出的弥补。

坐在面摊向汤哥提出换居想法的那晚，当时他并未意识到，这样的做法其实是因为自己的良心不安。汤哥答应搬来同住，不过是在帮他完成他的心愿，不想让他觉得亏欠或难堪。等他终于明白的时候，一切都已经结束了。

去年，又变成只有一个人的除夕夜。老七试着也想来做那道红烧鱼，结果一条好好的鱼被他翻得七散八落，皮塌肉烂。老七一怒把锅铲往墙上猛砸过去，留下了一片怎么也擦不掉的酱油渍。

他气的并非那条报废的鱼。自己又不是没有心理准备，一开始就知道结果的事，只是迟早的差别，为什么还贪想延续那一点短暂的记忆？过去二十多年不都自己一个人走过来了？

几乎是认识了一辈子的两个人，等到天人永隔后，却让老七越回想越厘不清，到底这是怎样的一种牵挂。

细雨仍飕飕如幻影在视线中忽隐忽现，天际已有丝微曙光照出混浊的云层。

老七转身退回店里，再度关起了大门。

走过吧台时，刻意停下脚步，对着吧台后少了自己的那块空位端详了一会儿，想象这店迟早会有熄灯的一天，到时候就会是这样的一个画面。

仍在播放中的 MV，突然就被老七拿起吧台上的遥控器给关掉了影像。

酒吧生意有个人人皆知的忌讳，绝不可以在店里唱蔡琴的那首《最后一夜》。就连汤哥过世前想唱，老七都没让他破这个例。

什么最后不最后的？别触我霉头。老七说。
不是我的最后，难道以后还有机会唱？汤哥还想要赖。
怎么没机会？你不是还要在红楼租场，开你的退休演唱会？

其实那时候就知道了，不是退休，是告别。
梅艳芳癌症末期在红磡开了演唱会，甚至穿起白纱婚礼服，一偿终生未嫁之憾。汤哥说，他也要最后来一场那样的演唱会，让老朋友永远别忘了他。
老七一直相信，是这个心愿让汤哥撑到了最后。怎料，他的病情突然恶化的速度让人措手不及。零零落落十来个老客人临时接到通知，还真的到场送了这一程，就在"美乐地"这破店里。
没有现场乐团，依然是卡拉OK伴唱。当天设备不足，只有架了一台V8做了录像，音质画面都不佳，光盘片丢在那里一直没勇气放出来重看。早先竟然没有想到，要在汤哥身体还行的时候，把他的歌声做成一份可以保留的纪念。这一年多来，一个人住着原本两人的公寓，老七仍不知道该怎么处理那多出来的房间，厨房现在也几乎成了蟑螂的运动场。对于一直习惯的是单身小套房、外卖，以及免洗餐具的老七来说，这一切他还无法立刻理出个头绪。老七说不上来那种感觉,好像他的生命里有什么东西,在汤哥去世后,也同样永远失去了。

忘不了的是那一晚,汤哥摘了假睫毛,取下假发,一袭雪白西服,终于以男装现身。化疗秃还没复元,人真的是瘦脱了形,看上去像是哪个顽劣的恶童,把一个微笑的肯尼娃娃恶整过了一番,拔光了它的头发,毁了容,还狠狠踩成了个弯腰驼背。老七一晚上都不敢正视汤哥的身影,只顾忙着放歌与送酒,且默默在心里跟自己一再警告,千万不能让汤哥看到他在哭。

死之前仍想要完成一点卑微的梦想,或者卑微地活着,只是活着,而已经没有任何梦想,哪一种比较艰难呢?

其实最想对汤哥说的是,一个人的除夕,原来是寂寞的。

*

(别再想了。赶快清理完,回去好好睡一觉噜……)

刷完马桶,倒出漂白水开始拖地,一边拿起水管四处冲洗,磁砖墙面上顿时流下了一道道水渠,像再也承受不了的压抑,终于找到了裂缝一泻千里。接下来从水桶里取出了稳洁与抹布,正准备要擦拭洗手槽上方的镜面时,老七却发现了这个让他不解的景象。

镜上沾着两个清楚的掌印。

手心的汗加上一点油脂的脏污,不留意还不易察觉,位置恰恰是某人重心倾斜后,以双手压住镜子的高度。

按老七的经验判断,那应该是某种激情的姿势才会遗留下的证据。

昨夜没有人同时一起进过厕所,这点他非常确定。

那又怎么会出现这么令人害臊的印记呢?

老七张开五指跟镜面上的掌印大小比对,竟跟自己完全吻合。他吃了一惊。就算是客人无意间或恶作剧留下的,那也是几个小时前了,但眼前的这一幅却轮廓鲜明,仿佛才刚刚被压上去的。

如果是自己的手,怎么会一点印象都没有?

心里充满疑惑的老七摆出了姿势,以双掌压住镜面往前倾身。

镜上两只神秘的掌印,难不成,就是当年的同一双?

淡淡的阿摩尼亚。从下水道渗透进来的湿气。灼热的呼吸。肥皂残香。烟味。汗味。男人味。所有的气味摩挲着,摩挲着,像要擦出静电似的,让心跳都受到了干扰。

镜前的他,曾经汗淋淋地一仰脸,看见了情人在他身后痛苦地、愤怒地、悲伤地咬紧牙关使劲到几乎快虚脱的表情。

对着镜中被湿气模糊了的影像,他突然喊出了旧情人的名。

那些年,固定周六的晚上他们见面,情人却总是直接去老七的住处等他下班,很少踏进"美乐地"。

这事曾让老七感觉有点受伤。情人都以不喜欢烟味为由,但即使不曾明说，老七也感觉得出对方不爱与其他的同类打交道。想当初刚开始交往时，老七还曾虚荣地在心中幻想过，如果能让店里的客人看见他的情人长得如此一表人才，公立大学毕业的高材生，任公职又在念硕士学位——至少这是当年老七信以为真的资料——那会是多让众人刮目相看的一件事啊！

对他的这段恋情，汤哥起先总回避着不表示意见，一直要等到那晚，两人搂着过了一夜却什么都没发生，汤哥才终于说出了真心话。

老七，我知道，我对你来说条件不够好，我们都希望找到一个又体面又可靠的伴，我懂。但是跟那人分手这么多年了，难道你都还没想通，他怎么会跟我们这种人过一辈子呢？——他从不来吧里，我看是另有什么隐情——就算你们没分手，他也是永远不会公开承认你们的关系的——

不能做公开的情人不要紧，对方心里有他就够了。

但这毕竟只是一厢情愿的想法。

两人那一阵子正处于低潮，情人变得异常沉默。他如履薄冰不敢多事盘问，但总觉得还不至于到了不能补救的地步。看见他破天荒走进了"美乐地"，老七先是一惊，但随即就被情人脸上的微笑卸下了心防。那样温和平静的笑容，分明是重燃爱火、心结冰释的迹象，怎么结果一周后手机便成了空号？

那晚店里客人很多，情人站在吧台前的一堵人墙外，看着他调酒洗杯还要忙着帮客人点歌，忙得不可开交，他就那么一直在原地伫着，不开口，也不更靠近。看了好一会儿之后，情人给他递了个眼色，往厕所的方向瞟了一眼。

老七看着对方的背影走进了那扇门，当时心中曾闪过一个古怪的念头：会不会那间厕所其实有着从没被发现的魔法，等情人再走出来时，他又会变成他们刚认识时候的样子？那个第一次和朋友到 TEN 还有点生嫩的大学生？

老七一直以为那就叫作缘分，五六年后竟然两人会在 MELODY 重逢。是你？无心走进店里的情人已没有当年的羞涩，认出老七时竟也是喜出望外的表情。

老七的记忆中，刚出来见世面的那个大学生，坐在 TEN 的包厢座，望着舞池里一群妖魔鬼怪的狂欢，总是一脸困惑的表情。老七曾经有点心动，但觉得要钓这种不上道的菜鸟有点费事，心想自己不缺这一炮，所以在 TEN 见过几次面，都只是疯言疯语撩拨而已，实际上也是暗中试探。

喂，你到底喜欢哪一型的，我帮你介绍！那一个怎么样？也是大学生喔，还是你不喜欢跟你同类的——？

那我们的"海产王子"如何？他杀起鱼来超有男人味的，我们这里很多人就是爱这款带流氓气的啦——！

你也是重口味的吗——？

什么？你都还没跟人干过？？

二十出头的老七，有人说，跟当年刚出道的日本明星吉田荣作有几分神似。刚进圈内的生手，见到老七惊为天人的还不在少数。但只要在圈内多混上几个月，就会摸清了老七这家伙是什么货色。据说还搞过登小广告诈同志财的勾当，以交笔友为名把人骗到旅社再来个仙人跳。

早年混迹新公园时期留下的恶名，老七到后来也无心洗刷了，却在那晚当大学生对他说出"你这一型就不错"的时候，老七心头涌起了自己都陌生的惭愧。不再是机会上钩的沾沾自喜，却反是同情起对方搞不清状况的单纯。不料，他们下了舞池才跳完第一支舞，马上大学生的同伴就上前低语了几句，把人拉走了。

那是对他的一记当头棒喝，让他第一次有了自觉，这样下去他的人生就快完蛋了。大学生从舞池被带离开时，曾又转头回望了他好几次，谴责中又充满无奈的眼神，老七一直忘不了。

因为有了 MELODY，才让他在退伍后与原来的生活方式一刀两断。那时老三就常对他耳提面命，别以为做 gay bar 可以左右逢源，MELODY 这种小酒吧既没声光，也没舞池，做的都是人情生意。客人若看你站在吧台后鬼头鬼脑，谁还会想让你赚他的钱？绝对不可以吃窝边草。绝对不可以在酒吧之外跟客人有金钱纠葛。跳下来做这行，心里就要有准备，你以后就没那么多机会约炮，谈感情也会更困难。大多数的 gay 还是不喜欢太过招摇显眼，跟一个 gay bar 酒保谈恋爱，那不就圈内人尽皆知了？你要想清楚啊！……

没想到这一次,老天爷把那个叫姚瑞峰的男人再次送到了面前。

当年游戏人间的小鬼头早学乖了,并不会天真到真以为老天赏了他一桩完美的前缘再续。这段关系要能走下去,不能公开是前提,也是必要条件,这些一开始他都清楚。但天底下哪种关系不需要一些让步与妥协呢?

*

头几年老七对于情人只能一周见一面的方式并不以为意,以为自己是看得开的,不会像其他那些姐妹开口情闭口爱,搞得要死要活的,哪个情人会不嫌烦?

让步与妥协也改变不了的是,自己各方面都不及对方,两人之间的差距难免让老七产生自卑。情人从不多谈自己的事业,老七以为,那是为了不让他受窘,所以省去了费口舌的解释,怕说了他也不懂。

个性低调的情人,每周有两天一夜窝在他的住处,做爱睡觉之外,就是看录影带。情人周一晚上离去之时,他总是在顾店,就这样不着痕迹地,他们各自回到各自原来的世界。像是短暂寄放在他这儿的一件行李,总是要被领走。所有激情的场景,现在回想起来,也都只是重复了又重复的步骤。

老七并非对两人的未来,没有过更多的想象。如果当初他为了这份感情,把这家店收了呢?会不会因此发展成比较正常的家庭生活?那也会是对方想要的吗?为什么没有这么做?是因为自己的懦弱?还是情人的犹豫?

彼此都有所保留,给了对方空间,却不知从何时开始,自己能掌握的空间越来越少。对情人来说,他们的交往只是生活中的一部分,其他更多的时候,情人是以什么样的面目在社会上与人应对,老七完全没有能接触到他这一面的机会。

能给情人的,恐怕就只有每周两天一夜的短暂放松、一点身体的慰藉,他自知不可以不小心拿捏着其中的轻重。谁教他真的很喜欢很喜欢对方,喜欢到可以光盯着情人的额际发鬓或脚趾上短短的汗毛都能感觉快乐。

趁着客人不注意,赶紧溜出吧台,一进了厕所就把门立刻反锁上。

他那间小套房的厕所,连一个人淋浴都嫌拥挤。从来不曾两人同时挤进过这个常人视为秽恶的空间。情人孤单地靠在白色磁砖墙上等待着,那身影让老七心中短暂地浮起一股私密的幸福感,想起了所有以前为两人一起生活曾勾勒过的美景。

也许他们会共同养一只宠物。也许在对方埋首书桌前时他会为对方把消夜备好。当然,他们还会有一间舒适宽敞的浴厕。

真正的伴侣才能拥有的。两人在那共同专属的方寸间,日复一日,进行着就寝前与起床后的仪式。只有过夜的缘分,营造不出那样的安心。各自的毛巾与梳子、牙刷与刮胡刀，像是身体与灵魂，少不了另一半。

脸盆里的落发，忘记冲水的马桶，洗衣篮里的脏袜，壁柜中的药膏乳霜，都记载着外人不知的身体细节。

无遮的身体在这里是再自然不过的事。他们纯真裸露，如同回到创世记的两个亚当。情人泡在浴缸里的时候，他也许正坐在马桶上修剪着脚趾甲，或是对着镜子用牙线清洁齿缝。空间中有回音轻轻震动，所以两人的交谈永远只需轻声细语就好。有时早上都赶时间出门（喔到那时自己一定早已摆脱这样的夜生活了……），他们会同时挤在镜前，吹头发的吹头发，刮胡子的刮胡子，那画面想起来都让人幸福得想发笑。

然而，在这间不知有多少客人曾偷偷进来打过炮的厕所里，当瑞峰抬头凝望他的那一瞬间，老七便知道了，梦幻永远只会是梦幻。在所谓稳定交往的多年之后，梦幻开始被剥去了性爱的糖衣，不知不觉走向了没有未来的局面，却假装无事，忍受着两人间的沉默。他手中可用的法宝何其少，让情人再一次享受被征服的快感后，或许就可以造成难舍与拖延吧？

瑞峰一向喜欢的是被狂暴地亲吻，被奴式地侵犯。

年少荒唐时，有多少次情欲难耐是跟陌生人在厕所里解决的？有多少客人曾在他店里第一次发现了犯戒的快乐，哪怕只是偷来的三五分钟？年轻时再也无法承受的压抑，偶尔宣泄爆发，需要的只不过就是这么一点点的隐秘。

高潮之顶，瑞峰突然把他推开，一反常态粗暴地把他压在了洗手台前。

以往都是他从背后朝着情人耳际一边喷吐狎恶秽语，一边熟门熟路挺进那个通往宝地的锁孔，情人的呻痛一旦转成迷呓的喘息，他便肆无忌惮地开始在锁洞内搜探，触压着每一个可能开启高潮之门的机关……

但情人那晚突击了他毫无准备的身体。

他紧闭着唇，不敢发出声音，却在瑞峰仿佛加足油门开车撞墙的过程中始终睁大了眼睛，不想错过镜中两人的每一个细微表情。以为会看到自己的委屈，看到情人的悔恨，但是都没有。两个人影在无声的机械式抽动中，最后竟然都只剩下一脸屏气凝神的漠然……

每当记忆启动，自己就成了一颗自转的陀螺，到最后总会乏力摔倒在地，晕眩的回旋让他始终看不见，也无法看清过程里的细节。即使到了最后，竟然是在这样的一间厕所里跟情人分手，他还是从没有忘记过，那人曾经让他以为，自己多么幸福。

为什么就是不能放下？

情人如今有他自己飞黄腾达的人生，有错吗？能够有更好的，谁愿意自甘下贱？

就算毁了对方，能换来自己失去的吗？

错了。又错了。可是现在反悔也来不及了——

恍惚中，镜中的他，身后缓缓浮现了若有似无的一个人形，正与他一同对镜凝视着回忆。全身的血液顿时都冲上了脑门，老七一惊踢翻了水桶，脚一软便摔跌在了脏水淌流的地上。

今晚是怎么了？

定神想要调整呼吸，却感觉脉搏错乱，忽强忽弱如同密码讯息，仿佛急迫地想要通知他什么紧要大事。

就在此时，电灯泡竟也无预警在一声轻爆后，如自尽般决绝地遗弃了这个世界。黑暗中老七伸手胡乱挥抓，想要攀住个支撑好让自己起身，却是连试了几次都落空。他叹了口气，干脆闭起眼靠着墙坐在一地水潭中。

（怎么会有音乐声？明明音响不是已经都关了？）

隔着一扇门，听起来像是卡拉OK的伴奏，但又似乎更像是现场的乐团。

（这时分难道还有客人上门，自己动手点了歌？）

谁在外面？他喊道。

没有人回答。

音乐的音量却开得更大了。

他小心翼翼地使力，双手贴紧滑冷的瓷砖墙面，稳住平衡，重新尝试缓缓站起身，在黑暗中他开始小步移动着。

喂——？如果有人在，来帮我开一下门好吗——？

门的另一头传来的依旧只是音乐的伴奏,没有人回应。每晚收到的现金都放在吧台的小抽屉,以前生意好时五六万跑不掉。如果真有抢匪在外头,只能怪这抢匪太白目,偏挑了个生意奇差的寒流夜。

那该死的门像是怎么也到达不了似的。

他只能继续耐住性子,小心在滑洒洒的地面上以一定的慢速度前进。窸窣摸索了不知多久,终于门框出现在他的指尖。有那么一秒,他突然担心,会不会一步出便有持枪抢匪在等着,用武器抵住了自己的脖子?

推开门,结果迎向他的竟然是漫天七彩旋转灯洒出的光点,差点闪茫了他的视线。

汤哥一袭水绿色低胸长裙晚礼服,正坐在吧台前的高脚椅上。

老七恍然忆起了这幅似曾相识的景象。

这分明是早先打盹时的**梦境**,竟然又再一次**重演**了。

这算是梦?⋯⋯还是梦中梦?⋯⋯

天晓得发生了何事,究竟他是什么时候又睡去的?

面对眼前的画面,老七感觉有一股无法言说的冷爬上了背脊——

如果是永远醒不过来的梦,那该叫作什么??

*

我六点交班,换下制服出来大概都是六点一刻左右吧。我没有特别注意时间。

对对,我进来的时候就发现他昏迷倒在厕所门口。我叫王铭龙,大家都叫我阿龙。除了周四,每天我都在对面的超商做大夜。

不算朋友,也不能说真的认识,都在同一条巷子里做生意,会打照面而已。

是,就是一般会来买东西的顾客。没什么交谈。

平常我交班后,他一定已经关店了,可是今天早上我却看到店招的霓虹灯还亮着。

大概快五点的时候我有看到他在打扫,他还说关店后会来找我订年菜,结果他也没出现。

所以看到霓虹灯一直还亮着,我就觉得可能出了什么事,所以才会进店里看看。

他应该没有生命危险吧?我刚发现他倒在地上的时候,他还睁开过一次眼睛,大概把我认作别人了吧,叫了一个名字,然后就没有意识了。

警察大哥,这是你们的管区,你们应该比我更清楚这家店是做什么生意的吧?我只是个超商工读生,平常都尽量不惹事,在这一区大夜班不好做,常有喝醉的客人闹事——

那倒没有,他们店里进出的人不会。没——没有看见其他人，现场就只有我。

我吗？做了四年了——对不起，我接个电话。

喂？小闵，你到家了喔？我跟你说，出了点事情——不是我，是MELODY的老板，没错对面那家——不用担心，详细情形晚点我再跟你说，掰。

对不起，大哥你刚刚说什么？

我只是报个案也需要跟你们回去吗？

可是我才结束八个小时的大夜班很困了耶，警察大哥……

4　重　逢

> 那些教人难以置信的事，却经常被孤独的人碰上。
>
> ——萨特，*The Nausea*

　　大三要升大四，成绩总在勉强应付的及格边缘，没有兴趣的科系读得没有一点起色，出现在社团的时间比在教室多。在学校成了幽灵人口，只有期中考期末考一定会出现，其他时候全看当天的心情。晚上从没在念书，忙着跑几家民歌西餐厅驻唱。失眠已经成了固定作息的一部分，早上的课爬不起来是正常，就这样颠紊混乱地又混完了一个学期。

　　漫长的暑假才刚开始。

　　英式庞克摇滚初萌即已让全球为之疯狂的年份，在亚热带的这个小岛上，这座阳光尚未被捷运开挖掀起的飞沙乌烟污染的城市中，位于民生东路上全台第一家"麦当劳"，在那年夏天，把一首乔治男孩的 *Do You Really Want to Hurt Me？* 播了又播。

　　极强的冷气，把阳光漂成霜气逼人的雾亮，冶艳如鬼哭的歌声一句句切裂了空气：真的真的你想要伤——害——我——吗？那声带听来仍未脱男生变声期的尴尬，却意外地充满了迷幻悲伤的气味。

我无法回答男孩的哀鸣，男孩唱出的正是我的焦虑与茫然。

总是睡到中午才起床。离晚上驻唱开始还有一大段空白，如果没有被排到下午的练唱时段，又不想待在家里被母亲唠叨，就只好坐在冷气够强、装潢崭新的"麦当劳"临窗凝视街景。经济在起飞，这些舶来品牌的快餐店才刚开始在台北接二连三登陆，每一家雇用的都是漂亮且笑容可掬的大学生，成功打入台湾人的生活。在彼时洋烟洋酒进口车国际企业尚未大举进军的年代，有好长一段时间，我们这些土包子都误以为快餐代表的是进步国家的现代化生活。尤其看着工作人员把时限内仍未售完的旧薯条毫不心疼地倒掉，更是令人对快餐的品质五体投地。一直得等到几年之后解严，观光签证首度开放，我们才会从返台游客口中得知真相。麦当劳在美国不过是廉价的粗食，流浪汉们习惯来店流连，顺便梳洗如厕或休憩。

不知其实也有不知的幸福。

就像不知几年后就会出现快餐爱情这种说法。不知校园民歌风潮即将结束，新浪潮电影只会是昙花一现。不知接下来三十年，这座岛将陷入无止境的政治斗争，淹没在群众叫嚣的口水里。一九八〇年代的台北，那个虽然无知却自得其乐的年代，同样也如黎明一瞬那么短暂。

虽已隐隐感觉这世界与我之间的距离不断在扩大,但表面上我跟大家没有任何不同,一样抹上浪子膏,穿起高腰裤,挂着随身听,青春太满只好挥霍。骗过满室与自己年纪相仿的潮男时女,更重要的是,也瞒过自己:我们聚窝在此,因为青春保鲜需要的就是得像这样的一个地方——干净明亮,有一点奢侈,有一点崇洋。

★

那天,我最先看见的是端了托盘从点餐柜台转过身的阿崇。

那人高三才从自然组转来我们社会组班上,同学一年不能算熟,毕业后自然就没再联络过。他与高中时的样子相差不大,仍然又黑又瘦。大热天里穿了全套一身的西装,让人不注意到也难。接着我的目光立刻转移到阿崇身旁的男生。他脱下的西装上衣抓在手里,另一只手的指间正夹着一截香烟(是的,那时候到处都没有禁烟)。那人骨节明显的手指,宽大手背上筋脉浮凸。卷起的袖口下,臂内侧清楚蜿蜒的血管像一条纠缠的绳。我的脑中突然发出讯号:这只手臂我认得。

"你怎么会在这里?"这是阿崇对我说的。

"原来是你。"这是我对姚说的。

"小锤,好久不见。"

"你穿成这样,我差点没认出来。"

姚的一脸痘疤已经大幅改善，换了一副雷朋著名的三角金边款眼镜，看上去比以前多了些书卷味。等他们过来同桌坐下，我才理解没有第一眼认出姚是为何。并不是对方的外貌真有那么大的改变，而是我的意识出现了跳针。

事实上，在认出阿崇前，我的目光原本停驻在柜台前一对西装笔挺的男生身上。

那一对男生其实就是姚瑞峰与丁崇光。原先姚的西装外套也是穿在身上的，然而我全然无意识姚在何时脱下了它。痴看着那两人背影的当下，有那么几秒钟就这么凭空消失了。一对穿着一致、体形相似的男性身影，之前从不曾让我有过眼花而不自知的神迷……

阿崇解释，这身打扮是他们在"国建会"担任接待人员的规定。

听到这么官方的名词，我诧异地几乎扑哧笑了出来。

他们那一周都住在当时还名叫"凯悦"的五星饭店，活动终于在刚刚下午落幕了。阿崇完全不察我的无动于衷，脸上仍是十分得意。接着又口沫横飞地描绘起这期的"国建会"规模之盛大，两三百位国外学者的接待工作何其吃重不易，主办单位挑选的又都是各校何等优秀之辈来担当重任。

"尤其那些校花级的美女如云，个个又漂亮又有头脑。"那人似乎有意加重最后这句的语气。

还真让塔罗牌说准了，姚不仅考上了一流的大学，读的还是当时尚不知在几年后会前途大好的资工系。阿崇念的则是与姚同校的国贸系。从高三同班一年留给我的印象中搜寻，阿崇下课没事就爱摊开报纸，喜欢与人讨论时事，他会乐于接触像"国建会"这样的政府活动我不惊讶，但是——姚瑞峰？

"你不知道瑞峰是我们学校代联会主席？"

"代联会？"

"小锤，你大学是念假的吗？"阿崇因为我的无知而笑了，"学生代表联合会，简称代联会。你们学校没有这样的组织吗？"

喔大概有吧。我回答得心不在焉，想到的只是每回学校举行晚会前，会来联络我出席表演的学生干部。大学里热衷学生会组织，还会积极出来竞选学生代表的，印象中不是法律系就是政治系学生，我一时无法将他们与记忆中的姚瑞峰联想在一起。在报告完近况后，三人一时也找不到适当的话题，所以接下来阿崇显然高估了我的时事常识，把岛内政治新闻综览当成了谈天资料——蒋经国这一任快到期了，你们看明年他会找谁做副手？应该就是孙运璿了对吧？如果下一任的"副总统"是孙运璿，他就是接班人，两蒋时代终于要结束了，你们怎么看？

反倒姚在一旁并不多话，一直到阿崇谈起他在《代联会通讯》这份学生报纸上刊了一篇《对美丽岛事件的重新省思》引发校方高度关切时，姚才突然打断这个话题，转过头问我一个人坐在这里干什么。

"没什么，就是无聊，来这里吹冷气。"我说。

"真是一点都没变。"

"所以你跟瑞峰高一时很熟喔？"阿崇问。

"你现在看起来很像青年才俊。"我说。

"我以前不像吗？"

姚笑了起来。直到这一刻，姚才终于露出了我记忆中那种带了点憨直的笑容。

姚的改变显然已不只是外貌，进了大学的他，与高一班上的那个留级生，若说是一对孪生兄弟也不奇怪。两人轮廓仿佛，但哥哥看起来多了弟弟所没有的冷静自信。

与他两人眼神相会的停格多了那么三秒，忘记是谁先转移了注视的目光。一旁的阿崇再次想加入谈话："他高一的时候不是这样子的吗？那他是怎样的？"

我还没来得及搭话，姚便先恭喜我全台校园民歌大赛打入了决赛，又问起还有在驻唱吗？我难掩讶异，问姚怎么会知道我这些近况。

"这就是代联会主席在做的事啊，包打听。"姚说。

三两句话后，直觉又送来了讯号：姚的冷静似乎只是为了在努力掩饰。掩饰什么？是不开心？还是不耐烦？校庆园游会碰到时那副满不在乎到哪儿去了？"听他乱说，什么包打听！"阿崇终于取得了发言权，"因为瑞峰他马子也有去参加啦，不过没进决赛就是了。"

"已经是前女友了。"姚说。

"不会是高三游园会上我看到的那个吧？"

"当然不是，"姚一边熄烟一边摇头，"丁崇光，谢谢你的大嘴巴，怎么都没看到你也去把个马子咧？"

"唉瑞峰，这就是跟你当哥儿们的代价啊！不都是被你先把走了？怎么还会有机会留给我呢？"

左一声瑞峰，右一声瑞峰的阿崇，坐在姚的身边，虽然穿的是同款的衬衫领带，可他看起来就像是姚的仿冒品。

"他高一的时候就很花心，看来这毛病一点都没改。"

我不意就随口丢出了这句，想必是语气过于认真了，竟让三人一时无话。短暂的尴尬中，高三校庆晚会表演结束后曾守在后台门口的记忆，这时浮上心头。一直以为姚那天晚上食言爽约了。也许我错了，姚其实坐在台下。他知道我在表演后希望能见他一面，却故意留下一道若有似无的线索，又在三年后这样轻描淡写继续添上一笔……

是警告？是备忘？那么他也曾不动声色，坐在民歌餐厅的角落听我演唱而没有被发现吗？

接下来的三人成行，就这样变成了一件似乎顺理成章的事。

相约去看场暑假档的热门电影，坐上阿崇的车一起去当时还没被大批观光客摧残的九份，或者有时唤来阿崇的表弟，四人一桌麻将打到半夜再去永和喝豆浆，一开始就像普通大学男生四处游荡，没有什么特别。如同皮肤上莫名冒起的红肿，一开始总有点刺痒，然后留下一块暗色的疙瘩，渐渐就不会去注意，到底肤色何时才会恢复正常。或是渐渐习惯了暗记的颜色，以为看上去并无不正常。

当起了"瑞峰的哥儿们",仿佛就是这种无法定义是正常还是不正常的肤色转变。这个有口难言角色让我跟姚的距离更远,偏偏两人的接触突然比真正当同学时更频繁。我的心里不是没有提防。不断告诉自己,不要动心,不可伤神。虽不完美但还可接受的三人成行,未尝不是转移欲望与焦虑的最好练习。

我曾如此想象,或许只要能练就这套不动声色的隐忍功夫,也许,往后的人生就可以不至于太过悲惨。

我知道,真正需要担心的,不是逢场作戏后一开学大家的鸟兽散,而是与姚在一起,这多出来的一个夏天,将成为另一场徒劳的乱梦。

秘密有时比欲望更不安分。欲望需要对象,但秘密却像一个孤独的游击队员流落丛林,在茫然的思绪里漫窜。

与他俩的互动,像是从某个陌生人的生命中借来的一段交集似的,因为不像是自己的东西,所以不得不随时小心避免损坏,难免就会流露出了一种不自觉的、刻意的殷勤。

怕阿崇看出自己的心事,我格外注意不要冷落了他,没事便把话题拉回我们高三的时候。高三的时候姚不在我的生活里。高三的时候姚曾经是过去式。现在洗牌重来。曾经姚的那种鲁莽中透露着孩子气的阳刚,如今被包藏在一副寡言沉稳的代联会主席身份之下,谁不当姚是个有为青年?

谁会相信姚曾在我的耳际狎吟着,我马子都不肯帮我吹……那个吊儿郎当的愣小子,曾经让人猜不透也放不下的姚,究竟哪里去了?

一度我有意回避他们的邀约,想要慢慢淡出这样的自寻烦恼。拒绝几次以后,姚与阿崇开始直接到我驻唱的餐厅来找我。说是专门来捧我的场,但我直觉,应该是有些什么我并不知情的状况正在变化中。

虽说暑假里大家都是在无事晃荡,但那两人也未免太闲。阿崇家境优渥也就罢了,但姚瑞峰家在中部,印象中他模糊提过,父亲年纪很大,抗战"剿匪"一生戎马,最后不过干到少校退伍。暑假里他不用回家看看父母吗?

也没听姚提起是否有在打工,校外租屋生活费也是不小的开销,还要频频来民歌餐厅消费,看遍首轮新片,没事泡咖啡馆吃消夜跳个舞打个小麻将,而且继阿崇后也骚包地在腰间挂上了一只 BB Call,这些照理不是一个只身北上的大学生负担得起的。难不成都是阿崇帮他买单的?

每晚的演出原本是我遁回自我小世界的独享时光,他们的出现并没让我感受到惊喜或虚荣,反倒更加深了我的不自在感。与姚佯作无事,称兄道弟的已经够磨人,我愈来愈感到自己在这三人行中的格格不入。

或是说，动辄得咎。

例如，当我无意间聊到，姚的吉他其实也弹得很好呢，阿崇竟显得非常吃惊，仿佛那是什么天大的秘密，一直追问我为什么会知道。"你听过他弹吗？"他的语气从意外变成怀疑，好像那是我编造出来的。

"当然听过，我干吗骗你啊？"

我不能说出全部实情。在记忆中，几乎已认定在那个黄昏的教室里，姚以一段吉他独奏对我试探性地撩拨，是不能公开的秘密。

阿崇不死心要姚露一手，姚却坚称自己都只是随便玩玩，好几年都没碰了，并不如我帮他宣传的有上台表演的水准。我不知道姚为什么要否认。又例如，姚会刻意提及高一的时候我总把笔记借给他，甚至夸张到出现"考试的时候若不是小锺罩我，我大概又要留级一年"这种说法。

换我不知道该否认还是附和。我并不喜欢被说成爱作弊的学生，不管是罩人还是被罩。就算要更正这种小事，有时也可能扯上并不想让旁人知道的事实做佐证，只好任他这样形容他与我的交情，放弃了反驳。

我相信姚不是记错，我们之间必然存在着那种默契。我会罩他。

秘密从不会安分地与灵魂共存，它永远在伺机何时灵魂的破绽出现，打算裂帛毁身而出。唯一仅有可用来驯诱秘密这只凶残怪兽的武器，只有谎言了。

我没有其他的选择。对我而言，重要的是：必须开始学习摸索着锋锐的锯齿底线边缘，看顾着彼此，谁也不可以被割出流血的伤口。

★

PUB 文化在一九八〇年代的台北，仍是带着遥远的越战遗绪，主要林立于中山北路双城街一带。师大公馆那附近的几家相对就因陋就简居多，躲在一些不起眼的旧楼上。离开了位在西门町的民歌餐厅，吃过消夜，通常阿崇会开车先送姚回汀州路上的学生套房，再开往新店，在我家巷口把我放下。

但是那天晚上放下姚之后，阿崇突然提议要去师大那边的小 PUB 喝杯酒。

在此之前，我从未涉足过任何酒场，顶多去了林森北路的地下舞厅灌过几回啤酒。阿崇熟门熟路地领我爬上灯光昏暗的楼梯，坐进了满墙除了几张西片海报外别无装潢的小酒馆，为我点了生平的第一杯调酒"螺丝起子"。

店内客人不多，一台 LP 唱盘音响放的是当年夏季红遍大街小巷的那首《女孩只想玩乐》(*Girls Just Want to Have Fun*)。早已习惯的三人行突然只剩我俩，一切仿佛退回了高中生故作成熟的原点。听着辛迪尖着嗓欢唱着喔喔喔女孩们只想要玩乐喔喔喔，酒精慢慢开始发挥功效。有时光看着阿崇嘴巴一开一阖，不明白他在说啥我就傻笑混过。那到底这些女孩想要怎么取乐呢？男孩们又去哪儿了呢？

很快就喝完了第三杯。但我仍问不出口，为何没有邀姚一道，反而是先把他送回去而单独留下我呢？

"……跑去印刷厂，冒充是会长交代，然后就把我们这一期要出刊的头题给换掉了！"没听见阿崇的上一句，抬眼只见他无预警的一脸愤怒，"……学校里有特务！"谍战电影里才会听到的台词，从阿崇口中说出来有种奇怪的喜感。问他原来要登载的内容是什么？"国建会"浪费公帑，进行一党独大的政治收编！他说。

以为自己听错，不是一个多月前才看见他因为躬逢其盛而得意洋洋？他说，那是为了要了解真正运作的过程，只有实地去参与才能提出强而有力的批评。原来如此。我用力地点了点头。

平日我虽都不插嘴，但听多了也大概摸清楚他们在进行的是一场怎样的角力。关于姚的身段灵活与足智多谋的事迹，已经不是新鲜话题，只是当事人不在场，少了两人一搭一唱把他们口中的教官走狗再痛骂一顿，阿崇继续吹擂的兴趣显然也不高，于是讪讪地结束了这个话题。

接下来短暂的无语空白，我们中间仿佛仍坐着一个看不见的姚，那感觉就像是，姚其实是我们共同虚构出来的人物。

我们共同认识的这个人，其实都并不算真的认识。或者说，姚在二十岁后的某一天起就开了窍，理解到自己具有一种吸引人对他好奇的特质，他只需保持某种淡然与不在乎，别人自动会像着色一样，在空白处填上那些衬托出他的颜色。

阿崇的手指在吧台桌面上胡乱跟着音乐节奏敲着，突然就停下动作扭过头，欲言又止地望着我。

对方的眼神里出现一种陌生的疑虑，反倒像是期待我会先开口说些什么。终于，他像是跟自己打赌输了似的叹了口气，问我知不知道，姚跟他们参加"国建会"时认识的一个学姐之间的事。

如同针蜇的感觉并不是因为姚又有了女朋友，而是因为我对此事竟然一无所知。忍受了这么久的违心自苦之后，才发现原来姚对我仍有芥蒂。姚真正的哥儿们是阿崇。我的假装终于露馅了，一股烧到耳尖的难堪。

为什么？为什么姚还能挤得出约会谈恋爱的时间？他是怎么办到的？

为什么我的生活却惶然空洞，像一个发了高烧的无助病人，只能拼命在梦境里毫无目的地一直奔逃？

我的失落中暗藏着自己一时都还不曾察觉的愤怒。

"问题是，学姐今年毕业，已经申请到了美国研究所，九月就要去了，这是一开始就知道的事情，瑞峰他不知道在放不下什么？"

把我单独留下原来就是为了这事。

"那种从小第一志愿又漂亮的女生，他也不想想自己是老几？"

说到这里他激动了起来，仿佛姚就出现在他眼前听训似的,"人家的未来没有你啦,还一头热那么认真。"没一会儿语气又转为怨叹,"要不就是他这家伙对感情太玩世不恭了,现在陷进去了吧!一个连珍惜都不懂的人,就算再有本事,人生到头来也是会空虚吧?……"

我差点就要脱口而出:同学你也未免管得太多了吧?
当下我竟无察觉阿崇其实另有所指。

我认识的阿崇爱批评爱管闲事,有点啰嗦但为人还算正直,总是兴致勃勃地在吃喝着把大家聚在一起,开车接接送送这些事情他做来从没怨言。与他高三同学一年,从来不知道他家里生意原来做得很大,这种低调不能不说也算是好品格的一种。我没有讨厌这个家伙,但他似乎都没有意识到他的好意所带给人的压力。因为怕他失望,我好几次都是勉强赴他的邀约。在高中的时候,他就是那种随时都在背英文单字而让人觉得想躲开的认真学生。

对他的认识如果一直停留在高中时代,我会这样勾勒出一幅他的未来:大学毕业后很辛苦地继续进修,三十多岁接下家族事业继续辛苦地工作,四十岁的时候很辛苦地扩大了事业版图,并开始每年安排一次全家的旅游,继续担心着时政大事以及子女的教育……已经为他准备好的这套人生脚本,似乎也没啥不好。如果不是因为姚的话——

隔着时空,他那张黑黑窄窄、有着粗眉高颧的瘦削脸孔,突然朝我无奈地笑了。

"我说的他都不听。本来想让他带 Angela 来听你唱歌，他说不要让你知道，我想，他一定是比较在乎你的看法……"

前一秒如落败逃兵的我，下一秒自以为找到了可攻入的破绽，"瑞峰他就是花心，心情不好也可能是因为女生比他认真，他想甩又甩不掉啊！……"然后故作轻松地把杯中物一饮而尽，"没事的，我知道他这人的脾气。"

这样的论点无疑让阿崇吃了一惊。不必太费工夫就能为姚粉饰圆场，我的这种天分又再一次被启动。

店门推开，一群男生呼拥而进。两个老外与三个本地人，旁若无人地高声嬉笑。我立刻转过脸去，假装视若无睹。不是因为他们刺耳的喧哗，而是那一股刺鼻的浓郁古龙水异香，如同一条斑斓的蛇，扭动着在窄小的室内乱窜。我感觉脸上的肌肉顿时僵硬。在这地方出没的，不光只有蛇。

"妈的，不男不女！"

阿崇的斜睨让我登时心凉。再怎么推心置腹，这块铁板总会无预警跳出。柜台酒保把辛迪劳帕的唱片换下，放上了那张玛丹娜（Madonna Ciccone）的 *Like A Virgin*。刚进来的一伙人立刻大声跟着合唱起来，配合着动作，一翘臀一噘嘴，尽得娜姐真传。

在一九八三年的这个夏日午夜，若是有人穿越未来告知，玛丹娜有朝一日将成为流行时尚一代教母,反而一出道就拿下了格莱美新人奖,才气光芒无疑压过同期玛丹娜的辛迪劳帕在一九九〇年后,再也没有登上过畅销榜的金曲,我想,我一定会嗤之以鼻,觉得那人疯了。

所谓的未来,原来总隐藏在我们不愿正视的过去里。

★

"不早了,我们该走了。"我说。

阿崇的酒量原来并不怎么样。双眼布满血丝,目光惺忪,听见我的话他摆摆手,不知道嘟哝了一句什么,便踉跄地跨下高脚椅,让我半搀半拖地步下了小酒馆的楼梯。

也不知他是真醉还是有什么心事,下楼来一屁股就靠着骑楼柱子滑坐在地,口袋里东摸西掏,找不着烟。我要帮他回楼上去找,他说不用了。看来仍不想回家的他,零零落落哼着一首歌,半天我才听出调子,是一部电影的主题曲。

那部电影的片名叫《纳许维尔》(Nashville),导演劳勃阿特曼(Robert Altman)的经典名片,主题曲 I'm Easy 得过奥斯卡,在当年却是禁片一部。当年民歌圈里人人都练过这首歌,前奏一段 solo 简直就是吉他教学范本。好笑的是,没人知道这部电影究竟在讲什么,又为什么会被禁演。

十几年后才有机会看到录影带，电影中，纳许维尔这个乡村音乐之都在某次美国总统大选期间，成了政治金钱与娱乐媒体角力又合污的大本营，最后以一起暗杀枪击悲剧收场。在当年还在戒严时期的台湾，这部电影拿不到准演执照原来是这个原因。总被蒙在鼓里的年轻岁月，热衷学习欧美，却从不知事情的原貌，我们就是这样摸索着走过了那个年代。

"嘿，小锺，那次听你在台上唱这首歌，觉得超赞的，我就去找了唱片学了起来。"阿崇抬起脸朝我笑了起来。

阿崇的车停得老远。午夜的辛亥路上半天没有车踪。可能有台风将至，闷热空气中不时吹起疾疾长风。我加入了阿崇略带沙哑的歌声。冷清的马路宛如散场后的舞台，响起了两个男生的微醺心情。Give the word and I'll play the game, as though that's how it ought to be. Because I'm easy……有话你就直说，我会奉陪这场游戏，玩到真假难分，只因我是个随兴之人……

所谓的游戏里，有无可能一方故作随兴而实际上只是想满足虚荣？另一方看似逢场作戏，或许只是看穿了对方的用情不专？……这会不会也是我的写照？

明知道顶多也只是继续暧昧下去，却一直在等姚的下一个暗示，仿佛嫌自己沉落得还不够彻底。这是他的操弄，还是我的委曲求全？新交了女友，同样的情节难道还会有不同的结局？天空开始飘起雨，我们快速起身过街，躲进了阿崇的车中。两人接下来不发一语地坐在车里，其实都在等待对方先开口。阿崇扭开了收音机。ICRT主持人叽里呱啦说着英文，大概是在回复听众来信点播，前面说些什么我无心去注意，直到主持人报出曲目：*Do You Really Want to Hurt Me？*，乔治男孩的歌声立刻把我带回在快餐店巧遇的那个下午。我想起了在点餐柜台前并肩而立的那一对西装男子身影。那时的他们看起来互动亲密。

对男生之间所流露出的温柔有如侦测器敏感般的我，一时还曾被眼前的景象吸引。虽然只是短暂的几秒。但，有没有可能，那年夏天一开始时的三人关系里，阿崇从来都不是我与姚之间的局外人？反倒是，那个夹在中间的电灯泡，其实是我？

对世俗的监督而言，身体才是红线警戒，只要动作不娘，手脚安分，男男之间你看我我看你，可以是惺惺相惜，也可能被当成争锋较劲。心里没鬼，根本看不出端倪。

能指认出弦外之音的，往往总是那个在暗自觊觎，却不幸遭冷落的第三方。控诉不了任何人，只能自伤。被当成空气一样的存在如此失落难堪，自尊心的挫伤结不了痂，那块永远裸红的皮肉，对他人之间的气味暗通变得格外敏感。这样的一片疮口，到头来，像极了天生就是"那种人"的胎记。

第一次三个人在麦当劳碰到的那个下午，店里同样也播放着这首歌，我说。

"那天就发现你和瑞峰之间怪怪的。"

阿崇停了一下，见我没回应，再开口变得像转速失控的唱盘。

"刚刚在酒馆，对后来进来的那些人，我不是不屑，我只是不懂，为什么他们要让全世界都知道他们喜欢的是同性？为什么喜欢男生就一定要变成女生的角色？重点不是在爱一个人吗？好好去爱一个人就好了，不是吗？那样惹得大家侧目要做什么？……我不是不懂那种爱情会走得比较辛苦，我懂——所以我才更觉得他们不应该，不应该把这件事搞成了闹剧，可以不必那样的……小锺，我想说的是——不，我想问你，如果，如果有一个很帅的男生，他说他喜欢你，你能接受这种事吗？"

也许吧，我回答。

尽在不言中，我们甚至连那个字眼都没说出口。

"嗯。"他的视线盯着窗玻璃上的雨渠纵横，仿佛等待一个什么暗号，那句回答终于才能出口，"我想我也可以。"

半晌，他扭低了收音机的音量又再开口："你才是我总想把三人约在一起的真正原因。我不确定，你和瑞峰之间怎么了。"

我沉默不语。

他知道，他都看在眼里。在"国建会"做招待住在凯悦那几天里，他和姚都睡一张床。两个血气方刚的男生一整个礼拜住同一间房，全天待命哪里也不能去。

你觉得会发生什么事呢？他反问。

做了不止一次，而且。

最后一天活动要结束的那个早晨，当他们依旧穿上了制服西装打起领带,一起对镜整理仪容时,他看见镜中的那人眼神突然变得陌然而遥远,他就已知道,那几晚发生过的对姚来说只是性,等会儿上班时姚可以依然若无其事地跟那个叫Angela的学姐继续打情骂俏。翻脸吗?什么理由?一个巴掌拍不响,怪谁?这种事彼此只能装没发生过,你懂吗?……

告白突然在这里打住,两人陷入如同末日前夕的死寂。

"你觉得,姚瑞峰他到底是不是?"

我说我不知道,怎样才算是。

为性而性,听起来如此简易迅速,姚却连吃一口回头草,再来撩拨我一下的兴趣都没有,这说明了什么?

我的胸前如同被人击了一拳般暗暗痛闷,只听见心中传来了轰然一声犹如地底密室塌陷的巨响。

我想起曾读到王尔德剧本里的这句台词:"真爱会原谅所有人,除了没有爱的人",突然感到一阵冷颤:没有爱的人是做了什么,还是因为该做而没做什么,所以需要被原谅?

严格说来,我和姚根本不算发生过关系。

我的心情既不是愤怒,也非伤心,我所能想到最接近当时感受的字眼是:凛然。甚至我怀疑,姚和阿崇这些日子对于我招之即来的加入,都是抱着一种宛如看好戏的心情。我垂涎又假装无辜的辛苦看在他们眼里,必定让他们感到自己的优势与幸运,因为即使姚继续和Angela交往,他们还是秘密地拥有着彼此,而我却仍是不得其门而入,宛如不停朝着友善路人摇尾的一只流浪犬。也许姚曾暗地不止一次摇头冷笑：贪心又愚昧的这个家伙啊，竟不知自己从不曾是我真正欲望的对象，怎么会到现在还没想通，我只是需要有摩拳擦掌练习用的替身呵——?

然后阿崇就哭了。

大概从小学之后，我就没有看过一个男生痛哭的样子了。那模样，真的比女生哭起来还要堪怜。女生的哭太绝望，让我觉得有一种歇斯底里的威胁感，当下一定想要递上手帕（那年头连小包纸巾都还没有），希望她停止。而男生——不，男人的眼泪，因为稀有，因为看来如此不熟练的一种无措，让人不忍打扰。

那样的伤心无法作假。我的感觉不是错愕，反像是庆幸。庆幸自己一晚上的耐心没有白费，他最后还是得向我投诚吐实。像急诊室医师必须诊断出病人创伤等级那样，我告诉自己不要慌张，专心地开始观察着对方的疼痛变化。

我没想到自己能如此平静。

如果他跟 Angela 是认真的，我祝福他……如果可能，我难道不想谈一场跟大家一样的恋爱？……认真没有错，但是只有认真还不够，还要勇敢——

那人抽噎着吐出一串串的断句，让我想到奋力仍想游回岸边的溺水者。

我以为该哭的人是自己。

同样落水，而且泳技奇差，我救不了任何人。

★

所谓的认真，多年后的我才更明白，对每个人来说所代表的意义并不相同。

对姚来说，无关得失，只是取舍。

对阿崇来说，是容不下一粒砂子的绝对。

而我，似乎总在该认真的时候不认真，在该放手的时候却又认真不放。

每种幸福都有它的代价，而我一心努力想找出换算的公式。毕竟，我们只听说过男人与女人的婚姻。如果守候一个男人不算婚姻，不成家庭，那是不是至少可以称之为"同修"？

资讯如此封闭的当年，我们无从知晓，一九六九年在纽约一间叫石墙的同性恋酒吧，一场我类与警察的冲突抗争已经发生。无法得知一九七八年在旧金山，一位勇敢站出来的我族中人，写下划时代的一页当选市议员，之后竟又遭仇恨者枪杀。

一九八三年的这个夏天，我们仍如同石器时代之人，意外发现钻木取火。而仅凭着这点星火，许多像我们这样的同类，却决定开始扭转自己的命运。

夜晚降临，族人聚于穴居洞前，大家交换了踌躇的眼神。手中的火把与四面的黑暗洪荒相较，那点光幅何其微弱。没有数据参考，只能凭感受臆断。改变会不会更好，永远是未知的冒险。

有人留下，有人上路。流散迁徙，各自于不同的落脚处形成新的部落，跳起不同的舞，祭拜起各自的神。

有人决定出柜，有人决定不出柜；有人不出柜却也平稳过完大半生，有人出柜后却伤痕累累。无法面对被指指点点宁愿娶妻生子的人不少。宁愿一次又一次爱得赴汤蹈火也无法忍受形只影单的人更多。所有的决定，到头来并非真正选择了哪一种幸福，而更像是，选择究竟宁愿受哪一种苦……

回到那晚阿崇送我回家的路上。

当车子在空僻的马路上超速冲飞，宁愿受何种苦的疑问也如子弹一般，射进了我的胸口。迎着从摇下车窗中灌进的凉风与飞雨，阿崇突然加足油门，把头伸出车外，一路放声长啸。我从不知他也能有如此放肆任性的时候。

"你只是不知道而已。"他说。

男人对于那些难以掌控的女人，永远可以诉诸道德审判的假面。如果跟女人发生过关系后又被一脚踢开，难过归难过，但男人总还可以骂声贱货婊子来出气。

但是，当自己是被另一个男人弃绝，那种失望的痛与纯然的男女失恋相比，多了更深的一道斫伤——因为这回不光是被欲望的对象忽视，还要加上被同性否定的挫败。所有在异性恋世界拿到过的奖状与兑换券，进了这个圈子后，那些都成了屁。

我虽不是偶像型的帅哥，但从女生对我的态度，我一直以为自己的条件绝对不能算差。我以为这样的评比结果可以同样让我赢得同性的青睐，殊不知在男人的眼中，并没有同样的积分方式。

没有人是婊子。只有输不起的逊咖。

当年的一句广告名言，幻灭是成长的开始，事实上并不适用于我们。因为在这个世上，他人所认为真实的，像是每一条能被解释的法律，每一种关于爱的宣誓，以至于成家立业生老病死的种种资源，对我们来说，才更像是看得到却摸不到的幻觉。因为那些，从来都不是为我们这种少数人而准备的。

对于异性恋来说是幻灭的，却可能是我们茧上的破口。我们的成长，反过来得依靠着不可轻易放手的幻觉。在他人的幻灭中，我们得找出另一种真实，反之亦然。

不可以，不忍，是我们生存的最高原则。

一定要忍得住，也绝不能在该狠的时候有不忍之心。

人生不过才起步，对情对欲，对爱对寂寞都还一无所知，却已被迫去面对有限的选项。身为本省家族企业长子继承人的阿崇，我后来才知道，父母早在当年就已开始为他物色门当户对的对象。

而没有任何家世背景却又雄心勃勃的姚，比起我们多数只会读书的大学生，更早嗅出了当时政治的山雨欲来。暗潮汹涌，各方群雄蠢蠢欲动，私下招兵买马培植自己的实力。一场政治洗牌即将掀起的前夕，姚好不容易奋力挤到了前排，之后面临的选择——或说他面临的无可选择——只有婚姻。

因为"那种人"在姚的口中是不配有爱的。

二十岁时的我却从没想过，比"那种人"更不见天日的下场会是什么。

上个世纪正一步步走向尾声。不消几年时间，同修变同志，孳子满江湖，一间间插立彩虹旗的新道场开幕，宣告了一张门票一场春梦的时代已然降临。

青春不长久，灵肉合一的说法且留给那个不知何时才会出现的恋人。如网捞鱼货般的同类，一箩箩被倒进周末的酒吧，缺爱濒死，个个激烈拍击着挺猛的鱼尾，鳃口狂吻着满室的费洛蒙，湿腥推挤，合欲同流。啊原来可以是这样！我听见来自青春期的那个声音如此讶异又兴奋地嚷道……

曾经，夜空中突然出现一道道刺亮的闪电，把犹是黑夜的当下照成了晃然白昼。我们吃惊之余，在那一瞬间，都不自主朝未来的天际猛转过头。

我永远记得，当时的我们，那样惊恐凝望的神情。

5　在迷巷

天气竟然无预警地放晴了。

折腾到了九点多,阿龙从警察局回到住处时,小闵已经睡了。

早餐蛋饼与豆浆放在茶几上,小闵把自己的那份吃了,留下一桌未清的残局。他摇摇头,把杯盘连同剩下的蛋饼一并送进了厨房。经过了一早的波折,他没有胃口。错过了原本的上床时间,困意过头后,反而出现了一种亢奋。

进了自己的房间,拉上窗帘,阿龙躺在床上强闭起眼睛,企图让自己冷静。

员警勘验后的结论,MELODY 并无遭人闯入,现金也原封不动置于吧台的抽屉,老板被送医后紧急进行了中风后的手术。应该就是一件单纯的报案,为何被管区员警又带回派出所细问?躺在床上的他重新将回忆倒带,才警觉到当警察问道,有没有看见其他人的时候,自己曾迟疑了两秒。

把胳臂横搁在鼻梁上,想要挡住从窗帘缝隙中钻进的刺目光线,却挥不去越来越清晰的记忆。(唉,一定是被看出来我的欲言又止了……)不安地翻身侧睡,再次想到了那个密闭不见天日的酒吧。(难道会是幻觉?……)

推门而入的那当下,不知白昼脚印有多久不曾踏入的那个空间,立即扬起一股烟与酒混合着某种陈旧装潢的气味扑面而来。就连现在深吸一口气,那气味都像是仍一路尾随着来到了自己的房间。一进门,立刻发现有人倒卧在洗手间外甬道上,他下意识便冲上前想要将人扶坐起,却在这个时候听见身后有人朝他喊了一声——

印象中他迅速地回头,却不见屋内有其他人影。

从前在门外,总以为这里头是怎样的一幅春光绮艳,如今定神慢慢巡视起室内各个角落,这才看明白了,不过就是一个吧台加十几张高脚椅。

但是印象的落差反更增添了这地方的诡异,教阿龙不禁怀疑,是不是自己闯错了时空?这样一间暗旧的密室,每晚是否会有他看不见的妖氛窜出,让那些人时间一到便如中邪般来店里报到?昏迷在地,不知是死还是活的店主,难道懂得施法,能让这荒屋中的客人自以为身处酒池肉林?

这个甬道无疑是屋内最黑暗的角落。蜷在墙边的阿龙,眼看着一寸寸朝屋里蔓延爬行中的日光,仿佛并不是来拯救他们的,而更像是一个侵略者,企图要摧毁这屋里一切,这黑盒随时有可能粉碎在光天化日下。一瞬间的晕眩让他几乎分不清,自己究竟是属于黑夜的这一国,还是白昼的那方。

等确定了屋内并无其他人藏匿,他却又无端感到颈上一阵凉,心跳顿时加速。为何自己会出现在此?为什么偏偏是这个清晨天亮前,他与老板有了罕有的互动寒暄?也许在那时就有了某种说不出的预感,才会在下班时多看了 MELODY 一眼?

事后当员警问道:"有看见其他的人吗?"本来差点就要脱口回答,好像听见有人,然而一念之间又把话吞了回去。

好在现场看不出任何可疑犯案的迹象,想要进一步厘清楚始末,只有等病人手术后清醒了再问话。"这间酒吧的老板真命大,如果你晚个十几分钟再发现,他大概就没救了。"员警留下阿龙的联络方式,最后又补了一句。

不晓得是不是自己心虚,总觉得对方的话中有话。

不能怪那值勤的警察,就连阿龙自己也仍充满疑惑。但是他心里清楚,不能随意向人透露更多了。短短十来分钟,等待救护车抵达的那段时间,他曾多么努力压抑住心头的森然之感,强作镇定不断告诉自己,多亏了那声音的提示,他才没有对病患做出错误的处置。

那个看不见的说话者,有可能是曾见过的人。

不是一个完全陌生的声音。到底曾在什么地方听到过这个人的声音呢?

一定会有比较合理的解释,譬如说,某个离去后又折返的客人,当时刚巧从门外进来,在他背后喊了那些话后,自己又匆匆忙忙跑到外面去求救了吧?

但就算出去求救，也还是会回来看看老板怎么样了才对。怎么后来连人影都不见了？就这样一走了之了不成？

问题是，如果真有这么一个白目的家伙，他折返回来原本是想做什么？

不认得其他任何酒吧里的常客，更别说若想要通知与老板亲近相关的人。已经有好长一段时间，阿龙都只见老板自己一个人关店打烊，另个没事会做女装扮的家伙，好像也有一年没见过他出现来帮忙了。

究竟那两人是什么关系他从来都并不清楚。（是合资的朋友？搞不好是情人，现在已经分手了？……）

他总不方便平常在老板结账的时候，刻意去探这种隐私吧？更何况，他们这种人之间的事情，外人怎么会搞得懂？只是一时还真想不到，有谁可能跟老板关系较亲近，应该通知一声。

这件事现在应该是警察的工作，并不该由他来操这个心。但是稍早出现的那两个员警，说不出为什么，让阿龙总有些不放心的感觉。

他想起其中一位员警在老板的皮夹中翻找证件时的表情。

身份证与健保卡上写着老板很菜市场的名，林国雄。啪啪掉出了一堆会员卡，警察捡起来，开始一张张悠闲地浏览，嘴角带着嘲谑的似笑非笑，一边转头对另一位员警说："全是三温暖和按摩院，都不怕得病喔！"

然后是一张照片，从皮夹的内层给抽了出来。

警察先生瞥了一眼，本来很快就要塞回皮夹，但像是被提醒了什么，又重新拿起来检视。屋内太暗看不清楚，又对着门口射进的斜光打量了许久，最后把照片递给了他：

"这个人常来店里吗？"

相纸冲印，好古老的东西。都已经褪色了。没错，照片中的林国雄至少比现在年轻十几岁，三十郎当的一个帅哥，笑得十分开心。

照片中与老板搭着肩的另一位，相貌堂堂，性格中又带了几分书卷味。若说这人也是他们那种圈内的，走在街上还真认不出来呢！

是情侣照吧？哥儿们照相的时候，不会出现这种依偎的感觉。没见过，阿龙把照片还给员警，摇摇头。

原来老板不是一直一个人，曾经也是有人爱过的。

员警又把照片递给了另一位，对方也是瞪大眼睛端详了半天，然后跟他的同事交换了一个"现在该怎么办？"的表情。

"你觉得呢？"

"不是那么确定。"

"这叫作摸蛤仔兼洗裤[1]。"

"还是小心一点好啦！"

那两个员警彼此间的对话，始终像在打什么哑谜似的。

1　意谓一举两得。

之后被带回去派出所又再做了问话,阿龙始终不解所为何来,不是已经确认了,既非抢劫也无人行凶了吗?在黑夜黎明交界一刻所听到的那声音、那张皮夹里的照片、照片中的人,这一切究竟有什么关联?更让他难以释怀的是,那声音,如果不是自己幻觉的话?——

"是中风……千万别移动他……"
那是一个听起来十分疲倦而低哑的声音。

隔壁卧室里的小闵又在说梦话了。
这突如其来的惊扰,让正在思索中的他一时误以为,那个声音又再度来偷袭。
与小闵一直各有自己的卧室。少了一般人的正常作息,两人仅有的睡眠时间显得格外珍贵,容不得彼此不同的睡眠癖性来搅局。像是小闵就经常梦话连篇让人发毛,他则总会因鼾声如雷被半夜摇醒。勉强适应了一周,终于还是不得不分房。
竖起耳朵,侧听了一会儿隔墙的梦呓。若不是知道小闵有这习惯,乍听会以为,房里有另一个人正在与她对话。
都是未完成句,仿佛对方非常善解人意,只需要点到为止。从那软绵低吟的语气可以判定,梦里的小闵,显然比在清醒的时候开心。

是谁在她的梦里?

◎

　　翻来覆去也不知到底有没有入睡，几个小时后，他便放弃了继续这样辛苦地与睡眠搏斗。有种恍惚的感觉，半梦半醒间一直急着要找某样东西。瘖瘝不明的场景，昏暗的视线，竟有几分与那家酒吧类似。坐起身，只记得最后这点印象。一看表，怎么才下午一点半？

　　随便梳洗了一下，拿了机车钥匙，他轻手轻脚地又出了门。

　　到了医院，发现手术虽然已结束，但病人还在恢复室，尚未送回病房。阿龙又骑上了摩托车，在七条通附近的巷子里兜了一圈。

　　之前几乎很少在天黑前进来过这些巷弄，少了层层叠叠俗艳霓虹的加持，在冬日的残阳下，这一区显得比印象中破旧。隔着巷子两公尺不到的宽度，他朝对面 MELODY 的店门打量。铁卷门只拉下了一半，招牌灯在警察与救护人员的一阵忙乱进出中还是忘了关。白昼里那店面的外观像一张人脸，眨着未眠的眼，咧开了嘴正对着他笑。

　　走过了街，把铁卷门拉起，进了酒吧里再用高脚椅抵住大门。西晒的冬阳虽已没有温度，但比清晨时仍要来得耀目许多，让人觉得屋内顿时像被消了毒似的，空气也瞬间流通而冲散了不少那种积压多年的陈旧怪味。

　　走进吧台，开始摸索着所有的电源开关，试按了好几个，才终于确定把屋外的灯箱招牌给熄了。

看起来这店里除了几瓶还没开过的威士忌，没有其他值钱的东西。

之前一直避免去瞧墙上挂着的一幅幅男体艺术摄影，如今门户大开照得满室明亮，想假装四壁无物都不可能。但是为何这些摄影海报中都是西洋男子？有件事阿龙一直没搞懂过，gay到底分不分男女？如果两个人都是像墙上这些肌肉发达的壮汉，做起爱来岂不是像小时候在乡下看到的牵牛交配？

但是这不是他独自回到这里想要研究的重点。

即使在白天，这里仍是个感觉阴暗的场所，加上昨晚又下了一夜的雨，大夜班结束后，自己的心情既疲累也郁闷，在这些因素之下，会不会是自己失了神或出现了错觉呢？

看得出来这个林国雄还真是个能省则省的。没有制冰机，用的冰块都是零售的就算了，连个餐饮业必备的冰箱都没有。吧台后的地上堆放着一个个郊游用的小冷藏箱，啤酒就这样冰在里头。算准了一晚上多少瓶用量，宁可麻烦每天叫货，也不想多存个半打。凭着超商打工多年的经验，他一眼便看懂得了老板为了省电所打的算盘。

再来就是这地方也没装保全系统或监视录影，连铁门也还是手动式的卷门。阿龙找到了柜子里放的大锁与链条，心想就算没值钱的东西好偷，到了晚上可能还是有不知情的客人上门，所以还是拉下店门锁上比较好，否则一定会有人跑来超商找他东问西问的，他可不想整个晚上都被这种事骚扰。

检查过了一圈，这屋内看不出有什么不寻常之处。总不会是照片中的人在说话吧？明明听到的那句是中文，可这些都是阿凸仔[1]啊！

至于小贮藏间里那么一大捆的冥纸是作为何用，他以为做生意的人为求平安拜拜神鬼也是常有的事，不足为奇。

虽然有合理的解释，但那成堆的冥纸仍是带给他一种异样的感觉。老板准备的分量也太多了些，难道这就是原因？都说香烛纸钱这些东西是穿阳通阴的媒介，这地方确实有股一般人感受不到的能量，除了他？

"请问——？"

他差点没被这突如其来的一声吓出心脏病。

一抬头，看见门口出现了一个穿着两件式套装的女子。也不知要请问什么，那女子就大剌剌直接登门入室了。她的身后还跟了一个手拿着相机的男人，对着室内场景就开始猛按快门。

"喂！谁准你拍照的？你们是什么人？怎么这么没有礼貌？"

"我是X杂志的记者。"

女子做个手势让摄影师暂停工作，向他递上了她的名片："这是一家同志酒吧没错吧？听说老板目前在医院里？你就是

---

1 老外、洋人，闽南语。

发现林国雄昏迷向派出所报案的人？"

女记者咄咄逼人的口气让阿龙听了很觉刺耳，这哪里像是采访，更像是在对嫌犯的侦讯。尽管他与老板没有交情，但就算是守望相助，似乎也不应该对来意不明的杂志媒体透露这些讯息。

媒体。同志。曝光。……某段埋藏已久的记忆随即被触动，阿龙却下意识如按下开关般阻断了记忆密码的输送。现在他最需要提防的事情，就是不小心让自己越陷越难脱身，连记忆都要因这起突发事件而被翻出来检视。

然而那短暂连线的几秒钟，让他更加警觉来者不善。直觉的判断，这店里的客人应该不会希望有记者带着摄影师来到他们的地盘上指指点点。就算不是同志酒吧，这一带的酒廊第三性公关店牛郎店，家家也都是看重隐私的。如果小闵哪天在上班的路上也被记者堵住，问了一堆私人问题，他铁定会跳出来给对方一点颜色瞧瞧。只不过现在眼前的这位偏偏是个女的——

他的克制不语丝毫没有让女记者有罢休的意思，继续朝阿龙连丢出下一串问题——你认识老板林国雄有多久了？你清楚他的交友状况吗？今天警察来现场的时候有看到一张照片你还有印象吗？

再怎么以不变应万变，他的沉默也不免被最后的这句问话给破了功。什么照片？他故意装傻反问。

你认得出照片中的另一位吗？女记者继续紧迫盯人。

"我不知道什么照片——"阿龙边说边拿起放在吧台上的大锁,"对不起我要关门了!"

女记者趾高气扬的态度立刻受到挑战,她一定万没想到对方会给她这样的下马威。追在阿龙的背后,她以近乎失控的尖声喊起来:

"你们这些同志就这么不敢见人?永远躲在暗处?有什么好隐瞒的,如果你们觉得爱人也是你们的权利,为什么不跳出来?我代表的是一个专业负责任的新闻媒体,特别还来这里想跟当事人做查证的动作,希望给你们一个公正的报导,你不觉得你这样的态度会让同志的形象很受伤吗——?"

"我不是同志!"

已经走到门外了,这时阿龙又猛地转过身,顺势把铁卷门哗地拉到只够半个人钻出的高度:"我只是来帮忙锁门的。"就算他是,也无权代替老板做任何回应吧?

刚刚被切断连线的记忆却又趁机蠢蠢欲动。他已经又嗅到了那记忆里的石楠花……眼前浮现了多年前那一天报纸头题的图片……够了。这些人会突然出现一定没有好事。不过就是那个叫林国雄的,在十几年前跟他的爱人拍的一张照片不是吗?值得这样大做文章吗?

"喂!你能把门再升上去一点吗?"

一脸怒气又难掩窘状的女记者,因穿了窄裙而难以弯身曲腿钻出那道门。阿龙看在眼里,丝毫不为所动。

"我改天还会再来。"女记者在摄影师的搀扶下好不容易钻出了门缝,狼狈中仍倔强地想挽回自己的尊严。

看着那两人无功而退,他小小的得意,却在挂上铁链,扣起锁环,望着店面被铁门密封起那一刻,又被心头另一股起伏的隐隐不安所淹没。为什么感觉上,这仿佛只是一个事件的开始,而不是落幕?为什么觉得好像听见了在铁门后有酒瓶被砸碎在地的声音?

伫立在渐起的寒风中,他努力压抑住想要重新开门进去察看的冲动,直到发现对面的超商里,他的午班同事丘丘正在跟他招手,他才带着一颗慌张怦跳的心跨上了机车,像是被人发现干了什么坏事,加速驶出了曲折的巷弄。

◎

拎着从自助餐店买回的晚餐,回到住处时,看见小闵围了条大浴巾,刚洗完澡正从浴室出来。阿龙报上菜色:有清蒸鱼、番茄炒蛋,还有丝瓜哟。

"马上就来。"小闵一闪进了卧室。

小茶几铺上报纸,免洗餐具摆一摆准备开饭。餐桌上堆满的是批来的那些直销的化妆保养品,他已经忘了上次在餐桌吃饭是什么时候的事。

"早上你一直不见人,我还以为你出了什么事,吓死我。"

小闵又恢复了清醒时大剌剌、直通通的说话方式。背景响起了吹风机不甘示弱的呼啸,头发的主人像是受了惊吓似的,突然放大了嗓门："什么？……你说那家 gay bar 怎么了？……啊？……你还真爱管闲事せ——"

但即使是对小闵，阿龙的描述也还是隐瞒了其中让他不安的部分。他甚至没有交代几小时前又回去现场所发生的事。

小闵吃着他买回来的清蒸鱼，边听边点头：嗯，我看那个老板没有什么家人。很多 gay 老了都是这样——说到这里顿了一下，想到了什么，就不往下说了。

"怎么了？"

"也没什么啦，我想到了二姐；她以前就说过，这家 gay bar 的老板怎么这么死心眼，赚了二十几年，也早该收山了。"

二姐就是她们店里的妈妈桑。她有个在歌坛红透半边天的亲妹妹，几年前曾经被媒体爆料，成名之前妹妹在姐姐开的酒廊里陪过酒，之后姐妹就老死不相往来。（又是媒体惹出来的祸……）二姐和妹妹长得还真像，但是两人的人生，一个天一个地，二姐的沧桑已不是化妆品能够掩盖，如今说她是天后的妈，恐怕会相信的人还更多。

"哦？有开那么久了吗？"

"二姐说，比她开店还更早。"

他知道小闵刚才为什么话说一半了。她应该是想到了自己。

"今晚你会去推销那些保养品吗？"

"嗯。就剩你们家我还没去过了。真的会被二姐看出来我们的关系吗？"

"就告诉你不要来店里，多一事不如少一事。反正明年，最多做到明年——"小闵放下筷子,接着叹了一口气。

"其实你真的不必再去上那个大夜班了。都快四年了,什么情况我没见过,我自己都会应付的。你要不要考虑,重新找个白天的全职工作?"

"但是那样的话,我们就几乎碰不到面了。"阿龙略感不自在地笑着,"我喜欢我们两个在同一时间都醒着的感觉。"他说。

小闵端详了他一会儿,不知道在思考什么。然后忽然便悠悠地说声吃饱了,起身进了卧室,坐在梳妆台前开始用力地刷起自己一头染金的长发。阿龙悄悄地也跟到了卧房门口,靠在门边打量着她。她从镜中突然瞧见,忙放下梳子,开始拿起了一瓶乳液倒了满掌,胡乱在颈部腿上涂抹。

干吗不出声站在那儿?她问。

事实上,阿龙很想对她说出在他脑里已经盘旋了一天的一堆疑问。很想告诉小闵,今晚就请一次假吧,因为感觉起来总有什么事不对劲。在待会儿入夜后既喧嚣又孤独的那些错综街巷间,恐怕有些什么让人不安的东西正潜伏着。

晚上少喝点。结果他却只吐出了这几个字。

"你也该准备一下了。今天没下雨,客人可能上门得早,你最好七点以前就去补货……现在共有几家的小姐会跟你固定叫货?"

五六家吧?阿龙撒了个谎。其实他推销得并不积极。

小闵满意地点了点头。

随后在她脑中闪过了某个新点子，自己都忍不住笑了起来：

"附近的 gay bar 也不少呢，你要不要开拓一下市场？搞不好你很有同志缘喔！"

◎

几小时前被那个杂志女记者骚扰时，在脑海中曾几次匆匆闪过的破碎回忆，终于因小闵的点破而再无处可闪躲。

本来刻意不愿去多做联想的，不料小闵会拿这事当成了玩笑来说。事实上，他并不记得曾将这段过去，完整地向小闵叙述过。就像这一天发生的事故，他下意识也做了部分省略。

那是关于自己大学的时候曾参加过国标舞社团的那件事。

才参加了一个学期就退出了，所以当初也就是某个茶余饭后，无意间跟小闵提起过这事而已。与社团只有过短暂的交集，尽管有些事之后一直深埋在他的记忆里，但只要不去多说，仿佛也就淡化了它的真实性。

本来就不是因为兴趣而加入那社团的，是因为听了宿舍里其他男生在起哄，说是来国标舞社上课的那个女老师身材超辣，总穿了短裙高跟鞋，扭得像条蛇似的。跳得不好没关系，老师会让你搂着她的腰，一对一示范给你看。大学男生就是这么吃饱没事干，结果社团教室里阳盛阴衰，二三十双眼睛全在盯着女老师曼妙玲珑的曲线摇摆。

并没有外传中的一对一教学,女老师有一个男助教,硕士班的,专门负责对付这些无聊男生。女生不够,上课时老师干脆让男生跟男生一组,几次下来,原来心术不正的那群男生全都落跑了。

校庆晚会上,各社团都得派出节目,国标舞社出现男角荒上不了场。阿龙不知道为什么,其他男生都没接到国标老师的电话,偏偏只有他。为了晚会的节目,她特地来电拜托请他归队助阵。抵挡不住女老师电话上甜软的温情攻势,阿龙只好又硬着头皮答应回去练舞。

一开始由女老师完成了舞蹈编排与舞者的搭配,之后监督练习就都交给了助教去执行。阿龙的身材架式不错,为了台上效果,老师派给他的舞伴是社团里的老干部,用意是想老将可以带新人。

没想到阿龙的舞伴因为没被安排到焦点主秀而正忿忿不平,输给了社里另一个女生也就罢了,还要她跟他这个菜鸟上场,打从一开始练舞她就没有过好脸色。只要阿龙几次被纠正了还犯错,那女生瞪他的眼神之冷酷,简直当他是残废。求学的过程看似吊儿郎当的阿龙,既然决定了的事就一定会拼拼看,这是他的个性,就像是离家独立半工半读的决定,他从没喊过苦。

直到那回舞伴一甩头走人说不练了,留下满脸赭红的他和一旁不吭声的助教。这样被女生羞辱他从没遇到过,觉得自己当初会答应归队根本是蠢到家。

"为什么挑我？我说过，我来参加社团只是因为——"

还没说完，助教就递给他毛巾跟矿泉水："名单是我提供的。老师没时间去认识你们每个人；但我都有在注意——我知道你一定可以的。"

"我才不要再跟那个自以为是的丑八怪练舞。"

"嗯哼，这个我们来想办法解决。"助教拍拍阿龙的肩膀，"气死她的方式只有一个。那就是我们根本不需要她，而且当天在舞台上，我们还要压过其他所有的舞者。"

话虽如此，他俩当时都早做好了失败的心理准备，认为那是不可能的任务。

两名男舞者的双人探戈？

乡下孩子好强起来只有一股脑儿的傻劲，为了报复那个瞧不起他的女生，阿龙决心拼下去。从小到大，上台领奖演讲唱歌都没有过他的份，没想到自己竟然会被发掘有跳舞的潜力。加上助教修改了一些动作，让他更驾轻就熟，原来的挫折感很快就被新燃起的信心所取代。

不让秘密武器提前走光，他们总避开社员，在半夜以后的空教室里排练。基本的舞步与节奏掌握，不到两周就已经上手。在大镜墙前，看见自己与助教两人的动作越来越协调，很惊讶原来探戈舞是兼具力与美的，也适合两个男生以阳刚的爆发力来诠释传统的情欲奔放。

就想象这是原野上有两头狮子在决斗吧！助教这样说。

原版中几个较具难度的动作，例如男舞者要接住跃起的女舞者,再一个旋转把对方甩到地上,最后从胯下把女舞者拉出,助教曾考虑要不要把这一串编舞简化。阿龙却认为,既然要让全场惊艳,还是先试看看再说。

"我才五十五公斤,别指望要我举起你。"助教说。

"来吧,谁怕谁!"他亮了亮自己的臂膀,虽然对自己的能耐其实存疑。

除了练舞,两个人开始抽出时间,在白天一块儿去体育馆加强自己的肌肉训练。那一个多月里,他没事都挂着耳机,心里默数着步子,同时一面计算着角度与自己的速度。经过积极的锻炼后,阿龙自信可以托举起对方,不会是问题。

没想到练习时总是出错的人,这回换成了他的舞伴。虽是双人舞,但两人之前并无太多肢体接触的动作,阿龙发现问题出在助教似乎对于他的触碰,总是显得不太自在。

"我会想办法减个几公斤,抱歉。"他总是这么说。

"喂,老兄,不是你的体重问题,是你没有调整好重心,身体都在抖。要ㄍㄧㄥ[1]住全身的肌肉,像这样——"

不自觉已反客为主成了体能训练师,阿龙把助教扳转过身面对镜墙,拍击着对方身体需要用力的部位:"这里,腰要挺直一点……还有大腿,并拢一点,这样你的重量就不会往下掉——"

---

[1] 即拼音 gīng,用东西支拄另一个东西或是两个东西互相抵住、撑住,闽南语。

两人的目光在镜中相接，阿龙看见助教眼神中的异样。

同样是男生，那样的表情他当然能够辨认。那是心理与生理同时被挑动而难以自抑的一种失态发情。虽然是很短的一瞬，但助教裤裆间的勃起被他看见了，他很快转过脸去。

"嘿阿龙那只是我——"

不让对方慌张失措的解释继续，他板起脸，假装什么都没看到，只说了句："只剩下十天了，别浪费时间。我们再来练一遍。"

不需要解释。他并不是不懂发生了什么事。

不要再去谈论，他以为是最好的处理方式。最后一周的排练过程，他都尽量不跟对方交谈，休息的时候也避开两人独处，自己到外头去坐着。他只希望自己到了台上不要出糗就好，其他的事，假装一概不曾发生，也不想深究。到底对方的这种想法已经默默发酵了多久，仿佛越多去了解，越会显得自己对这种事的兴趣，让他成为了那个被动的舞者，其实从来都未曾拒绝过对方所带领的舞步。

连声明自己不是都嫌多余，结果只可能节外生枝，让对方因此有了更多机会，对自己吐露那些与他无关的痛苦啦寂寞啦什么有的没的。

只是，怎么之前都没想到，自己并非真是舞蹈那块料，会被挑中都是助教的刻意安排？那是一种被侵犯的感觉。阿龙觉得自己被欺骗了。

想起一幕幕曾经两人单独练舞的深夜，当时的默契，当时为彼此加油或喝彩所交换过的会心眼神，如今全失去了男生与男生间友情的纯粹。

在如雷掌声中谢完了幕，一到了后台，助教在众目睽睽之下竟突然抱住了他，兴奋地大喊："我们做到了！"

他推开和自己一样全身汗淋淋的那个身体，眼角余光扫到周边，有人见到这画面正在掩嘴窃笑。他没有做出更多的回应，除了跟对方客气地点了点头。

面对阿龙依然刻意地疏远他，助教愣了两秒，汗水滴到了鼻尖也都忘了抹掉。他就这样盯住阿龙的脸，半天才终于回过神，故作哥儿们的潇洒朝对方伸出了手掌："很高兴能跟你合作。"

阿龙迟疑了一下，没有去握住对方的手，反改成要对方与他击掌就好："谢谢你，助教。"

一段双人探戈，几个高难度的抛甩，获得了全场口哨掌声连连。只有阿龙自己有数，这几招练得有多辛苦。在谢幕的时候，听着台下的喝彩，他陷入了复杂的心情。他不知道是该继续疏远，还是该前嫌尽释。

在步下舞台的那一刻，他很快做出了决定。他告诉自己，这只是一个节目，他已尽可能用最专业的心态来面对这个挑战，如今节目结束，不该有的牵扯从这一刻就该中止，这样才算是一个称职的舞者。

回到宿舍，在书包里发现了一张小卡片，不知是什么时候被放进去的。

"我对抗自己,也对抗世俗,但我对抗不了毫不在意我的你。保重。请不要怪我用这样的方式接近你。希望多年以后,当你想起今晚在舞台上的这一支舞,会是一个美好的记忆。Tony"

趁室友没发现他在读什么之前,阿龙很快就揉掉了卡片。

后来再也没回去过社团,在校园中也没有再见过那个Tony。直到大四的某一天,他看见报纸上的新闻。

某市的市长选举战火激烈,其中一位候选人的造势晚会上找来了变装舞者,打出了同志平权议题想争取更多选票。附上的新闻照片比文字占了更大的版面,阿龙只瞟了一眼就认出了照片中的那个舞者。

一周后,Tony自杀的消息上了各大报,登得比之前候选人的造势晚会还更醒目。电子媒体访问到了Tony的姐姐,一整天各家的电视新闻,都在重复播出她控诉候选人害死了她弟弟的一段呼天抢地画面——

"他们骗他去表演,报纸登出来说他是同志,还登了那么大的照片……**他怎么会是同志?**他在念研究所功课很好,还是国标舞选手,因为我们家境不好,他才会去偶尔客串打工表演,赚自己的学费……这个候选人怎么可以这么没良心?只是去帮他造势晚会表演,就说他是同志?他是被逼死的,他被人指指点点压力有多大你们知道吗?……报纸就这样登出来**教他怎么做人**?你要他怎么解释?……还我弟弟命来啊!……"

Tony 的确没说过自己是同志。他只说他对抗自己,也对抗世俗,但是他对抗不了的是……

新闻播到一半阿龙就冲出了自助餐厅。他不能忍受继续听着同校的学生们一边看着新闻一边议论纷纷。

他们知道个屁!他直觉助教的家人在说谎。就算外人指指点点,也不足以逼死 Tony。世俗,不过是陌生人的一张嘴而已,反而最在乎的人才是越难以对抗的。从他家人在他死后仍不断否认的态度来看,一定是因为上报后不断被家里逼问自己的性向,所以 Tony 才会羞愧自杀的!

他们曾经是朋友的。他们原本可以继续当朋友的。

那段相处的时光,不管阿龙愿不愿意承认,事实上已经让他与 Tony 有了某种革命情感。回想起练舞的日子,他发现对 Tony 的记忆,远比自己以为的要更多。关于他的死,他或许比他的家人还更清楚真相。在深夜校园无人的田径场上发了疯似的跑着,一圈又一圈,却仍无法摆脱心里的愧疚。害死 Tony 的不光只有他的家人、媒体和那个利用同志议题想搏版面的候选人。怎能说他的冷漠不是另一个帮凶?如果他们依然是朋友,或许 Tony 就可以跑来跟他诉苦,问他该怎么办。那他就会告诉他:管你家人怎么想,可以学我自己搬出来,独立过着自己想要的生活——！

　　曾经，在舞台上跃起的那一秒，Tony 对他是完全信任的。

　　尽管在后来练舞时变得尴尬，但在台上的那一秒他俩都知道，只要专注在此刻的这一个目标就好，其他的情绪都不重要。其实他只要像当时一起练舞时那样，接住了 Tony 就会没事的——

　　但我却失手了。

　　公寓里只剩下他自己，小闵已经出门。多少年都没再回顾的那段往事，让阿龙突然感觉孤单。他自己也不明了，为何无法对小闵说完整个故事，关于助教的死？

　　最亲密的关系里，也还是总有一些只属于自己的心事。这么多年过去，他都快以为故事的后半段是自己的想象，助教真的已经死了吗？

　　原来是真的。他发现连那个夜里在田径场上泪奔时，校园里飘来的石楠花树气味都仍印象清晰。那一支双人探戈，有可能也被自己的身体记得吗？他的肌肉里还会藏有当时的律动与拉扯，如同于长年冰雪覆盖下的一串遗失的脚印那样，或许仍会带他前往某地吗？

　　没想到这一次，他再度又无端地被扯进了一个同志的生死交关。

　　自己之前竟然没有发现，从第一时间发现那个林国雄倒卧在黑暗的店里，他或许已经身不由己，被过去这段记忆所发出的指令驱动着，难怪会觉得总无法就此放手？

同时他却又下意识地在闪避，怕被旁人看出自己的担心，所以才会连对小闵都无法坦言。难道这是由于从小到大被洗脑后根深蒂固留下的设防？

这世界很早就教会我们壁垒分明的生存法则。因为懂得**害怕**的人，才更知道怎样的人生是安全的——这个想法总是不时就会浮上他的心头。

无法形容自己内心此刻的矛盾。他一直以为自己是个好人。

默默地走到小客厅的中央，调整好自己的立姿，他闭起眼睛，凭着记忆找回了那一年站在舞台上音乐出现之前的预备动作，那个朝着某只看不见的天空之鸽所摆出的召唤手势。

心底这种隐隐的痛，竟也像是对他的某种召唤。那只在寂寥空旷的午夜天际，始终盘旋而无法落地的飞鸽，正是他自己。

◎

虽然答应了小闵会提早出门去推销保养品，但一整天下来几乎没阖眼的阿龙，原只想小盹片刻，没想到一睁开眼已经快到超商大夜班的时间。

通常他都会提早到店里，因为前一班的同事怀孕，他总教她把货品上架的粗活最后留给他就好。这一晚阿龙却得厚着脸皮打电话给丘丘，要她帮他代班半小时。看在以前欠你这么多的份上，好啦好啦，丘丘说。随即又问，今天这么累喔？是跟对面 gay bar 的 Andy 中风有关吗？

Andy？他才知道林国雄还有这个名号，同时心想，那人中风的消息也未免传得太快了吧？

已经怀孕五个月的丘丘，临走还不忘在架上翻寻，把就快到午夜保存期限的三明治塞了几个进她的背包。阿龙见状便随口问一句：老公还在失业？

"什么失业！根本就是懒得就业！我跟他说隔壁巷子的小七缺人，教他去他也不去！为什么我就能在超商工作他就不肯？老说他要重新创业，东山再起，我问他说小孩出生之后怎么办？他竟然说那我们就搬回他罗东老家让他妈妈带！唉我真是命苦……"

没想到无心一问竟让她一发不可收拾。当初阿龙看着他们从恋爱到结婚，丘丘老公那时在夜市有一个卖服饰的小店面，因为店租不断上涨，最后不得不收摊。

"我跟你讲，结婚真的很没意思！"丘丘说接着又抱怨了一堆琐事，怒气消了，她自己反而有点不好意思起来：

"跟你讲这个，好像把你当姐妹淘了，哈哈！都是你啦，当初怎么不追我，我想你就不会是那种不负责任的尪[1]……你为什么都没交女朋友啊？"

1　丈夫。女人称与自己有婚姻关系的男子，闽南语。

阿龙尴尬地笑了笑。这条巷子里发生的事有哪件她不知道？因为知道丘丘的个性，所以他的口风始终很紧。这却让丘丘会错了意，突然压低了声音："我其实早就想问你的。啊你到底是不是 gay？姐姐我又不是外人……"

"是就是，不是就不是，这种事我干吗瞒你？"

但是我又为什么瞒了所有人，自己跟小闵在同居的事？自己说完都觉得这个回答有语病。

"怎么？你对 gay 有意见吗？"边说着话，阿龙还边帮一个顾客结了账，客人听到他们之间的谈话，临走前用责怪的眼神回瞄了一眼。

"看什么看？我看你八成就是。"丘丘对着早就出店门的那人背影啐了一句，说完自己都觉得此举无聊而扑哧笑出来。

"你这么厉害，用看的就知道是不是？"

说话的同时，阿龙的眼睛不自主地仍盯着那客人的背影，观察他的动向，直到他并非走向对面的 MELODY，他才放心地收回视线。

铁门深锁的店面，像缺了牙的空洞夹在整排店家点亮的招牌间。只要一有人走近或停留在附近，他就忍不住会多看两眼。

不是用看的，用闻的。丘丘说。你没闻到他洒了半瓶的古龙水吗？

一个用发胶把头发抓成像刺猬一样的年轻男孩，这时出现在巷子里，到了对面的酒吧门口停下，之后就在原地站立着，像是迷了路，也像是发呆。

他犹豫了片刻,想出去问问究竟,心想那人该不会是在等开门营业吧?也许等不到开门他就会自己离开。也许根本不是客人,他看起来太年轻了些。

决定不必多事去在意对面的动静,忙换个话题转头问丘丘:"我问你,如果你的小孩是 gay 你会怎么办?"

"能怎么办?还是自己的小孩啊!但是想到他的人生一定很辛苦,自己又帮不了他,当然会很难过啊——"丘丘用眼神指往了对街的方向,"你不觉得那个 Andy 就很惨吗?一个人,现在又中风了,以后要怎样过?"

不是同志,到老了也是一个人残病的也很多啊——

原本想反驳,但是随即想到了另一件更要紧的事。也许丘丘平常爱跟客人八卦,可以提供一些线索。那个老板,是住附近吗?确定他是单身一个人?

"住哪里我是不晓得,但之前有一阵子,他跟那个叫汤哥的,九点多就会一起来开店,我猜他们可能住一起的吧?……你知道我在说哪一个吧?那个高高瘦瘦的……"

那八成也是一年多以前的事了,原来他们曾经连开店也是一道来的,以前阿龙并不知道。"可是今天警察想找紧急联络人,打到老板家里也没人接,你说的那个汤哥,不知道人哪里去了,大概早就不住一起了吧?"

才一说完,就看见丘丘脸上的表情如同数位画面的僵格,嘴形歪了一边,过了几秒钟才又吐出句子来:"你不知道,那个人已经死了吗?"

下一秒换成阿龙有了同样的迟钝表情：死了？

"你上大夜班真的什么事都看不到也不知道。一年多前我就看他像是有病，越来越瘦。果然。有一天傍晚，还不到开店的时间，那天突然就来了好多客人，我就在看，是发生了什么事。快到八九点，客人像电影院散场一样都出来了，有几个还在我们店门口哭得像什么一样。之后那个人就再也没出现了。你上班的时间晚，没看到现在每天开店之前，老板一定先在门口烧纸钱。我也是后来才听隔壁的面摊说，人死了，鼻咽癌还是食道癌什么的……"

他根本没听见她最后这句，因为对街的某件事物完全慑去了他的注意力。

"你在看什么？对面黑漆漆，有什么好看的？"

早知道，下午应该再贴上个"暂停营业"的公告的，阿龙心想。

因为不过才一眨眼工夫，他看见对面拉下的铁卷门前，已成了三个人影在徘徊的画面。除了刚刚那个年轻男孩，又多了两名中年男子。他们在这样的冬夜里，身上的衣着显然都太单薄了，都是一身西装，没有御寒的大衣或围巾。如此慎重的打扮，通常不是在店里进出的客人会有的习惯。

丘丘戴起了机车安全帽，摇摇摆摆挺着身孕走出去了。至少她口中那个无用的老公每天都还会来接她下班。

剩下阿龙一个人站在柜台后，随时在盯着对面的动静。

过了十一点，不但那三个人竟然仍都没有离去，反而又多出了两位在门口加入了他们的聚集与等待。

怎么偏偏今天上门的人会这么多？又不是周末假日，已经都几点了？这些人他们难道看不出来，今天不可能会开门营业了吗？

凌晨一时许，阿龙已经意识到情况不寻常。

在 MELODY 门口守候的人已经多到十位。在入夜的低温下，约定好了似的都是全套西装打扮。

再看仔细些，每款的剪裁样式却又差异极大。有一九八〇年代那种大垫肩型的，或一九九〇年代长版窄领四扣的，有欧吉桑还在穿的那种宽松古老式样，也有非常时髦合身颇像进口名牌的剪裁。一群衣冠楚楚的身影，就这样在店门前聚集不散，仿佛前来参加一场神秘的聚会。

"喂！你们不要一直站在这儿，很冷暧……"

终于他看不过去了，趁没有顾客的空档，在寒风中抱着臂，快步走向对面的酒吧。"今天不营业……明天也不……反正最近都不会开门就对了！"

原来站在那里的西装男们，一个个开始慢慢转过脸来，朝向了他。

"老板——Andy 他住院了。你们是都约好的吗？也许你们应该上脸书 PO 个讯息，教你们朋友别白跑一趟了……"

那一张张转向他的脸孔都不带任何表情，也没有其中任何一个人开口表示什么意见，或向他打听 Andy 的情况。他们当中，从二十几岁到五十几岁的都有，全都不发一语光盯着他。就好像他在对着空气说话，或是他们听不懂他的语言。这群人的眼神中所散发出的一种迟缓、空洞的感觉，让阿龙不自觉防卫性地倒退了几步。

避开他们的注视，正打算转身回去店里，却看到那个有着庞克刺猬发型的年轻男孩站得摇摇欲坠，好像随时将倒下。阿龙才看出来，为何那男孩一出现立刻就引起他的注意。他的确是所有人中最怪异的一个。穿着三十年前大垫肩过时式样的就是他。

衣着与发型倒还其次，怪异的是他整个身体线条呈现出的不自然，头与颈一直维持了一个奇怪的角度，吃力地想要抬头却又无法施力般微微下垂。一道墨色的液痕正从他发间渗出，爬过了他的额头。

是血？他愣住了。

"麻烦开开门……让他们进去吧……"

这次他听清楚了，全身的寒毛刹那间都像是一根根巨大的仙人掌刺般，从他每一个毛孔暴冲出来，令他几乎想要尖声叫喊。又是早上的那个声音。终于想起来了。与其说是从声音的特征中分辨出了答案，不如说有一股预感，就像在人群中，有时你会感觉到有目光正停留在自己身上，虽然那道目光并不在你的视线范围，你还是会准确地朝目光的方向回望——

正是那个叫汤哥的！

阿龙快速旋身，依然不见对方踪影。等他又回过头寻找时，那些面无表情的守候者，却已经全部瞬间消失。铁卷门前一片冷清无光，只有他自己。

一股颤栗顺脊而下。

接着是一股强大的悲伤，如同严冷低温的涡漩，在他的灵魂中冲灼出了一个窟窿。胸口一阵抽搐，他顿时痛苦地趴倒在地。

不知道刚刚究竟发生了何事，也不记得那是短暂几秒，还是已经过了几个小时，他整个人的知觉如今只剩下那个窟窿，感觉有无数个无形的、哀伤的阴影，一行行、一波波，正争先恐后地从他心上的那个破口不断地穿过……

他抵挡不了那种刚经历过了一场巨恸的感觉，仿佛整个暗深的夜空都带着无形的重量，压迫在他的心头。

或许因为吸纳了太多那些不可知的绝望，他开始变得呼吸困难。双腿已麻痹无法移动，只能继续留滞于酷寒的冷空气中打着哆嗦。

直到他慢慢回过神，弓起背，在原地如同一只流浪猫似的蹲缩成一团。

从被泪水迷蒙的视线中，他看到 MELODY 那几个字形又被点亮了，鬼火似的闪了几闪，遂又悄悄灭成了灰影。

6　沙之影

> 他好比是风一吹就会熄灭的一盏油灯，他没有神，也没有情人……
>
> ——E. M. 福斯特，*Maurice*

二十岁到五十岁，一路风沙中踽踽而行，总是半阖着眼，仿佛不用看清前方就能忘掉漫天粗砺打在身上的痛。从没想到过，竟然有一天，那曾经让自己以为再也无法跨前一步的飞沙走石，最后不过成为了沙漏中装载的，一颗颗柔细的前尘。

都搜集在那瓶中了。如今只能一次一次翻转，在每次的流沙滴尽前，努力地试图忆起曾经惊心动魄的爱恨灼身。

但，都过去了。

流沙以如此平静均衡的速度，滑进窄窄的中间瓶颈，三十年前没有出口的恐惧，如今总算得到这细细涓滴的管道，把耳朵贴近，或许还能听见沙粒间窸窣的微弱低语。

这细弱的出口得之不易，曾经的肉身如今幻化成这沙漏瓶的玲珑，可是，仍然有那一息淡淡的不甘，所以无法停止将瓶身再一次翻转。

如果我的瓶中也住着一只如同阿拉丁神灯中被禁锢的精灵，如今那精灵已被我释放。

我拾起记忆这一端的线头，猛然拉扯。在另一端的背影，晃动了一下被掣的手肘，并不回头，瞬间便陷落于如欲望般柔软又强悍的流沙中消失不见踪影。

形形色色诸身挤推擦摩，多张脸孔我早已无从记忆。

如今我多么想对脸的主人们说明，经过了狂乱摸索试验的那些年，我终于才搞清楚，你们如花盛放的身体里并无我想汲取的汁蜜，它们只是一具完美的导体，传输了我不知如何安置的喜悦与忧伤。

关于生之恐惧与死之缠绵。

因为你们微笑时无意流露的信任，四目相对时瞳中闪过的短暂不安，总让我想要用（我所仅知的）温柔方式对待，遂以亲吻印下相识的证据，藉拥抱在彼此襟上偷偷抹干，伤口还在悄悄渗出的，孤独。

灵魂变得透薄，一碰就要破的那些年，我们曾撞击出短暂的升华。

如果你们还记得的话。

在那一念之间，我们都勇敢了，也都柔软了。此身换汝身，世人的诅咒谩骂嫌恶在那一念间皆化为黑雾散去。只要还有那样的一念在，所有的抹黑都是虚妄妖语。

那一秒的升华，让我们得以坚定反问：如果那不算爱，那是什么？若不是爱，为什么心底虚微的呼唤，霎时死而复活，成为清晰的呐喊？

爱错也是爱。

我从没有怀疑过，每一个你们都是我的唯一，无可取代。

与不一样的人，犯下的都是不一样的错误，留下的刻痕也都长短深浅不一。在每一回发生的第一次之后，原本永夜的天空会飘雪，白雪埋起了踉跄破碎的足迹，茫茫的宁静中，是你们，让我重新听见了自己的心跳。

请相信，我曾经爱过你们每一个。

只是，多数的你们早就不屑当年第一次发生的感动了。对多数的你们来说，那份惊心动魄毋宁是无知，是软弱，是后来让自己不断受伤的罪魁祸首，更是必须埋藏起来不可被发现的罩门。是否已经驯服于爱的样板面貌了，终究逃不出脑袋里从小被灌浆塑成的美满关系模型？而所谓美满，就是让周围的人都满意？

原本只是我类间的互助自救，怎么会让不相干的世人拿起棍棒追打，难道他们就没有在寻求同样的解药，好让存在变得不再那么抽象而空洞？还是说，他们情愿在抽象空洞中自欺度日，也不想让别人好活？

一道道通关 X 光进行安检，迫使我们从行囊中掏出所有说不出口的危险欲望，否则无法登机，飞往传说中的幸福之境。十七岁少女身上沾染了男人的体味，警报器立刻呜呜大作。十七岁少年嫖妓破身，是值得恭喜的男性成年标记。性爱 A 片中出现女女彼此吻舔不用大惊小怪，出现两男互抚效劳便叫 G 片。男装佳丽颠倒众生，女装伪娘只为博君一笑。

别问我为什么男女就是非得有别。也别奇怪为什么只要有了合法的婚姻登记，此人便有了合法的非人行径，殴妻虐子，沦娼陷赌，都是他（她）的家务事。世人对关起门后的一家人多么地尊重容忍，却对游荡在外的我们无论如何难以放心，没事便来敲门刺探。

即使如此，多少人仍就这样默默画了押。对你们来说那就是出口，对我而言，那只是把捕来的流浪动物，从货运卡车赶进了动物园。反倒更羡慕古人那些私奔的故事。再也没有明媒正娶的希望了，管它什么门当户对、伦理道德，面对封建二字的高匾理直气壮拔下掷弃在地。

如今，封建的阶级权力只不过戴上了微笑的面具，继续巡走于我们之间，仍看紧了所有男女，谁也不准跑掉，直到走到哪里都逃不掉，没有被祝福，就只能被寂寞至腐烂的诅咒洗脑。

直到今天，我才真正听见瓶中的细沙在喃喃何事。

我的爱情并不需要你们的祝福。

纵然身在瓶中，我却分分秒秒坚持着朝未来奔去。与灵魂一起私奔的最好伴侣，就是时间。

★

记得刚退伍后的那些年，开始认识更多像自己一样正在摸索中，感觉既兴奋又苦恼的朋友，大家免不了要交换心得的一个话题就是，你的第一次是何时？跟什么人？干了什么事？起初——

不，应该说一直到现在，这个问题还是会让我感到非常之空洞，而不免发出讪笑。

在不断绵延纠结的情爱起落故事中，我很早就已学会脸不红气不喘地编造出各种第一次的献出让对方开心。

这是我第一次跟别人说出口这个秘密喔。

我第一次发现原来两个人在一起不用说话都超开心。

这是我第一次和情人一起跨年。

你是我第一个一起出国旅游的情人。

你是我第一个交往超过三个月的 B。

第一个交往超过四个月的。六个月的。八个月的。一年的。……月份数字可以继续攀升，直到两年成为再也突破不了的上限。

但是在仍那样年轻的时候，涉世未深的另一种意思就是生命才要开始,每个人的未来里都还有那么多的第一次在等着,大家并不会把其他发生过的第一次交换细数心得,却对那档事的第一次格外关心。内容不够生动的,马上会有人反讥:这不算啦!还想装处男喔?几个男生围在一起轮流嬉笑说着,只要这话题一起,大家都专心了起来,手心暗暗冒汗,眼中却都有一抹不确定的兴奋晃亮。

那看似羞答答却淫荡在骨子里的答问,多少圈内人的心事在流转。

自认还有些行情的,不会错过这放饵的好时机:自己是偏被动还是主动?是走情境还是视觉系?欢迎有意者私下相约密谈。

敢大鸣大放的则多已难掩沧桑,虽不指望还会有谁对自己起什么春心绮念,但至少老娘有料可爆,哪怕只是赢得短暂的满堂鼓噪,也算再一次抢到了舞台焦点。

至于说词如果不外乎什么国中时跟其他男生打过手枪啦,现在的伴就是他的第一次啦,这款人大概被异性恋洗了脑,贞操观念作祟,事后总会被人拿来抨击一番:妈的这样就比较清高喔?没人可搞就是条件差啦,圈子里哪有什么真正的良家妇女,你就小心别让我哪天在三温暖里碰到!

在民风未开的时代,对性知识饥渴难求,管道却又那么有限,大伙儿只好如同麻雀在收割后的田间勤奋地啄食落穗,总希望从对方的场景中搜集点什么可用资料,用心地从各家的第一次中,推敲琢磨出属于圈内的情爱规则。

第一次的故事出现越来越多吹嘘的成分。只要说得够栩栩如生，不怕没人听，人人都有性幻想需要满足。老阿姨尤其爱说给初出茅庐的小弟弟们听，不辨事实真伪的菜鸟还感谢前辈的倾囊相授，不察自己的人生从此完蛋。相信了老阿姨那种货色也曾有过帅哥壮男临幸的说法，无不以为自己都可以成咖，不睡到帅哥誓不罢休，见猎心喜不落人后。睡不到总觉得是因为自己手段不够高明。不肯认命，不甘降格以求，这样远大的志向到头来旁人也不忍心戳破。

通常话题又都是怎么转到"第一次"这上头的呢？八成是聚会里出现了某个新面孔。只要姿色中上的，都难逃这套表面上拉近大家距离、事实上比较接近侦讯兼带意淫的入会仪式。

一开始也是这样愣头愣脑被带去聚会，被问及也认真作答，虽然我并不确定，他们口中的第一次都是如何界定的。

男人女人间的第一次，不消说就是进入对方了……但是男人跟男人呢？

不知道究竟要做到怎样的地步才叫第一次，后来便准备了几个不同版本。看自己心情，顺应当天情势氛围，或视在座有无在意的人，轮流更换着说，总也能说得活灵活现、宾主尽欢。

那些年里常常自己都说乱了，不记得上次有谁在场，这次才开口就听到有人啐我：屁啦小锤，你上次不是说这样，够淫乱喔你!

　　我当然不算淫乱。比起某些人的故事，我无疑是小巫见大巫。

　　有人的第一次竟然说的是趁父亲醉酒不省人事的时候……听得我当场大笑出声。那画面的确太诡异又低级了，当全场因震惊而一片沉默，我却偏要再追问一句：那味道怎么样？

　　也有人的第一次说的是睡同铺的亲哥哥，夜里硬起来就把他上了。是因为这样，所以那人四十好几都还在装底迪吗？异性恋的哥哥一次一次地泄欲直到结婚搬出，弟弟不但不知自己被性侵，却反而继续寻找那个从不存在的葛格情人？

　　是分享者太过诚实？还是根本在自我催眠？这样的第一次，在我听来，感伤的程度还比不上某种变态的挑逗意味。

　　如今才终于理解到，自己对所谓"第一次"的疑问究竟是什么。

　　别人说起第一次时，多数只是在陈述另一个男体所带来的性刺激，而我，却总在回想是在哪一次之后，让我确定了，不会后悔，自己喜欢男人，并且接受了这就是我从今尔后的人生？自己到底有没有过，那种的，第一次？

　　说不出具体原因，一直觉得后来感情的不顺利，跟自己竟然搞出了好几个第一次的版本有关。

　　事实上，那几个轮流的说法并没有造假，每个版本都确有其事，就算稍有加油添醋，也仍都记载了生命中的某种觉醒，或者，断裂。

只因为舍不得那几段记忆所留给我的一种气氛,每一则都想给予它们"第一次"的记号。

矛盾的是,那几个这辈子大概不可能再见面的人,把他们当"第一次"来说未免太讽刺,跟他们其实都只有唯一的,和最后的一次。

如此仓皇,也如此嬉闹地过完了青春,三十四十也晃眼即逝。如今已五十许的我,格外地怀念起曾经苦思着"男人与男人间要怎样才算发生过了?"的那个自己。

★

如今,我终于懂得,每个人如何存活都是取决于他／她记忆的方式。

没有客观公正的记忆这回事,所有的记忆都是偏见,都是为了自己的存活而重组过的经验。

据说鱼的记忆异常短暂,大象的记忆非常惊人。

我不知道这是如何测量出的结果。它们并没有语言可以用来诉说、告白,或是写回忆录。也许它们都只是借着表现出或长或短的记忆,作为一种防身的保护色也未可知。

至少我确定,人类是非常懂得这种伎俩的。

我会说,记忆就像是在我们经验的表面形成的一层皮肤。

经验是血肉,太过赤裸与野蛮。但记忆却是如此柔软轻透的东西,有着适当的温度与湿度,并从细小的毛孔中,散发出属于自己的体味。

有时我会想到莱妮芮芬史达尔（Leni Riefenstahl），那个曾为希特勒所赏识，拍摄过一九三六年柏林奥运会这部影史上经典纪录片的女导演。

在德国战败后她始终不改口，坚称在二战期间，她对于希特勒进行中的犹太大屠杀并不知情。世人无法接受她的说法，他们谴责她的恶意与冷血，并将她的经典作品挞伐成政治宣传工具。即使，没有一个法庭可以将她视为战犯定罪，她却永远活在了历史的公审中。

某种程度而言，我可以理解女导演为何坚持自己的不知情。不是为她辩护，比较更像是终于能够了解，明明公开道歉就能息众怒的事，为何她反把自己丢进了挞伐的火焰？

热烈地投身导演工作，对此以外的事物，不管是太平盛世或血腥统治，她可能都毫无兴趣，亦不曾费心去了解。暴君的崛起与莱妮才华的萌芽，也许是因果，也许只是巧合。她不巧就生错了年代。在她转动的胶卷上，他人的命运不过是镜头无法捕捉的雪花与流云，落地即融，遇风则散。她剪接着自己拍摄的毛片，再也想不起除了她的电影外，那些年里还有什么值得记忆的事。

如果能够记得的是青春、才华洋溢、与电影热恋的自己就好，为何一定要让所谓的事实，关于死亡、疯狂与毁灭的油墨溅满回忆？

我想，这是女导演可能自己都没有意识到的。

矢口否认，未必是睁眼说谎，可能她只是用这种方式给自己活下去的理由。也许我们也都做过与她相同的事而不自知。

而又我究竟记得什么？

蠢蠢欲动的一九九〇年代，不管是精神的肉体的物质的还是情感的，所有不可告人与难以负荷的悲愤，都即将寻着了社会转折的裂缝后一次溃堤喷涌尽出，无远弗届漫窜而不知所终。

那种气味像硫磺，又像烧干的汤锅，一阵一阵地冒烟。

一九九〇年代，关于这座岛的很多谎言都将被毁灭。"立法院"里不甚安宁，校园中言论对立的社团冲突渐渐浮上台面。时代的变动，不过是旧的谎言被揭穿，新的谎言立刻补位。总有太多不擅说谎的人，在这样的落差中一跤滑倒，而从此不知道还能相信什么。

野心者都已看到他们可以争取的舞台。他们看到从前紧拴住整个社会的螺丝已开始松弛腐锈，大好时机已为所有想翻身者打开了大门，受害者的光荣标签几乎来不及分发。我却无从感受到那种期待的喜悦。

关于这些可写入历史的事件，我一概不记得详细的来龙去脉了。我想，我患了一种跟莱妮芮芬史达尔相同的失忆症。因为这是一个尽管可以把错误推给历史共业的时代，每个人或多或少都曾助长过某桩不公义的犯行，所以承认自己是不知情的共犯，或许才是人性化的表现。

大历史从来都只是少数人的剧码，如连续剧一样演完一档换下一档。就算发生了战乱，家破人亡，活下来的人不过同虫蚁一堆，惊吓之中蠕动四散，继续开始觅食筑窝，并且不忘交配，努力繁衍。

时代无论再怎样地天翻地覆，我仍只能像夏末之蝉一般，紧紧攀住我的栖木，唱着属于我的记忆。

莱妮芮芬史达尔记得的是她的电影，那是当她走到了人生尽头，当一切脱落腐朽后，还能够剩余的核心。

而我记得的是，我的失望。

　　人生再复杂再深奥的道理，其实最后都可以简化成两个字：时机。绝大多数的失望之所以会发生，则是因为这两个字：错过。

★

那天稍早，我才将母亲的骨灰坛从南势角的庙里请回了家。

父亲过世刚满四十九天，这回决定不放在庙里供奉，让父亲和母亲都干脆搬回家里，免得再过两年自己连去上个香都气喘吁吁感到吃力。当时的打算，以后就把二老带在身边，反正自己也无后人供奉，不管将来进了医院还是养老院，上天堂抑或下地狱,不如一家人聚在一块儿,也算弥补了多年不孝的遗憾。

话虽如此,当我面对着摆在客厅中央茶几上的那一对瓷罐,仍不免陷入感伤。骨灰瓮并排端放的景象,让我忆起小时候大年初一的早上,父母也会像这样在客厅中整装坐定,等我上前给他们磕头拜年……搬回老宅后的这些年,看着数十年屋里没有更动过的家具摆设总觉得心酸。室内电话形同虚设,一个月里也响不了三四回,我才更明白了人老独居等死是怎么回事。之后也不在意那电话账单夺命催缴,无用之物随它自生自灭。

不料这一日,以为早已停话的骨董机竟然从冬眠复活,铃声洪亮,话筒那头陌生男子开口直点我名,自然十分令人意外。

小锤,是我!

姚瑞峰……?

突然被那名字启动的,不是记忆。记忆库搜寻的电码传输,对我这种年过半百的人来说是要费点时间的。那是在独居守丧一段时间后,久违了的一种存在感。

原来我是存在的——

至少也一定是存在过的,所以会被记得,且不知何故被人寻找。

那名字曾具有过某种意义,显然已经在意识中埋得太深,稍加予以翻动,体内便产生莫名的心悸。

一种如此具体的知觉。一个从过去脱逃的名字。

那名字，曾是不能再提起的一个密码。如今从一个仿佛平行时空的梦境戏法中终于走了出来，只听见他殷勤地想填补我们之间不知所措的空白：这些年你都好？拨这个老电话号码还找得到你，真想不到呀——！

应付这种突发的记忆入侵，只好仿山谷回音拷贝同样的语句，含混过去不必仔细作答，直到尘封档案的下落终于被定位。

姚的声音穿过话筒，像一只嗡嗡徘徊的蜂，围绕着它记忆中的那座花圃。那座曾经短暂地盛放了一个夏季的花圃。

三十年就这样过去了，三十年成为记忆度量衡上的一格单位，一万多个日子也不过是一个刻度。

当思绪开始在刻度的两点间跳跃回来，努力寻找其间更精微的记号的同时，一阵令人晕眩的惶惶然顿时袭上了我的心头。

如果这大半生可以用一叠堆得如塔高的资料夹做比喻，有关姚的那一卷，因为多年来始终置放不当的结果，造成微微的重量失衡，早已让整座堆高的记忆之塔从那一个名字开始，一级级出现了愈来愈无法忽视的倾斜。

青春早已如同开瓶已久的红酒，挥发尽了就只留下苦醋。

过去的二十年来大家都早已无交集了，为什么姚又想到要联络？我不解。

离群独立，不问世事已久的我当时我又怎会知道，我的老同学差一点就将入阁,登上他人生的另一座高峰?

　　基于社交的礼貌惯例,自然还是要交换彼此的手机号码与信箱,同时我也为自己不用脸书、Line 等等新颖的通讯方式连声抱歉,希望不会造成联系不便云云。短短四五分钟不到的交谈过程,试探性的欲言又止,似熟稔又陌生的诡异始终笼罩。
　　虽然心有忐忑,仍装作无心随口又追问一句:
　　你找我有什么要紧的事吗?
　　没有。
　　姚顿了顿,口气少了刚才的轻快(市侩?)。他说,小锺,我这些年一直都还有在听你的歌。
　　所以呢?我暗自笑问。
　　就算不是分道扬镳式的决绝,也早已是桥归桥路归路。
　　一如当年所料,他果然娶了有家世亦有才貌的 Angela,一九九六年回了中部老家,投入"立法委员"选举并且顺利当选。
　　之后我便失去了继续追踪他仕途一路发展的兴趣。或者应该说,那几年我很忙,忙着在摇头吧三温暖里寻欢,最怕一个人独处,也最怕与这个世界相处。随着反对党势力的逐步窜起,姚在政治路上更加意气风发,我则像是一步错步步错,宛如死亡的黄金交叉。我们在人生的路上松开了手,不但再也无法回到那年暑假的形影不离,连那段记忆,我都尽量不再去触碰。
　　显然姚已得到他要的,我有什么好替他操心的?我又有什么资格,对他的人生发表任何意见?

阿崇的义正辞严犹在耳际,他自己应该全都忘记了,在大学的时候他是如何批评台湾有太多滞留海外不归的留学生,还说自己绝不会跟他们一样,结果他却更上层楼,成了一个有家归不得的通缉要犯。卷走了数千万自家企业的现金资产,带着他后来迷恋的男子远走高飞,究竟是一时鬼迷心窍,还是他耐性策划已久的脚本,等待的就是这样一次彻底令人刮目相看的高潮?……

那么,阿崇是否终于搭上了那班前往美丽新人生的班机呢?

落单的我只能努力把自己包裹成一个谜,小心穿梭于人世。

求生之术无他,永远表现出谦和友善,尽快拥有一项专长,并务必保持与他人之间一定的距离。入世却不涉世,刻意却不惹注意。

我可以想象姚与Angela站在扫街拜票宣传车上挥手的那个画面。多年后我才恍然大悟,原来姚的求生之法更胜一筹。

走进人群搏感情,开口闭口都是老百姓,父老兄弟姐妹乡亲赐大[1]拜托拜托,筑起一道隐形的护身墙,从此再也不必提到私己之需,这才是大家眼中的公而忘私、清廉自爱。

避不开人群,就干脆全身投入。其实没有比这更好的隐身术了。

---

1 赐大,又作序大,指辈分高、年纪大的人,闽南语。

其实老百姓什么也看不见。

他们听到看到的,从来都只有他们自己的恐惧与愤怒。

手持话筒,等待着姚的下文,失神撞上意识流里的暗礁。姚说他都有在听我的歌,让人以为他是不是在暗示什么,又或者是有话难以启齿?很快地,他自己又补上几声干笑,忙说:

"那就约吃个饭吧?下周三晚上有空吗?"

手握着只剩空线路嘟嘟警示声响的话筒,一时间有种错觉,这短短的交谈根本是我在心里的自说自话。把记下姚手机号码的纸页撕片折起,小心地放进了自己的皮夹。这证明自己没有妄想症的凭据千万不能遗失。在这个颠倒混乱、虚实难分的时代,没人能担保一个独居的五十许岁老男人,会不会某天就被困在了一张纠缠着遗忘、疑惑、忧伤、荒谬,而终究只能百口莫辩的蛛网里。

挂了电话之后,不记得在沙发上继续坐了多久。

在黄昏渐拢后无灯的老家客厅里,父母的骨灰坛与我无言对望。那两尊瓷瓮,宛如神像般散放出了**慈悲的光**。

坐在漆黑的老家客厅里,第一次我开始认真思考,我的后事得要有个妥当安排。最好是把父母与我三人的骨灰都一起撒在某株老树下,这样我也走得安心。

只是这样的重任,我能托付何人?

★

曾经，在那个保守的年代里冲撞，如一只被莫名其妙遗弃的流浪犬，在陌生的城市中躲闪仓皇，终于看到其他同类的身影而兴奋朝之飞奔。

只不过因为年少，当年以为自己的出柜之举是对世人的一次重大宣告，犹如站在摩西分红海所立之峰崖，看见了通往我辈救赎康庄之径路，以为自己走出这一步便算是已准备好，可以坦荡自豪地迎向或许已正在改变的世界。

殊不知，二十多岁时所需要面对的"世界"原来很小，家人之外，十几个常联系的同学，不过如此。随着换工作的次数频繁，接触的人越来越多，年纪越来越长，不时还会有几十年不见的国小同学国中任课老师什么的于街头偶遇，总要被问上一句结婚了没？有女朋友了没？而在我的无语摇头后，他们的脸色便会开始出现带着疑虑，且不自然的僵笑。

至于同学会，在参加过一两次后我也不再出席了。要面对过去别扭躲藏的自己，远比以一个全新的身份面对陌生人要来得费力。原来，除非成为家喻户晓的公众人物，出柜这事才能一劳永逸，否则没完没了。

对后来这些年的人生而言，朋友这种称谓分类，早已淡化成非必要的负担。我所能想到与他们见面的理由，不过是提供在彼此重叠的岁月场景中，自己的在场（或不在场）证明。但是慢慢发觉，往往他们兴致盎然说得口沫横飞的那些旧事，纵使我努力集中注意力，仍只能捕捉到极为模糊的片段。与其说他们是想与我重温，不如说是在试探我对他们的忠诚，即使印象模糊，我也理应要附和。

为什么他们会害怕自己的记忆是无法被证实的？和自己的记忆独处，不用与任何人分享，真有那么孤单？

不要小看叙旧闲谈中这样的用意，每个人其实都试图以他的记忆版本，传达他深信不疑的价值观与道德感。

这种记忆背后展现出的生命意志，乃至于生存意义的角力，不知从何时开始让我觉得万分疲惫。当周围的叙旧累积成一大群人的共识，再演变成所谓的经验法则，最后凝固成一个群体的印记，便叫作**身份**。

中年后无业颓丧、臃肿邋遢、一肚子不合时宜如我，谁会（愿意）记得此人曾经为了一种叫作"同志"的身份押上了他好不容易累积出的那一点小小名气，以为自己在做一件改变历史的壮举？

或许早在站台事件之前，我的歌唱事业已注定要走向中断。

我所演唱及创作过的歌曲，那些大同小异的、虚假的、性别错乱的爱恨铺陈，早已无法负荷我人生里拥挤的问号与惊叹号。大多数的时候，我们仍然只能循例使用着例如相爱、失恋、婚姻、小三，甚至上床、肏、吹……这些原为男女打造的话语。当真要来诚实且赤裸地剖开男人与男人之间的情感,其中有太多混乱的,现有的语汇所不能表达的部分,却没有人想要真正把真相说个清楚。

是的,如今隔着岁月,看到一个半红不红的流行音乐制作人,无肌无貌如此平庸,站上了舞台义正辞严要求台下连署要求治安单位对欲爱横流的三温暖进行扫荡避免药物与不安全性爱对同志生命的**残害**,任谁都要倒吸一口冷气吧?

那画面委实太不堪太惹人**嫌恶**了!当年怎么会有这样的胆?我怎么会无知至此?竟然连自己族类要的是什么都状况之外?

他们要的是天王天后的站台,要的是华丽梦幻彩光的加持,要异性恋对他们敬爱地拍拍手,说加油之外,并把他们视为潜力市场而不敢怠慢。这是共同的时代大梦,有了消费才会有声音,才可以全新姿态出场(出柜?)。在同志身份首次成为公共议题的十余年前,死亡孤独与病老穷丑还离他们太远。(现在外面又是怎样的情况了?我已经自惭形秽闭关太久……)结果我先是引来大家的一阵面面相觑,甚至低头或尴尬地望向他处。这还算是温和的惩罚。被啐口水丢汽水罐的那当下,我竟然还不知自己已成了我族的叛徒。

罪不可赦的我,将同志们最深的不安与恐惧,公开在社会批判的眼光下。那些需要药物与激情肉体才能暂且逃脱遗忘的,孤独,我竟然如此置之度外。

两度面对至亲的离去,过程中无论是在医院或是殡仪馆,都只有我一个人忙进忙出。我那异性恋的妹与弟,以至高的家庭利己主义作为护身符,早就分别移民了澳洲与美国。护士小姐们看我无亲人帮手难免关心,我却根本懒得多做说明,一句离婚了轻描淡写,省事。可怜父母躺在病床上,仍会被看护欧巴桑间的闲话八卦骚扰:你儿子不是有上过电视讲爱滋病?

爱滋带原者,这个标签身份始终如影随形,让我在原本狭隘封闭的我族圈内,更加难以立足。

二老到临终皆不放弃再一次询问:真的就这样一个人过吗?见我无语,老人家放心不下,在我面前最后一次老泪纵横。

也许当下有那么一刻,我曾后悔对他们诚实。

但若非说出了口,我怀疑我可能早已成了离家失联的浪子,不能面对他们的生,也愧对于他们的死。

对我而言,说出口意味着我在孤立无援的黑洞中缺氧濒临窒息之际,在意识逐渐模糊已近乎放弃的生死交关,咳出了那最后一口阳气。

不想这一生就这样偷偷摸摸,要死不死。就算是自私的生存本能吧,但是心里明白,我这身这肤、这体这发到底没毁,留下来好好地为我的父母送了终。

虽然是烂命一条,至少知道生错的是时代,不是自己。

★

仍然拥有在手中的不必回忆,需要被记得的总是那些已失落的,或即将消失的。

比如说,幸福。

也许幸福是一种决心,我曾如此相信。

曾努力过的决心,那是怎样的过程?或者,只是某个关键点上的停格?尔后总像融雪般的幸福,瞬间仿佛握在手中,却立刻化为指缝间的滴水,那究竟又是怎么回事?……

一个疑问永远会指向更多其他的疑问。

记忆无起点。每一块记忆的碎片都可能只是某个局部事实的一片拼图。但回忆总是循着习惯的步骤,走在相同的一条标示通往过去的路上。

真正的记忆其实是岔路歧径密布的一片黑森林。如今同样被丢弃在这条森林荒径上的,除了我还有谁?

想起了某个周日傍晚,路经西门町红楼一带,凑巧看见那位如今甚至已记不得名字或长相的同志候选人。距离他一个街口,我驻足旁观他与每个进出小熊村的行人鞠躬发送竞选传单。那人不在我居住的选区,帮不了他那一票不是我当下心中泛起辛酸的原因。他压根儿没注意到我这个年近半百、穿着一件欧吉桑夹克的中年男子。他眼中所锁定的自己人,不是短发蓄须的壮熊,就是娇声媚行的娘炮。为什么他就如此认定,这几款人是他需要求助的票仓?

他错了。属于这些同类的社交网路早已成熟,他们已完成了自我的出类拔萃,敢玩敢潮,有爱有性,哪还需要政治人物来插花？真正需要且默默等待这个世界翻盘的，不是这些人。

在出柜后那几年失去了舞台，受不了那些指指点点的揶揄，我不再进出那些潮流同志的作乐聚点，最后重回那已被改名二二八公园的前世场景，竟让我心中出现有如归乡游子般的心情。

那些在翁郁树影中进行的仪式仍然熟悉，本以为早已退化的雷达装置没多久便立刻恢复运作。不管多深黝的树影之后，或多么昏暧不明的距离之外，只要有一道发情垂涎的目光都不会错过。

点一根烟，问一句要不要走走，即使柴不够干火不够烈，也总能听来几则故事。那些在脸书上、在酒吧里已失传的过时的橱柜故事，仍匿隐其中的这群，显然早已被大多数的同类遗忘。他们对外面世界正风起云涌的同志婚姻诉求，展现的仍是令开放的同类不齿的无知与无奈，那么没有斗志的失败主义，恐怕连期待选票的候选人都宁可放弃他们。

他们。

如进地府重游的我赫然惊觉，他们依然还是族群中的多数。大批的隐性族群，经济情况不允许他们夜店健身房进出，教育水平的不足早让他们相信自己的不讨人喜。时尚打扮从来与他们无关，连路上偷瞄帅哥一眼都生怕遭来霸凌。听到这些故事，我甚至开始怀疑，同志原来只是个形容词而非名词。就像是"多元的"社会、"开放的"时代，现在我们有了"同志的"文化。

总还是有那些痴心的理想主义分子,希望能把抽象的形容词换算成跑不掉的统计数字。唉,他们难道不知道,在这个时代,很多观念就是要永远让它保持模糊,才有生存空间吗?

所谓的公民时代,就是再也没有人能代表任何公民,人人却都能以公民名义挑战公民的定义。同志二字看似势力庞大,但有多少连在同志国度中都无法取得公民身份的沉默者,他们拒绝选择,或不知如何选择,或是他们的选择违背了主流运动的意志,连自己人也要视他们为无知、落后、反进步的次等公民。

例如我,一个体内流有爱滋血液的厌世者。

终于知道,所有的运动,最后都将制造出一堆事后再也无人关心的失落心灵。庆功者永远都是那些因终能够与敌人平起平坐而沾沾自喜的少数。他们原本声称所代表的公民团体,都只有在他们的口中存在过,就像是叫牌决战中不能亮出的那张底牌。

永远不敢,或不知自己能不能,成为同志一员的那群,像是模糊存在于界外的游魂,只有等到他们哪天终于对自己说,这一切我受够了,也许才是世界真正改变的开始。

等到他们终于发狂了的那一天,有的脱下内裤冲进嘉年华式的反歧视大游行队伍中,如洪水猛兽对着咩咩可爱羊群扑咬,接着不顾花容失色地四面惊叫,他们开始射精,看看这个扮神扮鬼恐吓他们的世界,最后到底能定出他们什么罪名!呵,我真期望看到那一天的来临!

只是现在的我不敢奢望，就算狂想成真，自己是不是真能活到那一天？我已经向上天借了十年，果真还能有下一个十年？

★

记忆来到了那年暑假将近尾声的某晚。

提着我的吉他走进了民歌餐厅，看见姚与阿崇已经提早到了，坐在台前的第一桌。而前一场的歌手调好音，正准备演唱那晚最后的一首歌曲。这时，一个人影从观众席中站起了身，是阿崇。歌手弯腰接起他上前递出的点歌单，看完后扬了扬眉毛。他考虑了两秒，又重新调整把位上的 capo，临时换了曲目。

让我非常意外的是，阿崇竟然点了那首我曾企图用来试探撩拨姚的 *I'm Easy*。歌曲间奏时我匆匆扫视了一下场内，听众都正陶醉在歌者那一手流畅的吉他乐声中，只有阿崇除外。

起先不确定自己到底看到了什么。只见姚若有所思，目光锁定在歌者忘情演奏时的神态，浑然不察在一旁的阿崇疑虑中又带着愤恨的眼光，如烙铁般盖印在他的侧影上。我移动一下角度，试图了解到底发生了什么事。

然后，我全看清楚了。

企图让一头豹子成为永远的素食者本来就是一种愚行。

豹子终究还是要寻找它的下一个猎物，而且出手迅速，往往会让人猝不及防。姚已厌倦与我们继续这场佯装清纯的游戏了。此刻的姚正在展现他猎食的本领。他的目光始终没有从歌者身上移开过，直到对方趁空朝姚抛出了一个斜瞟。

姚挑动了一下眉毛，嘴角浮现了欲迎还拒的笑意。

没注意阿崇何时已站起身，只见他倏地用力将座椅朝后一甩，便怒不可抑地朝大门直去。我及时背转过身，闪进了员工休息用的茶水间。

看见那气冲冲离去的背影，下一秒我开始萌生了不同的揣测。阿崇为什么要被激怒？他不是早已经验过姚与那个叫Angela的学姐在他面前卿卿我我？是不是阿崇先有了让姚倍感压力的举动，所以才会有刚才那一幕姚不留情面的反击上演？例如说，他曾逼问姚是不是在玩弄他的感情之类的？

那很像是阿崇会做出的蠢事。

难道姚会比我迟钝，看不出在我与阿崇之间，谁是那个需要开始出手防堵，不让对方再继续有非分之想的傻子？

目击了他如此大胆的作风，我才惊觉，姚在性这件事上的经验远比我们以为的丰富太多，绝不会只有跟我与阿崇做过那件事。

不出我所料，姚仍继续留下，一个人把歌听完。

姚那只小豹子，只要他敢，当时的我已预见，他将会是放诸四海同志皆喜的头号一夜情对象。人人都有机会跟他上床，除了我。我还要当多少次像今晚这种事件的旁观者？还是，我已经开始满足于这样的偷窥？

因为发情是如此不可预测，但又如此令人期待的一种颠覆破坏,你永远不知道,你的同类究竟何时会对你身边的人起了念头。或者,你永远得提防像我这样的人,以朋友之名潜伏在自己性幻想对象的身边。

换场休息时间,前台的歌手拎着吉他走进了茶水间。早已等候着的我,不仅欢喜地上前向他问好,更努力让自己的语气听起来没有一丝揶揄成分:

"刚刚那首你唱得真是太棒了!——和弦是你自己重新编过的吧?——嗳,你的谱能不能借我抄一份?"

如此兴奋的赞美让对方一时间微感错愕,支吾着连声说好好,便放下琴谱与吉他去了洗手间。我径自拿起他的谱夹翻寻,整本中的每一页都用细钢笔字整整齐齐抄下歌词与和弦记号,看起来就像一部珍贵的武术秘籍。插进页间的一张点歌单,就这样悠然滑落了出来。我从地上拾起,看见纸片的正面有一行英文字,写着 I'm Easy。

果不其然,不是阿崇点的歌。那是姚的字迹。差点就忽略了,歌单背面还有一串乍看会以为只是信笔涂鸦的数字。我愣了一秒,随即认出了那个号码。

竟然姚留了自己的 BB Call 给对方。

怔怔望着那纸片,一瞬念转,我把纸片迅速揉起,塞进了自己的裤子口袋。幻想着姚等了几天,仍没有对方消息时可能的恼怒表情,顷刻间,我有了一种如释重负的感觉。

我以为,当时的这个举动,是可以被激情所宽宥的一种疯狂。我只不过是希望,能暂停我的世界已失控的转速,让我再回到自己没有被性这个怪物缠身的很久以前，哪怕是几秒钟也好……

轮到我上场时，却看见台前姚的位子空了。

我一面咚咚胡乱拨调着琴弦，假装吉他出了问题，一面用眼角余光急火火地在餐厅的各个角落梭巡。终于看见，姚从洗手间现身，而另外那个家伙也正提着他的吉他箱，好整以暇地同时走出了茶水间。他俩像是老朋友在走道上巧遇似的，同时露出了充满期待的笑容，然后不知交换了什么情报，不过两三句话后两人便嬉笑着结伴离去。

都是因为愚蠢的阿崇！

他的提早退场，反倒给了那两人莫大的方便，还有接下来一整晚的大好时光。

甚至他不用看到眼前这一幕。我却成了他的代罪羔羊，得忍受目睹着那两人一拍即合所带来的妒与辱。

顿时忘了自己还在舞台的灯光下，我的静默呆立引来了台下听众的奇怪注视，愈发让我以为，众目睽睽都正在嘲笑着我的自作聪明。

吉他紧紧抱在胸前，脑里一片空白。我怎么也想不起，今晚原本准备好的开场曲是哪一首。

除了一遍一遍，那首怎么也不肯停止的电影主题曲。

★

世间情歌从来都只能唱给自己听。用一首歌当作记忆中动情的证据，一次一次想要用一首旋律牵系住记忆中某人的气味，那样的渴望只会因为毫无进展的守候，最后开始变得蔓芜失焦。

我拎着黑色大垃圾袋，走进了书房里，先是清掉了书架上那些早已黄渍的小说，然后顺便也把当年的几本手抄歌词与和弦乐谱，一并扔进了塑胶袋中。

我甚至已经想不起，最后决定以 *I'm Easy* 当比赛自选曲时是抱着什么样的心情和动机，如今我再也唱不出这首歌原本该有的一种压抑与沧桑了。或是说，我才体会到，年轻时自以为唱出了某种浪荡气息，其实都只是肤浅的作态。

偷藏起姚留给对方的联络方式，并无法阻止汹汹而来的红尘色相万千。

姚看上的那个家伙长得什么模样，究竟有什么特别的魅力，也只剩下一个模糊印象。那是个留着长发，带了点浪荡，筋骨粗虬结实，如一截海边漂流木般的男子。

也可能不是单一某人留给我的印象，而是姚日后有迹可循的一种类型。他对这型的男子独有偏好。我这种无趣的乖乖牌，从来都不合姚的口味。

不是没有自嘲地想过，也许该感谢姚对我不再有胃口。感谢他没有让自己掉进了贪得无厌的煎熬。

那时尚不懂,为什么一夜情对情场老手来说,是不可轻易松懈的底线。原来只要不给对方第二次甜头,对方自然会因单调的渴望而感到疲乏。有了第二次,就有了更多暧昧可以滋生的温床。会发疯的恐怖情人,绝不可以是一夜情的对象。

不得不说,姚对我生命的最大贡献,就是让我开始害怕我自己,让我怀疑其他人也都会跟他一样,嗅出在我血液中潜藏了所有恐怖情人会有的特质,动物本能地弃我不食。

偏执却又软弱,善于伪装,自溺也同时自厌,这些都是我辉煌的病历。

如果不是如此,我现在也许早已有了一个长期的伴侣。

不必是至爱,至少互相给的是安心。当安心成为了一种习惯,也许就可以不再受制于记忆的喧扰,而此刻的我或许正在计划着两人春节的旅游而不是要——

我踉跄地扶住书桌的边角。

没想到光是一间书房,就堆藏了这么多无用的旧烂,一整个下午就这样被耗去了。

深感自己的体力大不如前,所以近来只要是突然出现了像此刻的异常疲惫,我的脑中自动就会播放起一段科学纪录片中常见的画面:快乐的病毒活跃集结了最新繁殖的大军正伺机反扑。虽然是毫不科学的幻觉,但总还是会吓出我一脖子的汗。

还有哪些废物是待清的呢?

那把初学时用过的塑胶弦吉他，是否该一并丢弃呢？

这才不经意发现，躲在书柜与墙壁夹缝间的那把老吉他，正如此恐惧于我对它质疑的眼光。

7　梦魂中

病床上的那人像是熟睡中。已经第五天了,手术后就一直维持着这样的状态。

"你是林国雄的家属?"巡房的主治大夫问道。

"不是……我是,朋友。"

过去几天,他都在下午抽空来医院探视。住处餐桌上的保养品囤货这阵子一罐都没少,对此小闵已经发了不止一次牢骚:如果他成了植物人,你也要每天继续这样下去吗?

但医生说,手术后电脑断层显示一切正常,脑压也早已维持稳定,按照生理的观测,病人林国雄应该是在恢复当中。当然还是会有些后遗症,医生解释道。手脚可能没以前那么灵活,需要一段时候的复建,也许不能完好如初,但是会获得改善。

至于昏睡,有可能是一种转化型歇斯底里精神官能症。这种现象常会发生在遭遇了重大创伤,或是生活在长时间的压力下的病人身上。他们的精神与意识处在一种逃避状态,拒绝接收外界的讯息,于是继续如同昏迷般没有反应。

会醒过来的，不过需要些时间，医生说。不妨多跟他说话，这样会有帮助。

一开始阿龙不知道该跟他说什么好。

先是买报纸挑一些新闻来念，后来特别还去下载了一些他妈妈那个时代的国语流行歌，念完了就帮那人挂上耳机。凤飞飞那时候最红。还有林慧萍跟黄莺莺。他的童年回忆都因这些老歌而在心头滚瓜烂熟了几遍，但那人依然静静地躺在那儿。

直到第六天，小闵意外地出现在病房里。

阿龙先是在心里暗叫了一声：靠！随即还是装出了无辜的笑脸，把正在翻阅的报纸忙丢在了一边，"你怎么来了？不是应该多睡一会儿？"

小闵对他的问题不回答，默默站在病人的床边，端详了好一会儿之后才开口："我有话要跟你说。"

步出到外面的走廊上，才发觉到病房外的空气清舒许多。四人一间的病房里，每张病床都带着病人特有的气味。有的就像是阴暗的斗室，有的则弥漫着菜肴与油烟。他深吸一口新鲜的气后突然想到：也许那些气味不是病人身体所发出的，而是他们长期生活过的空间所遗留在他们身上的。

"是不是该停止了？"

小闵直接就发球，"你有什么毛病？一个非亲非故的人，需要这样每天花这么多时间，自己该做的事都不去做？"

"我只是觉得老板很可怜，从来都没有人来看他——"

"你已经救了他一命了，而且你说他会复元的，所以你每天来也帮不上什么忙，你到底想要干什么？还是说你有什么事瞒着我？你跟这个老板——你是跟他有怎样吗？"

"你想到哪里去了！"

不能在这时候笑出来，他警告自己。考虑了几秒，他终于向小闵供出了那些他自己都还百思不解的诡异事件始末。

小闵的表情瞬间从焦虑转成了悲伤，下一秒却又目光怒烧，像是随时会想要给他一个耳光。阿龙偷偷握紧了拳头，忐忑又期待，接下来会从她口中爆出什么样的感想，毕竟，他还没跟任何人透露过这件事。

没想到他听到的，却是她语带反讽的一句："那你觉得，为什么这些事会发生在你身上呢？"

"也许我的前世是同志？"

不知道为什么偏偏在这时候，他的脑袋中冒出的是这样一个可笑的答案。

"Shut up——！"

"或者这是世界末日的前兆？"

"王铭龙你再不闭嘴，我要尖叫了——"

只好收起了故作无厘头的口吻，抓起了小闵的手，他相信她能了解的。如果这个世界上连她都不能了解的话——

"好像，某种奇怪的磁场交错，让我与那个酒吧之间有了奇怪的联系。只有我感应到了，那表示，我应该有某种能力去做些什么，虽然我还不知道，那会是什么——"

自己也知道，说得一点都不理直气壮。小闵不耐烦再听下去，从他的掌中抽出了自己的手。

"阿龙，你总有一大套理由，你自己都没有发现吗？"

小闵不让自己失控，只是用一种低沉到近乎嘲弄的语气，希望将一句句话钉进到他的肉里似的：

"我不希望你继续做大夜班，你说你是在陪我上班。我希望你开始做保养品直销，你骗我你有去。我问了其他店里的小姐，她们说你只去过一次就没再上门了。你从来不睁开眼睛看看你的人生，你总看到你想看的，现在更厉害了，还能看到活人都看不到的东西？……可是你怎么就看不见我的人生？我的青春还剩几年？你为什么都不问我，是不是还有在接客？你不敢问，对不对？……你不敢。你只会自欺欺人。你拿你这些鬼话想骗谁？"

一时间还没听懂她对他终于坦白的真相。等会过意来，他傻住了。他从不知道自己才是造成她焦虑的根源。他以为她会喜欢两人简单相伴的生活，没想到她竟有如此强烈的不安全感。他能给的原来不是她要的——

"那就忘了我说的那些鬼话——对！我都在说鬼话——"

他的眼眶就是在那时很不争气地红了。

"现在躺在那儿的那个人，当他睁开眼睛的时候，发现有人一直在等他清醒过来，那对我来说很重要。你也许不能懂。这就是我能给的。我能给也就是这些了。对不起，如果你从来不觉得，醒来的时候有人在身边是重要的话，我真的很抱歉，是我误会了。这全部都是误会一场——"

他的抱歉却只令她更恼怒也更伤心，直到离开前，她都没有再多说一句话。哭过之后的阿龙，则发觉自己彻底是个没用的家伙，为此感到非常沮丧。

"喂，你觉得我女朋友说的有道理吗？"他只能对着病床上沉睡的那人，把心里的苦闷诉说了一遍，"你把我害惨了，你知道吗？"

首度向外人说破了这整件事，原本的秘密同时也变得像是梦境般破破碎碎了。所谓的感应，毕竟是没法证明的，但在原来还没说出口的时候，一切在他的思绪里自有一套他能够理解的文法。但是到了这一刻，连他自己也被搞糊涂了。

这一切究竟只是他企图用来逃避的借口，还是他终于有了从来没有过的勇气？

在这世上如今唯一能为他辩护的，也许只剩下病床上那个沉睡中的人。

如果他醒得过来的话。

◎

"对不起打扰了——"

跟在经理的后面，走进了小姐们的休息室。不，应该说男士们的吸烟室才对。还没穿戴起假发义乳的这群年轻男孩，跷着脚抽烟的抽烟，玩手机的玩手机。

经理跟他使个眼色,意思是别忘了他答应得给他抽的百分之五。这可是阿龙刚刚在门口跟他磨了好久才谈成的条件。

经过了昨天与小闵在医院的不愉快,他也不免有了动摇,是不是自己真的不够努力?大夜班结束,回到家见到小闵竟然还穿着下午来医院时的衣衫,一大清早瞪着电视上回放了不知多少次的一出韩剧在发呆。见他进门,她便拿起遥控器把影像给关了,一副不想与他说话的样子,然后自顾进了她的房间。他不敢多问,她在那里坐了多久?难道她没去上班吗?

次日轮到他排休,为了讨好求和,天一刚黑他便背起装满保养品的登山包,骑了机车出门。

经济不景气,酒廊生意不比往年,小姐们多懂得精打细算,尤其总会碰上跟小闵认识的好姐妹,让阿龙特别觉得尴尬,总觉得她们是看在小闵的面子上才跟自己打交道的。小闵只会对他抱怨,为什么有好几家店只露过一次面就没再上门,其实她不知,这种靠山吃山的作法让他觉得自己很没出息。

决定勇闯第三性公关店。只因为想来想去,如果要靠自己的人脉,在这附近,跟他算得上还有见面三分情,大概就只有那几位喜欢吃他豆腐的"小姐"了。他猜想"他们"应该不至于让他太难堪才是。

鼓起无比的勇气,他踏出了在第三性公关店叫卖的第一步。

"各位好,我是阿龙——"

不等他说完,众人就已经开始起哄。哟,是超商小帅哥啊……哥哥你好啊,这么想我们还亲自还带了礼物上门?……

一屋子烟味加上他们左一言右一语，呛得阿龙半天说不出话来。

"不、不是这样、我我来看大家，有没有需要——"

还没说完就听见一阵哄堂大笑：有，当然有需要！

"——需要美妆保养品这些都是日本进口的在日本是很知名的直销品牌这里是目录请大家先看一下！"只好涨红着脸把该说的话一口气念完，一面暗训自己：到底你是在紧张啥？

"辛苦你了，小帅哥，兼两份差很拼喔！"

说话的家伙妆才上了一半，阿龙惊讶地看着对方已微秃的前额，与下巴上还没用厚粉盖去的青胡渣。

"你是不认得我了还是怎样？这样盯着人家看，好羞喔。我是安洁莉娜啦！"

竟然就是常在他大夜班时出现的那位古墓萝拉山寨版。不得不敬佩他的化妆技巧高超，而且凭良心说，他做女人的时候比当男人时好看多了，阿龙暗想。

两三个同样也才画了半张脸的男生，这时跟安洁莉娜一起挤到了他面前来。七嘴八舌开始问起各式各样的问题。你自己也在用吗？……有没有除毛的？……去角质是哪一瓶？……其实，他们比真女人还更需要保养，不是吗？阿龙在心里忖度着。一个大男人平时总不太好意思跑去女性化妆品专柜问东问西的吧？

一边应付着发问，一边感觉到从对面角落里一直有两道目光朝他射来。

那人始终没起身加入他的同事们，就这样一直定定地打量着他。被看得很不自在，他只好朝对方点点头算是招呼。等到其他公关开始忙着传递着瓶瓶罐罐的试用品，那人才终于移动了脚步，来到他身旁坐下。

"你是不是阿龙？"

听见他的问话，阿龙困惑地在他脸上企图找寻任何旧识的痕迹。难不成他有个小学同学如今做了这行？还是当兵时哪个班长退伍后转行也变了性？

"我是 Tony 的朋友，叫我小杰吧！"

在这里会遇见 Tony 的朋友，好像并不算大出意料的另一桩。以他这些时日的遭遇，就算当时是 Tony 的鬼魂出现在他的面前，恐怕也不会让他太过诧异。

那人说，他这个月才刚来这家店，所以不知道原来阿龙就在这附近打工。接着又问，卖这些东西的生意好吗？阿龙原先想说还可以，结果还是心虚地摇了摇头。

"我看过你和 Tony 跳舞，在你们学校。Tony 那时候要我们一定都得去捧场——都七八年前了吧？——真的很精彩，我一直都还记得……你后来还有再继续跳吗？"

阿龙还是摇摇头。

这个叫小杰的似乎有些话到了嘴边又犹豫了，他陪着静默了一会儿，却没有下文了。阿龙不敢接着多问，那 Tony 也来公关店上过班吗？

虽然脑中出现这种疑虑，自己都知道很不应该，只好转个方式问道："你们是在这里认识的吗？"

对他的问题小杰并不以为意，伸手点起一根烟，悠悠吐了口长气。

"我也曾经是个 dancer，看得出来吗？"

虽放低了声音，但仍明显听得出那人语气里的颤抖。

"那时候跟 Tony，还有几个朋友一起搭档接秀，因为这样大家才认识的……对不起，我并不想耽误你做生意，我只是……我只是这些年一直还会问自己，为什么会发生那样的事？那天，如果那天拍到的照片不是他，而是我们当中其他任何一个……毕竟，我们不像他还是硕士生，家里对我们没有那么多的期望……"

听到这里，阿龙忍不住想要向他求证他的疑问："当时，你们接这场秀的时候，事先主办单位有告诉你们，会打出同志两个字吗？"

"没有，"小杰苦笑着，"如果知道，Tony 打死也不敢上场啊！接洽的时候只说一定要热闹，还有请歌仔戏团、几个搞笑的艺人，然后大家那天都反串……照片登出来，标题成了什么'解严''出柜'的，反正是我也不懂的一些选举语言。Tony 打电话给我，问我事情怎么会变成这样？记者怎么会有他的电话？他家的电话一直响不停，他的父母快气疯了，甚至他的 PTT[1] 上也有不认识的网友跑来留言，有的骂得很难听，说同志

---

[1] 台湾的 BBS 网络论坛。

的脸被他丢光了,还说他是在利用同志身份想出名……"

阿龙以为小杰随时都会掉泪了,不料他却熄了烟,拍了拍阿龙的背,反倒像是他需要安慰似的:"Tony 的人生有你,他应该觉得很幸福。那时候我们都很羡慕他,交到一个这么帅,还可以跟他一起跳探哥的 BF……"

什么?!

"我——"

除了沉重一叹,他发现自己在这节骨眼什么都不好说。

人都已经不在了,难道还真的要他这时候板起脸来严词否认?

如果不戳破,让 Tony 在他的朋友心中可以留下如此美好印象的话,于他又有什么损失?如果 Tony 有知,他这么做或许也能让亡者明白,当年残酷的相应不理,他真的不是故意——

"那时候他的梦想是开一家舞蹈教室,做扮装表演只是过渡期。我当时也是这么想的。没想到他就这样走了,我之后生活也没了目标……但是今天会在这里看到你,我好高兴。你真的就像 Tony 说的,是个认真不服输的人。看到你又让我想起以前 Tony 帮我加油打气时说过的话了。虽然,虽然他自己没有完成,但看到你这么打拼,我感觉好像你在继续帮 Tony 努力活着,真的好高兴……"

还在斟酌着该如何安抚对方的时候,阿龙看见那人已经站到休息室的中央,拍拍手教大家安静,那样子就像是教练要对他的球员展开赛前喊话。

"今天我跟我死党的男朋友意外重逢了！死党的意思就是，我已经死掉的好姐妹，所以请大家多多支持一下，小妹我做牛做马来日回报！"

全场一阵无声。阿龙心想，还真感谢你的帮倒忙，现在场子全冷掉了。

"怪不得看小帅哥很顺眼，原来是亲上加亲啊！"

突然就听见有人打破沉闷开了第一枪。接着另一头也传出爆冷一句："你家兄弟我们来顾没问题，只要你把你自己的那根骚狐狸尾巴藏好就行了！"

几秒钟前的人声喧哗再度重新上演，冷场危机在众人哄笑中就这样化解了。前后不过半个小时，不但小杰和安洁莉娜都很捧场买下了全组的美白抗老产品，其他人也几乎人手一瓶。

没想到，这是自他入行开卖以来业绩最好的一晚。

◎

喜欢打肿脸充胖子，大概是男人一种天生的劣根性，阿龙事后回想，尤其是在女人面前逞英雄摆阔——即使这屋里没有一个是真货。只能说当时自己得意忘形，早把真假这回事给抛到了一边，竟然还在他们店里开了一瓶酒，成了他们那天营业日第一位座上客。就算是为了拉拢顾客的业务需要好了——后悔已来不及，阿龙只好如此自我安慰。想来赚他们的钱，却反被他们伸手进了自己的荷包，不得不说，"他"们还真有一套。

"会来你们店的都是什么样的怪 ——嗯我是说,你们店里有什么特色?你们怎么能跟其他店里的'正港'女人竞争?"

有些问题对小杰开不了口,只好趁店里还没有其他客人时,转向安洁莉娜悄声打听。安洁莉娜嘻嘻把嘴一歪,做出一副要吃掉他的鬼脸。

"这世界上什么客人都有,你想找我睡也行啊 ——"

"别乱开这种玩笑。"

安洁莉娜这才收起了夸张的烟视媚行,帮他重新斟上一杯酒。

"你看过《金鸡》那部电影吗?吴君如演的那个傻大姐,说才没才,说色没色,但也可以在酒店里混吃混喝多年,因为有的时候,男人并不一定是想要找女人干炮,他只是希望有人逗他开心。你说,这年头有几个漂亮的女人懂得在男人面前耍宝?因为真实世界里不会有像吴君如那样放得下身段的酒店小姐,我们就来为他们扮演那样的角色啰……男人就是这么贱,又想要吃天鹅肉,又想要自尊心,来我们店里花钱他花得最没有心理负担,不必担心自己够不够男子汉。在我们这里,他永远是最 man 的,这种心态你懂吧?"

"另外 ——"

说到这里,安洁莉娜翻了个白眼,有点未置可否,"我们跟其他的酒店小姐未必是竞争关系,也许更像是一种合作结盟。如果你够聪明,等会儿就会看出门道了 ——对不起,有客人上门了,你先坐,好好享受一下啰!"

这个晚上，阿龙感觉自己好像终于重新回到了阳间的花花世界。

而且果然如安洁莉娜所言，他们搞笑耍宝的花招还真不少，一会儿换上和服，贴上媒婆痣，扮起女丑艺妓；一会儿小姐们手搭肩排成兔子舞队形，满屋子里蹦蹦跳。只见半打的假奶波波起落，逗得那些男人哈哈大乐，顺手就把小费塞进了小兔子们的衣缝。

在这里，奶奶可以随便抓，屁屁可以任人捏，本来都是男人心底最疯狂的淫念，但是真的在这些公关身上付诸实现，大家却都欢闹得像回到了还在骑马打仗的童年。甚至公关还搬出了扮装道具，玩开了，连男客们都一起加入了颠鸾倒凤。他的脸皮还是太薄，不像几个中年欧吉桑，毫不扭捏便戴起假发，搂着小姐们载歌载舞起来。

他算开了眼界，如此翻转了又翻转的性别游戏。两个男人都扮成了女人在耳鬓厮磨，是否这些扮装大叔们从A片中得到的女女性幻想终于得到了满足呢？

至于安洁莉娜故意卖的关子，果真被他看到有酒店小姐带着男客来照顾他们的生意。干吗好好的不待在原装的脂粉堆里，要跑来这地方蹚混呢？

喔，他懂了。

如果是钓到了新货，当然原来的店不能久待，让其他的小姐有插手抢人的机会。离办正事的时间还有点早，总得把车暖到恰好，加上客人如果也意犹未尽的话，不如来这儿，省去了时时要保持警觉之累。就像是刚进门的这对，一看就是从别家的酒廊转过来的，女的把男子的手臂挽得紧紧，生怕肥肉会给野猫给叼走一般——

"小闵！"

他触电似的从椅子上跳了起来。

和他四目相对的小闵，同样也是愣了几秒，然后毅然拖着身边的男人，立刻转身推门离去。阿龙连夹克都还来不及穿便跟着追了出去。

室外的低温让他觉得像一脚跌进了冰窟。不想在这条来来往往许多人都认识他的巷子里上演追逐，阿龙只好停下脚步，一边发着抖，一边对着小闵的背影大声喊出了她的名。

小闵转过身，要男人在街口暂候，独自朝着他又折返回来。等她站定在他的面前，阿龙发现她身上穿的这件领口与袖口都镶着皮草圈的大衣，是从没在他们住处的衣柜里见过的。还有在她耳垂上吊着，如同两颗眼泪在冷风中冻结的珍珠坠子。

明白了，恐怕她早就瞒着他有了另一个落脚。

"那边那位是濑川桑，我跟他认识了有一阵子了。本来想晚一点再告诉你，因为你最近都不知道在魂不守舍什么……"

他猜小闵早就已经打好了腹稿，她的语气里没有激动，也没有怨怼。会不会前一天她来医院找他，原本就是想跟他说这事？

"再两周就春节了，我答应了濑川桑，会跟他去日本度假。我需要离开一段时间，未来许多的事情我需要好好想一想。既然已经被你发现了，我想也不必等到过年了，我这两天可能就先动身。等我回来的时候——"

"等你回来的时候怎么样？"

原以为她会说，等她回来我们再好好谈谈，甚至是重新开始。结果他听到的回答却是一句："我希望那时候你已经找到新的住处。"

身上只穿了一件衬衫的他，顿时整个人麻木到已感受不出当时的低温。"可是，可是，你不是说，未来的事情，你要趁去日本的时候才要好好想想吗？"

"你已经不在我的未来里了。"

话才出口小闵便已露出了如释重负的表情，卸下了刚刚如面具般让人无法靠近的肃穆。从她的眼睛里，他看到的竟然不是分手时应有的悲伤，而是翻船获救后仍带了惊惶的庆幸。就像是坐在救生艇上，眼见无法被救起的其他漂流者，虽然无奈，但求生的本能立刻给了她道德上自我宽恕的理由：

"走不下去的，原因你知我知，为什么你就不能面对它呢？我要的不是你上大夜班守候我，我要的是……你知道我是怎么想的吗？我认为你每天跑去医院，还有你说的那些什么有鬼魂的事情，都是你的借口，我认为你做这些事的目的就是想逃避我，你——"

她把头一甩，不讲了。

他情愿她对他叫嚣责骂,挥拳掴耳光都可以,而不是当时那样反过来想要怜悯自己的假道学。我真的是那样不值一提吗?我在我们的关系中所付出过的,如此轻易就可以全部被抹煞了吗?

"你是我唯一爱过的女孩。"他咬紧牙,告诉自己,这次绝不可以掉泪。

"谢谢。只是我早过了女孩的年纪,你也早不是男孩了——"她说,"至少以后你就不用再继续自欺欺人了。"

◎

还不到午夜,他就已经把那晚新开的威士忌整瓶都喝完了。明知道自己的酒量不好,但是除了喝醉外他别无选择,因为他最不想感受的情绪就是悲伤。

不光是小杰,店里大部分的人大概都猜出了他追出门后发生了何事。不想让酒醉的他在前场失控,影响了其他客人乐不思蜀的欢乐,小杰把人带回了他们的休息室,帮他打了湿毛巾,还泡上一杯解酒的浓茶。

醉醺醺的阿龙当时还催促在一旁看顾他的小杰,要他快回去上他的班,别让他妨碍了他的业绩。小杰却没理会,继续留在小房间里。或许他自以为当时还口齿清晰,其实根本没人听懂他都在咕哝些什么。难道小闵没有对我说谎吗?她早和濑川勾搭上了这不叫作说谎吗?为什么她就是不愿意相信我近来碰到的怪事连连？还是说，她一直另有所指，却始终不愿意跟我把话摊开来明说？

说谎的罪名指控，那是对他人格的污蔑。某些事，他并不认为她需要知道得那么清楚，因为那些事情本身就没有清楚的答案，他无法整理成一则则结案报告向她解释，如此而已。

比如说他从未谋面的亲生父亲到底是个什么样的人？曾教过他探戈的国标舞助教，那人的自杀悲剧又何必拿来作为向她交心告白的素材？反而当自己跟她坦言了在MELODY门外遇见的游魂，招来的却是她的不屑？

两年多来的互相照顾做伴，难道这不是关系中最重要的吗？她有没有想过，她自己的肉体沾染过多少男人的淫腥，她以为一般男人会对这种事真的不在意吗？如果碰到的不是像他这样的男人——

像他这样的男人。

他承认，他也许还停留在高中时期对那个叫咪咪的遐思，等到面对的是真实的小闵肉体时，他没有料到，那感觉的落差竟然如此强烈。

曾经少女的纤细，就像一株阳光下的百合，如今变成了在夜里恣放生猛的昙花，张开了姿态曲娆的瓣蕊，勾环住了他的身体，他再不能像点阅网路图片时那样，可以随时登出或另开视窗。

之前他并不知，自己对性这件事原来是有洁癖的。小闵在乎的也就是这件事吗？

两人都想去克服的问题,但谁都没有那个勇气把话明说。是的,我很在乎你,但只要你还在做这个行业,我就没办法进入你的身体……需要这样坦白吗?

或者他可以更理直气壮一点:是你在自卑吧?你以为只要能跟你上床就代表不介意你的过去?你到底想证明什么?为什么就不能交给时间慢慢去化解?

他呵呵对着眼前天旋地转的小房间发出傻笑:原来这就是喝醉的感觉,早知道就常把自己灌醉,如果她要的就是我以做爱来证明我爱她的话……她懂不懂有时候不做爱是因为更在乎?

只有时间能帮助他确定,对她的感觉,并非只是青春期性幻想的补偿。

经过了这么多年,他才好不容易学会,如何不让性冲动驽钝了自己的判断。性这件事已经让自己困扰了很长一段时间了。就是因为大家都这么习惯于用性的模式来解释太多的关系,对于相爱与做爱之间到底有何差别,便成了他小心翼翼不敢妄做结论的一道谜题。

如果不是那年,在舞蹈教室,那次经验让他同时感到困惑羞耻与难忘的话……这么多年过去了,他依然认定不去谈论是最好的处理方式……尤其是在他已经选择了小闵之后,大学时代的意外之"举"早就可以当作不曾发生。如果他可以选择较容易的那一条路,何必要让自己陷入无谓的庸人自扰?

虽然从没有和同志的圈子有任何接触,但是每天上班看着对面的酒吧里同志进进出出，他也从没有异样的感觉，既没有嫌恶，也没有不自在，他自认不是不能接受这种事情的人。

他只是不喜欢被分类的框框捆绑。

尤其双性恋这个字眼最教他无法接受。仿佛，那三个音节总在若有似无暗示着，那不过是当事人不愿面对真相时所寻求的借口。

性冲动的来去是难以预测的一种神秘潮汐。

有时一整个月都不被它干扰，有时却在最不可思议的情况下浪袭他一身。

对于同性，不是因为有欲望需要被填满，而是总在突如其来的某个时间点上，某个人让他起了又恨又怜之心。

你就一定要这样吗？他对 Tony 咆哮：我不想伤害你所以请你停止——

然后他再也想不出其他的话来，对方的唇吸去了他所有的想法，让他成了一个灵魂空白的人，好像他的人生可以重新开机启动重来……

自那之后，他会开始注意起男人的唇。

然而，能够让他聚焦的唇，往往只发生在一瞬间，转眼就过去了，甚至还来不及感觉，那究竟算不算是一种性的挑逗？

还是因为，身为男性，同类之间能够表达情感的方式过于有限，才让自己强烈意识到对男性之唇的好奇？

可以握手但不能牵手，只能短暂拥抱却不能依偎。但明明有时也会对他们的陪伴有眷恋，对他们的无助也会有护惜。

虽然他在国中的时候就跟女生发生过性关系了，但他不能否认，男性之间也可能存在着那些微妙而复杂，但却不被允许去探索去体验的冲动。

原来这就叫作污名化。

经常看到的一个字眼，如今才明白究竟是什么意思。那就是，根本不必做过什么，却仍会担心被波及的一种恐惧。

他一直想要知道，同性间性的吸引，对那些表明同志身份的人来说，是打从一开始就确定的吗？难道人生在不同阶段被不同的性别吸引，只能被冠上逃避面对的罪名吗？

自 Andy 昏迷之后的这段时间，他一直在自问。

他并不是在抗拒，他只是不知从何时起，对任何事都习惯抱着怀疑的态度。他的怀疑与无法选择又是怎么开始的？是不是因为从意识到自己也会被同性吸引开始，他就发现，自己还有另外一个，比喜欢同性更难启齿的秘密？

因为他会喜欢的同性，既不是阳光健美的，也不是可爱青春的。

会吸引到他目光的，竟然往往是上了些年纪、有种沧桑感的大叔。

明明昏迷倒卧在地的那个人已经快四年每天都会见到面，但当对方突然成为一具静止宛如沉睡中的躯体，只剩脸上那样虚弱的闭目苍白神情，竟然会让他在等待救护车的同时，受不住郁勃心跳的激催，就在那唇上留下了犹如患难见证的印记——

那个酒店小姐是你的女朋友吗？

或许他喃喃的酒后心声没人听得懂，但是身旁的人所说的每一个字，却都像是经过扩音器般传进了他的耳膜，让他的头疼如火苗般一阵又一阵地猛烧。

你这个样子会让 Tony 很难过……如果我把这身打扮换下来，你会不会比较自在一点？……

他目光空洞地瞪着小杰。

等会过意来，他忍不住格格低声笑了。小杰的手正在试探性地移往他的裤链。

他望着那只涂了蔻丹的手开始在他下体抚触搓揉，并没有阻止。我能告诉他，这跟他穿什么没有关系吗？他暗自在心里喃喃：这样说会不会很伤人？

突然听到对方发出了一声尖叫，眼前的人嘴唇上裂出了一道伤口正泌出鲜红的血滴。大梦初醒般，阿龙用力推开了贴在身上的小杰。他感觉自己刚刚无意间狠狠咬下了一口不知名的水果，舌头上沾留着唇膏的化学果香与血的微腥。

"现在几点了？"

他猛然从沙发上爬起，像是怕错过了最后一班捷运似的，没有任何解释便冲向门口，赶赴了只有他知道的那个约定。

时间已是午夜凌晨的两点四十三分。

8　勿忘我

> 活着还能够记得这一生的种种，便是我所希望的来世。
>
> ——加缪，*The Stranger*

那年暑假快结束前，我们突然都各自销声匿迹了几周。姚回去了中部，因为父亲的身体出现状况。阿崇不知在忙什么，补托福和 GRE 大概都是借口，在几次的失控后不想面对我和姚，恐怕才是真正的理由。而民歌总决赛就要到了，我趁着那时候终于有空档把参赛的曲目重新做了编曲，才从练歌中暂时获得了一些久违的平静。

现在回想起来，当时对比赛一点胜算的把握都没有，为什么还能那么坚持？那是我在后来的人生中再也没能找回的一种力量。就像是一个人默默地在寂寥荒凉的水流中划着桨，不知前方究竟是跌坠深壑的垂直瀑布，或者是一片湖光山色可供栖钓的世外桃源。面临高手环伺越来越激烈的竞争，只有一个恍惚的声音一直在耳边响起：除了音乐，你还有什么？

当时的评估，夺冠绝对是无望了。但是每次大赛结束后推出的得奖专辑唱片中，除了前三名外，还有一些是制作人另外挑选出他们觉得有质感的声音，也会被收入专辑灌录一曲。我能争取的只有这个机会，这样以后在各处驻唱时至少多了一个"唱片歌手"的头衔，对这份工作不啻也是一种保障，能让我再苟延残喘几年，继续玩我的吉他唱我的歌。

当年的大志不过如此，不表示我不想要得到更多。

未来阿崇有他的家族企业，姚有他的领导魅力与人脉，他们都拿到了人生潜力组的入场券，而我呢？

总共十二位进入决赛，那位就读海军官校的男生，一直是被关注的夺冠热门。

果然，当天一上场还没开口，官校生那身全白的制服便已让全场为之眼亮。斯文的脸庞却有着挺拔的身形与雄赳赳的气势，天生好歌喉加上军人特殊的利落爽朗气质，一直让他的人气指数在比赛过程中，远远领先其他那些相形显得文弱苍白的大学生，连女主持人介绍他出场时也明显透露了偏袒：

"今天陈威同学要演唱的是他与同学的自创曲，他的好同学也将担任他的钢琴伴奏……哇，你们学校的男生都是那么帅吗？现场的女同学，他们帅不帅？……相信你们的尖叫声一定会让他们今天有更精彩的演出……接下来，就让我们以热烈掌声，欢迎这两位帅气又有才华的大男生，为我们带来他们的演唱——！"

灯光缓缓亮起，他笔挺雪白地伫立在黑亮的平台钢琴旁。先是缓缓脱下头戴的海军盘帽，然后，伸出了那只一直藏在背后的手，只见一朵玫瑰正艳红地在他手中盛绽。

他将红花与白帽轻轻并置于黑色钢琴盖上，那构图立刻成为了舞台的焦点。看得出他用心设计了这些桥段，以军官绅士风的浪漫，为接下来要演唱的情歌做足了铺陈。

伴奏与他交换了一个鼓励的眼神后，他唱出了歌曲的第一句，也是我至今唯一还记得的那句歌词：我们的爱，不需要有名字……钢琴前的男孩身着与他同款的白色制服，梳着整齐油亮的小西装头，不时还会加入几句和声。

他们的沉稳与搭配无间让全场感到赞叹，岂会有人预料得到，一场宛如失事坠机的震撼已在酝酿？

歌曲还没进行到三分之一，就看到女主持人脸上的笑容变得僵硬了，台下的观众中有人也开始交头接耳，发出了窃窃私语的干扰。我坐在后台的等候区，有股随时想起身逃走的冲动，却又目不转睛，不愿放过台前这太令人不知所措的场景。

明明是在幻想里涎羡过的诱人情景，此刻真实在眼前上演，我却吃惊得傻了。再迟钝的人也看得出端倪，台上二人不时深情凝望彼此，那绝不是同袍哥儿们会出现的表情。

我的胸口宛若南极冰地，一块巨大的雪石遇到了升温而轰然崩落。一场威胁性的大破坏中，另有一种让人惊惧，也让人着迷的风云变幻。

前一秒感觉在我心中始终如重负的那份羞耻与不安，就这样轻轻被举起了,笨重的冰山在他们的歌声中,顿时化升成了绵软的云。

但下一秒我却又坠入了一片乌云密布中。

他们为什么要这么做?

震惊窒息了原本该有的喜悦。我无法想象这对情侣(难道不是吗?)竟然能无视这样的冒险会带来的后果,让自己在众人面前成了伤风败俗的异端。从台上两人目光的交流中,我感受到他们的旁若无人,仿佛在告诉台下的人们,不用为他们担心,之所以能够放下已到手的,是因为他们已经发现什么才是更好的。

但那又是什么?为什么我还看不到那"更好的"?生怕身边的其他选手会发现到我的异样,下唇无法克制地搐抖,以免一个不注意,眼中强噙住的泪滴就要滚落。

不知道他们的演唱是何时结束的,我被场内不算特别热烈的掌声惊醒。

"谢谢陈威带来的这首歌曲……不过,两个男生对唱情歌还是挺奇怪的,好像应该是一男一女比较自然吧?也许海军官校也该考虑招收女生,大家说是不是?……陈威你大概还没有女朋友吧?"

女主持人生硬地圆场,在我听来只是越描越黑。

我伸长脖子想要观察坐在台下的评审们的反应。

一排人先是全低着头假装在看资料或写评语,然后坐中间主席位的那位知名声乐家,突然举起手向主持人示意,下一位原本已在台侧正要上场的选手，这时又退进了翼幕后。主席与其他几位评审交谈的时间也许不超过一分钟，但就在那短短的一分钟，我的命运从此改变。

"伴奏者加入了和声，违反了独唱的比赛规定。"声乐家对着全场观众如此严正地发出了声明。

历经了长达四个月的过关斩将之后，原被看好的佼佼者，竟会选择了用这种方式当作最后冲刺，某种程度上，我感觉他似乎在嘲笑所有其他选手的战战兢兢。像是车祸现场，当听说车毁人亡的原因是酒醉驾车之后，围观的人群虽有遗憾，但暗自在心底或多或少都以为，这是罪有应得。

名次揭晓，陈威果然落选了。

大出意料的是，我得到了亚军。

吞下惊恐与辛酸，强作镇定，在接下奖座的那当下，我异常心虚。

★

那个亚军的奖座，多年来仍被母亲放在老家酒柜的显眼位置。

取下了灰尘早已结膜的奖座，比赛当日在台上的心情此刻我早已无印象。或许是因为自己太过紧张。更有可能是因为第一次目睹，我的同类因表态身份而遭到严惩的现实。原本应有的胜利笑容却被担心取代,我担心大家认为我何其幸运,得到了天上掉下来的这份礼物。我担心接受了这样的命运安排,外界再也看不到我曾为理想努力过的事实。我更担心,万一,他们也发现了我的伪装。

看到同类像杂草一样被拔除,我却什么也不能做,除了继续寻求掩护。

想起我们那一代许多同学都曾参与过的学运抗争,在广场上,他们手牵着手高呼着口号,在群众阵线的推波助澜下,每个人看起来都是那么地勇敢。万一被抓进了派出所,也不用惊慌,还有父母会出面把他们保回。绝大多数的人在运动解散之后,照常回家过日子,约会看电影打炮,最后仍然按部就班地,完成了就业成家生子大业。

属于我的一场革命抗争,在当年既无群众也无媒体,更没有家人后盾。我接下来的人生,恐怕更像是一个卧底间谍,不但连自己的父母都得守口如瓶,甚至有一天可能再也回不了家。

我多么地不甘心,这毕竟不是我原本以为会有的人生。

我羡慕那些参加过学运,而后可以拿来说嘴一辈子的那些同学,他们不会知道单打独斗的滋味。那种在丛林游击战中孤军一人的生存游戏。他们记得的总是在人群中的热血激昂,他们永远可以有退场的选择,回到原本就画好蓝图的人生,没有谁真的打算为一场运动送命,或甘愿家破人亡。

从没想过要当烈士的我,到如今家破人亡与命在旦夕竟都双全。

但是我永远成不了英雄。

我既无法像姚那样艺高胆大，混入政治，直捣权力核心。也没有阿崇的弹药可供挥霍，政变不成便撤退海外。我只知道大难将至，只能一路往前。当我出柜走上舞台控诉的那一刻——

不，应当是更早，在看到我的筛检报告结果的那天起，我早已在心里与我的父母诀别。

我把奖座用报纸包起，放进了黑色的塑胶大垃圾袋。

★

比赛散场后，在大厅里遇见了我并未预期会出现的阿崇与姚。虽然事前我曾一再表明不希望有人来看我的决赛演出，但那当下我还是感激得挤出了短促的笑容。还能三个人聚头的日子恐怕不多了，我们对此早都心里有数。当我收起了僵硬的笑容，随之而来的，立刻是三人不知如何应变的失语。

想必他们也都看到了。怀疑军校生并非因和声犯规而落选的，显然不只有我。记忆中，是姚先打破了那尴尬的沉默，却只顾连声向我恭喜，并不想谈论赛事，是阿崇在一旁的怨声不断才打开了这个话题。

"你不觉得这很恐怖吗？评审评的不该是音乐吗？他们怎么可以就这样做掉了一位选手？这种黑箱手法太明显了。结果大家都没说话？没有人表示抗议？"

"照你的意思，难道是让小锤去做那个带头抗议的人吗？我看就是犯规，没那么多阴谋。为什么别人都没有用和声就只有他？这不是故意踩线是什么？"

"姚瑞峰，我对你很失望！"

阿崇仍不放过这场辩论，让我不得不担心，他何时又会激昂过头，脱口说出让我和姚都招架不住的什么话来。

"迫害就是迫害，你还帮他们找理由？小锤，你说说看！你觉得他落选的真正原因是什么？"

"我们是来帮小锤加油的，结果你连声恭喜都没说，你还真是个好朋友！"

眼看他俩就要吵起来了，我却无法插嘴，好像这一切的错都在我，让我觉得既恼又窘。但就在这时，一个白衣的人影突然走近了我身边。"恭喜你，锤书元，你今天的表现真的超乎预期地好！"

想不到是陈威，竟然笑嘻嘻地跑来跟我握手。

"我觉得评审对你的——"

不等我说完，陈威便做了一个嗤之以鼻的鬼脸接过话去："都在意料之中。"他丝毫没有因落选而沮丧，相反地，他的语气中竟有一股难掩的得意：

"告诉你也没关系。得不得名次对我来说根本不重要，让学校开除我才是我真正的目的。我是被我爸逼去念军校的，我可不想一辈子就这样过下去。其实，早有唱片公司找我签约了，但是我的军职身份一直让我没办法去做我真正想做的。"

陈威边说边将无言以对的我们三人打量了一遍，带着促狭的眼神中，甚至出现了媚视的风情，简直无法相信，这就是几个月来我印象中那个英姿勃发的男生。

"我相信我们还会再见面的，掰！"

他朝我眨了眨眼，异常愉快的心情溢于言表。

望着那人与他的伴奏相偕离去的身影，仍在震惊余绪中的我们，反倒都沉下了脸，谁都没再作声，一径沉默缓步地朝门口移动。出了演艺大厅，一直走在最后面的姚突然上前来伸手攀住我的肩头。

我停了下脚步，转头看见姚直盯住我的脸，眼神中既是担忧也是挣扎。我突然觉得他变得好陌生。多少年我都无法，也不敢忘记的是，接下来他以罕有的激动口吻对我所说的话——

"你看看他那个样子！嚣张什么?！……小锺，勇敢一点！自信一点！我相信你。有听到吗？我相信你。你没有理由不相信你自己。以后你也会出唱片，你会比那家伙成功的，我有预感。我们未来的路已经够难走了，不要再自寻烦恼了好不好？做你相信的事就对了！"

我们未来的路。

那是第一次，从姚口中听到这样的说法。

同仇敌忾更胜过画押表白，有他这句"我们未来的路"就够了，我们终于不必在哑谜中继续闪躲。

只有事过境迁后才明白，虽然那年夏天的我们都在虚幻的感情中自苦，其实仍有爱情柔软的羽翼在眷护着。短暂的曲折，小小的忌妒与孤独，不贪想更多，以为情爱就是带着咖啡的微苦，加速着心跳，让自己在夜里清醒地做着无聊的梦。

那是此生再也不会有的奢侈。

或许，那也正是之后大家渐行渐远的原因。

拒绝了任何字符将我们命名，我们永远也成不了彼此生命中真正的，同志。在未来都只能各自上路，生存之道存乎一念之间，谁也念不了谁的经。

就让同学的归同学，同志的归同志。

至少我们三个，不是个个都在逐爱寻欢的过程中伤痕累累。

★

位于早已拆除的中泰宾馆四楼的 KISS 迪斯可，是最早夜生活的起点。

当年，几乎每晚总看得到不同家唱片公司与不同等级的偶像明星在那儿出现。也许是在太阳城作秀完来此吃消夜的黄莺莺胡瓜高凌风，惊鸿一瞥便进入 VIP 室。也许是刚刚出片的裘海正伊能静方文琳，在他们老板刘文正的带领下引来一片踮脚围观：在哪里在哪里？

退伍前便与一家当时顶尖的唱片公司签了五年的约，经常有师兄师姐因销售长红而请大家到 KISS 庆功，我开始跟着公司的人出去见世面。在那里又碰到已经发了两张专辑的陈威。他被打对台的唱片公司签下后包装成了青春动感派。日后再没有人知道他其实是有歌唱实力的，留给人的印象就只是一个衣着色彩鲜艳新潮，却始终不曾大红的夭折偶像。

据陈威自己的说法，公司希望他能成为台湾的泽田研二，一个打扮中性化的日本摇滚歌手。而走的还是校园民歌或西洋乡村路线的我，对于一股东洋模仿风已吹进了岛上仍后知后觉。之后的数年间，台湾的中森明菜出现了。台湾的涩柿子少年队登场了。台湾的……台湾的……这句话在接下来的二十年中将不断不断地在各行各业中重复。

起初对这样的自我吹捧（或者是自贬身价？）也曾充满了怀疑与排斥，直到看到了第一次当选"立委"进入"国会"的姚瑞峰，被媒体立刻封为"立法院的劳勃瑞福[1]"，豁然顿悟。如果不想被人识破本色，那就需要把自己替换成另一个符号，用盗版替换正版，那么自然不必再担心自己到底是谁这样无聊的问题。一旦世人接受了这种说法没有异议，也就没有欺骗与否的问题，一切都是集体共业。于是第一张唱片上市时安然地接受了公司的安排，成为了"台湾的巴布狄伦[2]"。没有了羞耻心，弃守关卡都变得轻而易举。

鸡犬升天的美好黄金年代啊。

1　即罗伯特·雷德福（Robert Redford）。
2　即鲍勃·迪伦（Bob Dylan）。

民歌没落，餐厅秀随之而起，陈威同时也开始接秀跑场，虽然只能算暖场的小牌，很意外陈威却可以如此乐在其中。常见他带着几个小舞群，下了秀连服装都不换就跑来跳舞，总是热情地呼朋引伴，并且用非常善解人意的语气向我暗示：晚点再走，待会儿还有其他"朋友"会过来，介绍你们认识。

多年以后才搞清楚为什么陈威可以坐上我们那伙人中的教母位子，为什么他总可以脸不红心不跳，看到场子里有帅哥就去邀人家过来同桌。从 KISS 到 WHISKY A-GO-GO，从 FUNKY 到 TEXOUND，有陈威在的地方就有帅哥。因为陈威一直是有伴的。因为他别无所图，除了大家出来玩得尽兴。那个比赛时帮他伴奏和声的男生，没想到他们真的在一起一辈子。小锺，别看我们这一行里姐妹很多，玩归玩，但是工作更要紧。对外就是要打死也不认懂吗？让他们去猜去，除非抓奸在床懂吗？

做教母的人就是要有这种母仪天下的风范，只看不动手。在外逢场作戏是一回事，自己小两口过平常日子是另一回事。私下被他念了不知多少回，小锺别老去沾那种大家都想上的，我却偏偏听不进去，总是被同一型的男生吸引。那种男生看起来心不在焉，却在舞池里散放出冷冷的光芒。从远距鸟瞰，更容易看出，一个无名小卒，在舞池中正享受着被人暗暗垂涎的虚荣，只因连他自己都知道他是好看的，那种不分男女都会觉得好看的一种，让人忌妒得心痛的一种。还没有身份标签的年代，那样的男子究竟是不是同类永远无法得知。他们跟后来同志夜店中的帅哥最大的不同，便在于他们的底细不明，或许连他们自己都还没有决定要什么。

曾以为，若能得到像那样的一个爱人，我将会忘记之前曾有过的所有不快乐。

一定可以得到这样的一个人的。只要我能再放浪些，再骚一些，再主动些。只要我敢，机会就是我的。不相信自己得不到。

即使对方名花有主也没关系。说自己有人却随时换伴的玩咖比比皆是。这种人给你睡到就算赚到，大家都会在背后这么意淫着。

这种人怎么看都有着某人的影子。

那时唱片公司老板的名言：越是生活苦闷的年代，越是我们可以发挥的舞台。那一年，李玟、张宇、王力宏、伍佰对上香港的刘德华、吕方以及当时还叫作王靖雯的王菲，战况热闹非凡。庆幸自己决定从幕前退下的决定是正确的。因为从此再也不用担心自己的性向被曝光，反而可以理直气壮地，为女歌手们写下一首首自己都笑称是"阳具颂"的椎心情歌。

阿崇出事上报那天，我一大早便进了公司，守在传真机前等候中盘与大盘的回报，与企划忙着分析每个区域的进货数量。

那时已退居幕后五年，虽然有着制作部经理的头衔，但事实上大小事都得全包。还没制作出一张奠定名声的唱片是我当时最大的忧虑，向老板讨价还价差点没下跪才换到最后同意，做了这张并非当时市场主流的专辑,以中性的造型包装一位从某大饭店发掘的驻唱女歌手,企图打造一位台湾的 K. D. Lang 想试探台湾蕾丝边市场的水温。谁教那位已拥有广大歌迷的女歌手那么倒霉,遇上了蕾丝边酒吧偷拍事件让出了这么好的宝座?

在会议室焦急等待着首日战况,不安地把桌上的报纸翻来又翻去。通常会议室里的报纸都只留各家影剧娱乐版放进报夹,但不知为何,那天竟然其他各版都没被收走,厚厚一叠丢在椅子上未经整理。报禁开放后,反而阅报的时间逐渐缩减,分量太多让人不知从何看起是原因之一,更重要是每次翻报都觉得触目惊心,杀人绑票勒赎案特别频繁,更不用说政治纷扰从不停息。

报纸被唰唰胡乱掀翻着,然后一行标题猛然映入了眼底:"知名运动器材品牌资金遭掏空,损失达五千万,警方锁定小开涉嫌重大"。

还没细读新闻内容,脑中已经闪过丁崇光的名字。

所以说,我并非无知到以为跟汤玛斯的事我可以瞒阿崇一辈子。黑金刚大哥大一整天响个没停,不过不是为首日发片的销售纪录来道贺(事实上那张销售奇惨的唱片是我音乐生涯的最大败笔,就此一蹶不振的滑铁卢),而是读到报纸的圈内朋友皆来打听新闻内容的可信程度。

而我一直在等待的那通电话却迟迟不来。一直到了夜里十点多,才终于听见在外竞选拜票一整天后的姚,那难掩疲累的声音：报上登的是真的吗？

你想知道什么？

他为什么要这么做？他不知道这样接下来他会被通缉，可能二十年都再也没法回台湾了？

他这么做是为了一个男人，也许这对你来说，是永远无法理解的一件事……

所以你认识那个男的？

那一刹那的犹豫无法作答，即使相隔了这么多年仍清楚记得。如果一时的犹豫之后我选择的是对姚说出实话，我的人生下半场会不会是完全不同的景况？不用背负这个秘密，我是否至少还能留得住姚这个朋友？

见过几次。不熟，只知道他是美国长大的 ABC。

结果脱口就撒了这样的谎。

照常理，这种事在圈内是很容易被传开的，只能怪阿崇一直刻意不想与圈内有染，自不会有人给他通风报信。那几年他为了准备接掌家族事业天天忙得不可开交，而以学中文名义来台湾的汤玛斯每天却有着大把的时间，就这样，我俩瞒着阿崇交往了一年，顺利得让人难以置信。

当汤玛斯告诉我阿崇都不让他干的时候，我竟还为之感到窃喜，认为这世上毕竟还是有我眼中那个无趣的阿崇用钱买不到的东西。一度自信居于上风，以为他们迟早会分手，直到这一年，他俩毫无预警地突然就从台湾消失。

我如何能跟姚说真话？说我就是不信汤玛斯没有对我动过真感情？

相识的那晚，在 FUNKY 同一个包厢里，这边桌是陈威的场，那边桌是汤玛斯带了几个美国友人来见识亚洲同志文化。台北洋人到哪里都吃香，秃头肥佬都还有一堆没见过世面的土鸡在眼巴巴等着尝，更不用说汤玛斯那晚带去的都是青春少年兄，腰高腿长，下了舞池都成了神，被团团围住就再也没回到包厢里。留下落单的汤玛斯，再自然不过地从他们那桌加入了我们这桌。

陈威一口破英文也不害臊：You, no lover? Where from? USA? Japanese?

终于受不了陈威的鹦鹉呶舌，他笑出声来：我会说中文啦！

是那种典型 ABC 腔调，只在家里说的母语似乎都会停留在某一个年龄，十来岁。那种中文不是成人的，让人觉得他不懂得设防，对接下来陈威的每个问题都乖乖地有问必答：我的 boyfriend 很忙，不喜欢来这种地方。他常常出国。他这个月去欧洲出差。我们在 Berkeley 认识的。他去念书。两年后他拿到 MBA 就回来了。他爸爸一定要他回来。我很爱他，今年我也来台湾住……

喝开了，同桌的其他几个家伙也开始对汤玛斯感兴趣了，七嘴八舌的问题都是关于在地球另一端，像我们这种人都是在过怎样的日子。陈威凑近我耳边低哝一声：你觉得他干吗一直跟我们泡在这儿？

他拿出皮夹，让我们看他高中的照片。我笑了。不记得在此之前，我已经有多久没有这样情不自禁地笑出声来。我也有中文名字的，他说。王铁雄。是阿公取的，好土喔，边说边皱起鼻子跟我做鬼脸。

铁雄，是《科学小飞侠》里的铁雄吗？

见到他茫然的表情，我才想到是我自作多情了。来自加利福尼亚的他，没有与我共同的成长记忆，上的是那种可以把头发梳成刺猬染成粉红色也不会被记过的高中，大学学的是人类学，纯为兴趣，还有柏克莱的自由左派校风。就是因为当时留下了那样彼此纯无交集的第一印象，再加上圈内人出来寻欢作乐都只用代号，不用真名姓，他的 BF 是谁不仅我没兴趣多嘴，甚至大家都很有默契地给了汤玛斯空间——或者说，也给了自己空间。毕竟，有没有 B 从来就不是大家的忌讳。

身为教母，陈威终于看不下去这种战况不明的浪费时间，一声吆喝我们换地方，去夜唱吧，汤玛斯你来不来？

那几年伍佰正红，大伙连着几首点的都是他的快歌，其他人跟着跳唱嗨翻，我却心神不宁地抽掉了半包烟。终于有了一首抒情的《牵挂》出现，汤玛斯忽然把一支麦克风递到我面前：你都没唱歌，一起唱好不好？

我来 KTV 从不为唱歌。知道我职业的人都明白。点我唱歌，那就像是要求一个喜剧演员给大家说个笑话同样无礼。被人点名唱歌那还是头一遭，当时破例迟疑了一下，还是接过了麦克风。汤玛斯唱头两句，轮到我时，看着字幕上打出的歌词，整个心情不知为何一下荡到了很久都没出现的黑洞里。

我不愿看到你那湿润的眼睛，怕我会忍不住疼你怕你伤心……每次都是这样，有了新货大家就要再经过一次同样的续摊淘汰赛，直到自认无望者一个个终于甘心退场……我不愿听见你说寂寞的声音，怕我会忍不住对你说我的真感情……这样的日子还要过到何时？吃过多少个有夫之夫了到后来还不都是不了了之，难道缺眼前这一个吗？……

当时不是没有抗拒。我不是不知道自己的弱点。每次当罪恶感与羞耻心联手开始作祟，我需要被爱的渴望便如同添加了柴火般，总会病态地焕发起来。

终于有这样一个人，在他的身上没有拥挤公车里猥琐男子摩擦过所留下的气味，不会让我想起湿暗三温暖里满地沾满精液的卫生纸，终于让我暂时遗忘了那年姚身上的土黄色军训制服，还有在我以脸颊贴近时，曾嗅到的淡淡的汗臭与游泳池里的漂白水刺鼻。多年后我仍然记得，当他靠近身边时，我嗅到的是经过长年阳光烘烤过的肌肤所散放出的金黄色啤酒香，还有唇齿间带了薄荷口香糖气息的呼吸。

即使我从来都不相信一见钟情。

太多的时候，在三温暖在公园在摇头吧，我们早已把那种天雷勾动地火的眼神交会用到疲乏。目光伫留，常是因为太了解彼此所受之苦而送出的慰劳奖品，所有等待的焦虑与难堪，最后都只能靠着互相施舍的目光得到一些补偿。一旦当对方的目光变得含蓄而温暖，不是我习惯的粗鲁饥馋，反让我陷入戒慎恐慌想要逃避。见我握着麦克风迟迟不出声，一旁的汤玛斯愣了几秒，只好尴尬地自己接唱下去。边唱边不停转过脸朝着我打量，最后合唱竟变成了对着我的独唱。

放下麦克风说了声对不起，不顾其他人的抗议，我独自离开了拥挤霉臭的包厢。KTV外的人行道上，周末夜的人潮与几个小时前无异。想到自己这年已经三十八了，过去这十几年就这样醉生梦死过去了，怎么就没有一个人会为我停留呢？

Are you OK?

一道低沉的声线，像灼烫的指尖，突然在背上写下了一行不可告人的留言，随即冷却，凉凉地只剩下背脊间宛如人海中久别重逢后的一道泪迹。

也不过需要的就是一个手掌的温度。在惶然的前半生，那点稀有的关心与倚靠，到头来都成为戒不掉的毒。以前总不甘心为何就不能独占一份完整的感情，铆足了全力绷紧了神经，就怕自己失了分被比下去，竟不知这样的经年累月已让自己被蛀坏得多严重。在汤玛斯伸手扳我肩头的那瞬间，我感觉自己像一座朽屋随时会瘫垮在地。

可不可以不再奢求完整？可不可以不要再追问真相？能不能就当作这是此生最后一段，如果可以永远不让对方的另一半知道的话——？

我没有立刻回过头去。情愿继续背对着那些该知道却不想知道的。
原来背对着才是最幸福的。
怕万一太快回头，也许就什么都没了。

一九九五年秋阿崇从美国寄来的那封信，是他唯一也是最后的消息。没有联络住址，信纸上也只有短短几行字。即便在看完后立刻就被我揉成了废纸，但信的内容却早已刻在心中，二十年后，我依然随时可以一字不漏照背出原文——

小锺：
　　我没想到你竟然会这样对我。你和汤玛斯的事，他全都告诉我了。
　　大约四个月前汤玛斯发现他得了 AIDS。
　　我会决定与他远走高飞的真正原因，你现在知道了。
　　毕竟在台湾，他不但得不到最好的治疗，也永远得活在异样的眼光中。
　　我劝你最好赶快去做检查。
　　除此之外，我跟你已无话可说。

★

这些年来我发生过的事,姚瑞峰知道多少,我不确定。虽然他提到一直有在听我的歌,但不表示,他是会注意影剧版的人。就算会,我的消息也只是微不足道的一则牙缝里的残渣,很有可能一没注意就错过。对他的期待一定得减到最低,这是从三十年前我便已学会的功课。我的病况他若不知,我想我也没必要主动提起,增加他的心理负担。或许他会因与一个爱滋带原者共进晚餐而事后惊惶失措?还是,他会因良心不安而被迫接下来对我嘘寒问暖?……

这些揣测也都是不必要的。因为我早已决定,这就是和他最后的一面了。

记得曾在电视上看过一部低成本的老旧科幻片,男主角自从一趟太空飞行后,回到地球上看到的所有对象都成了相反的存在,包括照镜时看到的是自己的后脑勺。如今在回忆的旅途上,我亦与自己的背影相遇了。

莫非我的人生也像是历经过一场太空漂流?之前所企图寻找的答案,或许都是躲藏在相反的世界里?

像是,一直唯恐失去的,原来不曾真正拥有?以为是,因为相爱所以两人要在一起,难道不是因为最后还能够在一起,才发现原来两人是相爱的?

曾经以为那些记忆都不重要,重要的是眼前那些必须努力追上的。追上所有已经错过了的,追上还仅存剩的,追上那仍有可能的,叫作爱的那个东西。每个人的起点开始慢慢消失,至于终点,也许根本不存在,也可能随时消失,也许早就经过而未曾发觉。

我的终点原来早已发生,我却仍如游魂一般,彳亍在风沙中。

终于,我懂得了,那人却在灯火阑珊处的相遇,其实远不如一场期待中的告别来得美好。

虽然并不预期,这样一顿晚餐的过程中我们能够进行怎样深入的话题,但这样重逢聚首的形式本身,它的意义已经远大过到时候会是怎样的内容。

★

随着屋内的空间一点一点被腾出,过去累积的无用纪念也一件件移除,疲累终于为我换来了心情上难以形容的轻松。

早就想要处理了,却一拖这么多年。想到即将跟这一切说再见,我并不感伤,反而有一种生命中久违了的清明。

留在这老屋中点点滴滴的生命记录,都是上个世纪的事了。能够横跨过一次千年交替,那是人类历史上极少数人才能经历的。个人小小的生命之旅,相较于一个千年的人类跋涉,委实太微不足道了不是?

虽然人类对病毒的控制如今稍稍取得上风,但依然如履薄冰，不知道对手是否只是狡诈求和，接下来或许有另一波惊天动地的突变兵种卷土重来亦不可知。

求生意志？那不过是肾上腺素制造出来的幻觉，也许适用于溺毙前的胡踢乱打，还是炮弹即将掉落前的死命狂奔。那种求生的反射动作，在我看来，没有任何灵魂上的高贵启示。

而遭受凌迟的死囚是没有求生意志的。当所仅剩未被剥夺的，偏偏又正是多余的知觉时，这点知觉最后能做的，就是将坐以待毙从选项中剔除，并警告在尚未被那虐毒的小东西彻底玩弄于股掌，趁还能有行动的能力与清楚的思路前，我必须想好自己的退场。

死亡有着一张猥琐的嘴脸，在吸干了手下败将的血髓后，总毫不掩饰自己津津有味的咂嘴。

在它的阴影下继续屈辱匍匐，并不会在抵达终点时赢得任何掌声。留一具还成人样的尸骨，而非被病灶蛀得疮痍满目后的残余，那将是我仅存的尊严。

早年在黑暗中默默死去的同类，我永远不会忘记跟他们道别时，偷偷摸摸不敢惊动死亡的那种卑微。彼此心知肚明这就是最后一面了，什么话都不敢说，连"再见"都成了需要规避的白色谎言。最后说出"保重"二字，就在即将走出病房的那一刻，我一次次在他们每一张脸上，都看见了那种相同的被遗弃的恐惧。

我也看见了自己迟早的命运，如果我再不做些什么的话。

★

不是没想过在父母仍康健时就动手。

只因我单身又无处远走,我妹与我弟才乐得无责一身轻。若我先走,我的父母也许会有机会当当空中飞人,横跨三大洲东住西住,搞不好他们还会觉得颇为惬意,至少逢人可炫耀,未尝不是老来的福气。

结果我活得太久了,害得他们得跟一个平常耻于向人提及的同性恋儿子,困居在台北直到老死。

话又说回来,谁又能保证我走了,父母一定会过着我美好蓝图中的生活,而不是被送进了养老院?

母亲缠绵病榻数年,病危通知发了好几次,妹与弟一个从澳洲,一个从美国风尘仆仆赶回,却都是虚惊一场。父亲却又走得干脆利落,一次达阵。双亲的临终,我的妹弟都没能赶上。大限时刻,有妻小围泣在侧的人生才比较圆满吗?我不知道。我只晓得,养兵千日,未必在最后关头派得上用场。越洋电话上通知,妹妹与弟弟的口气,无意间都流露出经验法则带来的怀疑,仿佛开他们玩笑的不是死亡,而是我。

两次丧礼前后,我的妹与弟两家八口十天的停留,每次都让我同样抓狂。

两家子人浩浩荡荡难得到齐,此起彼落在我耳里一直充斥的声音,不是我妹在跟儿子为了各种芝麻绿豆大小事在起争执，就是我弟那娇生惯养的女儿，从头到尾噘着嘴闹情绪而让她老爸得不停以愉悦甜蜜的音调哄她吃哄她睡。原本丧中应该有的沉静哀思变成了他们成日的大呼小叫（而且还是英文！）。他们不但对我的每一样安排都有意见，还要在每一个意见后追加一条"如果这是在美国……""如果这是在澳洲……"的注释强调。对他们来说，这一趟参加的仿佛不是一场追悼与告别，而更像是一次探勘，看看残址遗迹中还有什么剩余物资，更要确定，曾被他们抛弃的过去，今后再也不能骚扰他们。除了在火化时，我看见他们眼眶濡润，口中喃喃自语，其余的时候，我感觉自己那些天都在忙着招呼度假的旅客。

能怪他们吗？自他们另组家庭的那一天起，这个曾经让他们依赖、给他们保护的老家，早已被他们从生命中切割了。

世上只有离婚赡养费的官司，没有一条法律可以强制子女离家前需缴的付偿，不但法律允许配偶成为取代父母的第一顺位，连宗教也爱来参一脚。还有那个无聊的测验，当母亲与妻子同时落水时，你要先救哪一个？我至今不明白这个问题的意义何在。

但是异性恋似乎非常喜欢这种划界。让他们可以显得如此理直气壮的唯一理由，只因他们会不断继续生养出跟他们同样的一堆小孩而永远处于多数的优势，让他们的势力只会更加壮大。光看看这世界上出版过的书籍数量就知道，如何为人父母，还有如何让婚姻美满的题材，绝对比如何为人子女要来得畅销。

长达十年余,我的人生与前述的两类畅销题材都毫无关联。

如果我能够写出一本书,我想我最可以谈的题目是,"父母走后,中年单身子女要如何安排生活?"或是"中年后单身同志要如何终结爱情?"……

哪个比较有可能成为畅销书?

万物之灵,说穿了,只不过是极度没有安全感的一个物种。

没有利爪与锐牙,无翅可高飞,要讲爬越或奔驰亦无可观,甚至细菌还有维持大地上众生平等的天职,人类的天职又是什么?

因肉身配备之简陋,总是没有安全感,对天地自然现象从不能如其他物种般泰然并随之生灭,于是疑神疑鬼,谓之理性。

理性组织起了家族社会,形成对抗生存恐惧的唯一利器。动物间只有为食物与交配才会发生争斗,何尝见过它们之间暗算猜忌,在谋存的同时还不忘彼此消灭,总要揪出异己才能安心?

只有人类之间的争斗无时无刻永不停止。

甚至等到终于建立起了属于人类的小小王国,却仍不以此为满足,更想要千秋万世绵延。繁衍不再是生物的本能,反成为极其繁复的共犯结构,人类成为唯一懂得以此当作借口,而对其他物种与自然进行大规模破坏的一种病毒。

对，都是病毒。

病毒的野心一旦开启便无止境，人类与病毒原来是最近的血亲。

为了掩埋这个事实，人类只能加紧制造出更多的废料。无穷的欲望，便是这部废料制造机的强力引擎。我们真的需要更多的休旅车与吃到饱吗？更多的电视频道，同样的一天二十四小时，谁真能有时间看了每一台的节目？需要继续在脸书上没完没了地加入好友吗？需要更多的A片和淫照互传吗？

反观我的生存状态，不但距离身边的同代人越来越远，反而更接近了中古世纪于战争、瘟疫、贫穷、迷信中求存的人类。在黑暗中点起小小的烛光，不时尝试着烹煮一些偏方草药，相信任何可能让病毒弛懈攻势的秘法。

当生之欲望发展到极致，接下来人类只会对发展死欲产生更辉煌的病态乐趣。我甚至已经嗅到了，这样的欲望在暗自流窜后所遗留下来的一种黏腻甜腥的气味。

我不能让自己等到那一天。

我不能让我的行动被贴上一种庸俗的文明病标签。

不，我要完成的不是自杀。

应该说，更像是将环保概念发扬光大的一种自我拯救。

我只是比芸芸众生先一步懂得了如何回收自己。

★

一直留到了最后才处理的,是我那堆唱片与录音卡带收藏。

当年的卡式录音机都有双匣对录功能,为了省钱,大学时代的我曾在许多个夜晚,忙着把跟同学借来的卡带做一份自己的拷贝。那些记忆又都回来了。每一卷的盒中,都还夹有一张留有我工整字迹的歌名目录。如果没有数位下载的问世,我接下来的岁月必定仍夙夜匪懈地进行着同样的拷贝工作吧?那样就不会有后来的寂寞难耐了吧?就无暇在夜店与三温暖里穷耗了吧?

甚至也忘了自己曾花过那么多时间,把喜欢的歌曲转录拼成一张张自制的礼物送人。"支支动听集"?没错,那也是我的笔迹。

会为这些卡带取这样好笑的名字的那个男孩,他的世界肯定还是无欲则刚的吧?

为什么会有这么多卷"支支动听集"没有送出呢?原本都是为谁而录的呢?

CD 时代之前几段无疾而终的短暂暧昧,原来都藏在这些卡带里了。

翻看着自己手写的曲目,哑然失笑。有些歌名都已陌生,那些暧昧的对象也难再追究。用这烂梗试探对方,以录卷卡带取代情书,属于手工年代的寂寞心事啊,如此诚惶诚恐地寄望着,对方能将心比心。

夜深人静,仍毫无困意,考虑再三后,我决定在丢弃这些卡带前,最后再听一次自己二十几岁时的歌声。

卡匣录放音机这种早已失传的骨董,连老家都没了它的一席之地,只好从收集了文具垃圾的袋中又翻出了掌型大小、当年被称之为随身听的小玩意,换上新电池。当卡带开始转动,没想到自己眼角竟一阵热。

不,不是因为听到自己当年还欠修磨的唱腔,而是讶异,这些本要被我当成破烂扫地出门的旧物,它们竟然如此死忠地恪尽职责,守护着胶卷上的那个声音。

二十五岁拥有那样干净嗓音的我,当时说什么也不会相信,最后自己会是如今这番景况。过去这些年只能不断安慰自己,就算没有这个难以启齿的病,我也未必能找到那个与我天长地久的某人。

同样的自我催眠听久了也无比厌烦,更厌烦的是我想不出其他的说辞。

自愿退场的最诱人处,就是以后再不用为苟延残喘找理由。我甚至决定连遗书都不留。活着都找不出理由了,想死还有那么多啰嗦?

接受最新药物治疗后的头几年,果然病毒数量大减,体重也开始恢复,我也曾抱着感激上天以及重见生命之可贵的全新态度正常饮食作息，运动健身，甚至也在心理谘商师的鼓励下上过交友网站，尝试与人再次约会的可能。

曾表现过兴趣的那几人，在听到我如同再次出柜般，艰难地坦承自己是带原者后，有的立刻表情大变，有的或许在隔天留一则很有礼貌的讯息，跟我说不好意思。

也有当场怒斥为什么一开始不说的，也有几位曾跟我说，没关系，他不介意，先交交朋友。

然后不知哪天后者终于发现，自己没有想象中的进步开明（或者只是又遇到了别人），于是用自责又疼惜的口吻告诉我，他想过了，他觉得没有办法再继续，再下去只会伤害到我，因为一想到也许两个人并没有未来，我不知什么时候会发病，他就受不了，他想要的是一段稳定长久的关系……

初次听到这样的解释还会动容，等听到第三个人类似的分手告白，我心里已经在暗暗嘲笑：听你在放屁，我三年里保证死不了，请问你上一次跟别人有超过三年的交往是什么时候？

然后学乖了的我开始主动给已公开是 HIV 阳性的网友留言，结果好几个不但没有同病相怜，反而语带酸狠反问，为什么我觉得他一定要跟另一个带原者交往？难道他只能跟带原者交往吗？

对对对我就是那种走不出自我羞耻感的害群之马。

好好好你就继续等那个对爱滋病患情有独钟的人上门吧——

面对这种被迫害妄想狂，你能说什么？

从没料到，两个爱滋病患谈情说爱，原来也并不顺理成章。一遍遍听到的都是同样的恐惧，大家都想要"长久"，都对"白头偕老"无限向往，认为事前睁大了眼睛，就能筛选出能够为自己带来幸福的那些条件，却不愿面对人生本就是处处风险的真相。

嘴巴上说没病的就一定没病吗？

共度白头难道就不需要照顾老弱卧病的另一半吗？

没有社会的共识接纳就不能去爱了吗？

这些人，宁愿无爱也不愿接受自己的不完美。

难道爱情只是福马林，用来浸泡他们已如死胎的梦想吗？

卡带 A 面已经结束，我却浑然不察。

关掉了随身听，莫名有点心烦，遂把卡带全装进了一个纸盒，并用胶带封起。

送不出去的将心比心，并不是垃圾。

我最后能做的，也只剩如此慎重地将它们妥善包装，将纸盒与我父母的骨灰坛子一起排放在茶几上。

★

没有比等待执行自己的死亡更需要优雅与从容了。

二十多年不见总不能蓬头垢面，要碰面之前我还特别理了发。我介意的其实是事后万一被报纸写成了又脏又残的独居老人，所以才会先费力把老家彻底清理，再让自己看起来神清气爽，因为久病厌世也是另一个我极欲摆脱的污名。我太清楚人们对这种事都懒得费脑筋，或是说根本害怕多想，所以都轻易相信了以这种方式结束不是正常人作为的说法。那只是因为他们没有像我一样，发现这也可以是一个冷静而愉快的过程。

冷静而愉快的过程难免还是会出现小瑕疵，设计师自作主张剪去了我的刘海与鬓脚，这是过程中我唯一假手他人的部分，果然不尽如人意。短发的长度非但未让我显得较有精神，反是让我瘦削的脸庞看起来更加嶙峋了。坐在发廊的大镜前，看着自己那张皮相松弛衰败的脸孔，我一时凝视得失了神。

也许，这就是最后一次好好的自我端详了。

那个镜中的人影，双眼中先是流露出些微的不安，但随即便以坚定而充满期待的注目回视。这样的对望让我第一次意识到，一生中曾骄傲、曾欣喜、曾落寞、曾痴痴恋恋、踌躇满志、痛心疾首……所有那些值得记忆的当下，我们都看不到自己的脸。

永远看不见自己最真实的表情，莫非是老天爷特别为人类设计的一个残酷玩笑？

总是在忙着揣测他人表情里的含意，搜寻着他人目光中所看到的自己，更多的时候，无不是借着假设他人的目光，才得以面对自己：我看起来得体吗？我看起来有魅力吗？看起来gay吗？……

镜中的那人，虽已满头花白且面色灰黪，却有一种让我感到陌生的无畏眼神。有那么短暂的几秒，我竟然不舍与他道别。

与姚见面的时候，我能够维持住此刻在镜中看到的眼神吗？

我要怎样记住自己的这一刻？

9　痴　昧

几个小时过后,将近破晓的时分,阿龙发现自己竟然被上了手铐。

"为什么会跑去'美乐地'纵火?"

"我只是烧纸钱,哪有纵火?"

"房子差点都被你烧掉了,还说没有!烧纸钱?你是烧了五斤还是十斤?"

同样的那间派出所,同样的那两位员警,同样的一副自以为是的口气。阿龙不屑地转过头去,看着自己被上铐的手腕。

对前一晚后来发生的事他并非没有记忆,而是他担心,就算说了也没有人会相信。

或者应该说,让他迷惑的不是前一个晚上从跟小闵分手,一直到被拘捕进了派出所的过程,而是他对记忆本身开始产生的迷惑。

如同堆在模糊意识中一块块庞大笨重的白色积云,每一朵云都只是层层叠叠中的几缕棉絮,如今要重述昨晚接下来所发生的事，他感觉就像是驾着飞机朝那云层中冲去，辟出一条暂时的航道，一转眼，云朵再度凝聚密合，路径立刻烟消无痕又归于原来的混沌。回忆之后留下的，永远就是那身后搬不开也驱不散的重重迷云。

"是有什么人指使你这么做吗？"另一个员警插进话来。

"如果你是有人指使挟怨报复，那就不只是公共危险罪而已了我警告你！"

其实没有必要回答这些无聊的问题，阿龙跟自己说。

没错，他记得他在烧纸钱，只有他一个人。

天色仍暗，可是当时的酒吧里已经没有任何的动静了……

那么再稍早前发生的事呢？

他记得看见游魂们依然像前几日一样守在 MELODY 的门口。

他们从来都是站立着。

在附近店家开始渐渐灭灯的黑夜里，他们就像一枝枝等待被点着的蜡烛。他们习惯于这样站立等候的姿势。

对不起，我来晚了——

一路奔跑过来还在喘着气，明知道没有人会回应，他还是大声地对着那一张张他已熟悉却都不知名姓的呆滞脸庞喊道。

他们每天晚上出现，但是很奇怪，都不开口，他都是等过了凌晨一两点，巷子里比较没有人经过的时候才开门让他们进去。等到凌晨五点左右，他们都自动离开之后，他再悄悄去把铁门锁好。

没有人发现，过去这一周阿龙这样诡异的行径。

打开了大锁，拉起铁门，看着他们无声缓慢地鱼贯通行，走进了阿龙从不想知道究竟是什么时空的黑屋。然后正当他要把铁门重新拉下，才发现还有一位仍留在原地。他不用回头都知道是谁。每次当那人出现的时候，阿龙都会有同样的预感，都能感觉得到来自身后的目光……

不用再躲了，我知道你是谁，阿龙说。

一周以来心中压抑的不满与纠结，在那一刻接近爆点。结果没想到，这回，竟然听到对方的正面回答。

不想进去瞧瞧吗？

●

距离与姚见面还剩下十六小时的凌晨深夜，我莫名地感觉不安了起来。在床上辗转不能入眠，心里的不确定感随着电子钟上的数字跳跃节节升高。

是因为与姚见面这事让我紧张吗？

不，反倒更像是，自以为将该清除的过往都丢进了垃圾袋后，某种无形的力量才正准备要开始反扑。在那一袋袋的垃圾中，有些秘密正在不安地挣扎，发出了对我嘲笑与恐吓的尖声怪叫。

何时应该隐藏？何时又应该告白？这是我一生始终学不会

的一门学问。可以出柜站上舞台投入了一场失败的同志号召；却至今无法对任何一个人说出，我是如何成为了爱滋带原者。这个秘密，从阿崇卷款与情人潜逃出境后与我一直共存至今。

如果姚真的不知我这些年完全不再联络，从此退出流行音乐是跟这件事有关，我应该继续伪装吗？

一柜出完还有一柜，仿佛只有不断地自我揭发才能感觉自身的无秽，存在的正当性总是吊诡地建立在对世人的告白之上。也许对方根本觉得关我屁事，也丝毫无损大多数的同类，对于这样的以告白换取来的存在感笃信不移。

出柜从来与人格的诚实与否也无关，竟然这么多年来都误解了。

承认自己是同志，并不表示他就是个诚实的人，就不会隐瞒自己有爱滋有毒瘾或专门喜欢睡别人的男友这些其他的秘密。出柜之必要，因为可增加求偶的机会，一旦都表明身份就不必再费心去猜疑彼此性向，还可以为出柜举办嘉年华走上街头，一举数得。

难道自己当年不顾一切公开挺身只是因为寂寞？

在游行中我们都变得很勇敢很乐观，但当寂寞涨潮，只有一个人被遗落在世界尽头的时候，一切都变得可怕，连自己都怕。最打不过的人其实就是自己。

有个在爱滋团体谘商中认识的家伙，某次突然急性肺炎送医后拜托我去他家把他的色情杂志与橡皮阳具收走，因为他姐要从南部来看他。等我出院你要把东西还我喔，他说。念兹在兹的还是他那些带给他射精快乐的秘密收藏。

那些不能出柜的橡皮阳具让我恍然大悟。

人类天生就不是一种诚实的动物。没有了谎言，就如同丧失了存活的防卫机制，连活着的动力都消失。

为了怕被别人识破自己的秘密与羞耻，所以才必须努力好好活着，为了捍卫各种内心里黑暗的纠结而活，为护好自己所有见不得人的事不得外流而活。抓住不敢放的秘密，往往就决定了人生的福祸与荣辱。意外丧生与猝死者在咽气前最操心的，大概就是那些该毁掉的东西还没有来得及毁掉。

在离开之前，还有什么是该毁而没有毁得更彻底的？

倏地从床上翻身而起，下床开了灯拿出纸笔，开始坐在从国中一直用到大学的那张旧书桌前，企图让那些藏在垃圾袋中骚动不已的嘲弄彻底噤声。

　　姚，你还记得

才划下了这几个字，我的手便已颤抖至无法握笔。

　　姚，你还记得，那时位于台北火车站前，还没被大火烧掉的大方三温暖吗？

某个周日下午，置身于该处难以想象的摩肩擦踵盛况，我直觉有熟悉的身影在走廊尽头晃过。记忆中，一切发生得太快，毕竟视线太昏暗，人影一闪的瞬间，一扇隔间的小门便已迅速关上。

但我确定那个下午我看见的人是你。

走向那扇紧闭的门，隔着木板侧耳倾听里头的动静。不消一会儿，门口开始聚集了三四个跟我同样无聊的窃听者。

门的另一边，你正发出规律且富节奏感的喘息，像不断被踩动的打气泵浦。

你需要的是被侵入的痛快，我竟然在那个下午才恍然大悟。曾经对你的苦苦期待，无异于一只苍蝇爬在它不得其门而入的玻璃球上。男男肉体间的寻找与呼唤，其实更像是刺猬取暖。

你需要的那种痛快我当然懂得，那是被阳具征服的同时，也沉浸在自己拥有着相同伟硕阳具幻觉的一种同体同喜。

高一时在无人教室里发生的事，你应该没忘记吧？我因紧张得近乎昏厥而完全无法有任何余味可言。那时毫无真正性经验的我，曾如此痴昧地认定了，男人与男人之间，只要彼此有好感，就是爱情的萌芽。

这样的鬼打墙，在之后遇到更多让我动心的对象时还会一再地重演。男男之爱没有一见钟情，因为眼见不足为凭，除非是在三温暖这样的场所，才能毫不需羞耻或扭捏，单刀直入破题。反而越是希望交往的对象，彼此越是不敢直接表明，总要上了床才能确定，才能继续尝试，甚至，才会死心。上这么多床并非有无穷的精力需发泄，反而是为求得一个安稳的臂弯，才得要一干再干，或一再被干……

那个下午，在闷湿的三温暖里，一个过期的答案，终于挣脱了羞耻的层层包裹。甬道上，三四个鬼祟的人影如蟑螂摇动着触须般，试探起彼此肌肤的敏感地带。

中间的那扇门隔出了现实与幻想，我在门里，也在门外。

同性间的主动与被动既不是因为个性使然，也不是由高壮或瘦小的体型差异决定角色。不像男女之间总像隔山传情，同性间太清楚彼此相同的配备，对方的施或受与自己的性幻想，根本无法切割。肉体间因交感产生同感，才能进入快感。我甚至认为，这种同时以多种分身进行的性爱，是需要更高度进化发展后的脑细胞才能执行的任务，稍不留神，讯息便会陷入混乱，最后以败兴收场。

真相终于大白，我们皆不适任那个近乎虐待狂，让对方在如此持久的疼痛中迷乱喘吁的1号角色。

当时在门外的我，想象着你躺卧在那脏臭的床垫上，举起双腿任人狎亵钻凿的那个画面，一股既酥麻又让人惊骇的冷颤，便从我的背脊一路奔淌到丹田。我射出的那一摊精，滴在门外冰冷的塑胶地板上，当你完事步出时，会不会一个不留心曾经一脚踩个正着呢？

在日后已被一把火烧尽的大方，我看到了我们同类不同命的未来。

你的秘密，或许已随大方的化为灰烬，而一并被埋葬了。

我的秘密却仍如病毒在我血液中流窜，我越虚弱便越显示出它们的茁壮。

●

昙花一现就算一夜。但梦却太长，周而复始。
他以为自己只是做了一场梦。
然而他仍清楚记得那一刻他的愤怒与恐惧，还有观眼望向门内时，那个光影渐渐开始暧昧浮动的世界。
他是怎么走进了那扇门的？他在里面待了多久？……然后就是火势在他眼前轰然茁壮，火舌舞动得像一棵在狂风里摇晃的大树，黑暗中卷起的热气扑盖着他的脸，梦就这么沸腾起来了……

那扇门。
如果没有走进那扇门的话。

走进那扇门的瞬间便知道，虽然酒吧里的对象位置与几天前勘看时相同，这已经是不同的时空了。
视线范围开始凝缩，像是在摄影镜头的镜面外圈涂上了厚厚的凡士林，出了焦点外的事物只剩溶溶的影绰晃动。而焦点内的光线也只相当于三十烛光的有心无力。视觉的昏黄带来了心理上的沉闷与缺氧，让自己的呼吸声变得分外清晰。

一开始还以为听觉也随着视觉开始退化,过了片刻之后才知道,他走进的这世界确实是无声的。

游魂一个个坐在吧台的高脚椅上,依然是不开口,面容还是一样的苍白呆滞。只是坐着,像道具一样,没有思想,也没有情绪。

而最让他惊讶的,莫过于当他缓缓——下意识地他让自己一切动作放缓,仿佛在他手中有一枝微光的蜡烛在烧,害怕它随时都可能被风吹灭而让他落入无尽的黑暗——缓缓缓缓将视线从吧台前移到了吧台后,看到的竟是 Andy 正在调酒。而且一面调酒,一面还对着毫无反应的吧台客人,表情生动地在自说自话。

他听不见 Andy 的声音,或者根本是被消音。

但是 Andy 仍然继续地说着,丝毫没有注意到他的存在。

他心想这究竟是谁的梦?

是 Andy 的?还是他的?难道是他们出现在彼此的梦里?

他走向吧台,就像是已经熟悉此地的老客人,于不同年份不同剪裁的西装之间坐下,开始慢慢思索着,这究竟是怎么一回事。

人们认识这个世界,还有认识自己的方式,也许并不都是正确的,这是昨夜以前的他从不曾有过的念头。然而大家也都接受了那些不正确的说法。阿龙怀疑,并非从来无人发现过那些说法有漏洞。就像他,无意间也钻过了某个缝隙,走进了那个以往从不曾被发现的空间。

但是一个微不足道的超商收银员，又能撼动得了任何事吗？他如何能对两位侦讯他的警察说，你们知道吗？我们一直以来相信教科书上所说的，梦是非物质的，现实是物质的，灵魂是非物质的，空间是物质的，其实都错了！

譬如，在我们梦里常常出现过一些面孔，我们根本不认识他们，甚至连见过面的印象都没有。梦里的这些陌生人，他们究竟是谁？为什么醒来之后的我们，从没有对这件事继续追问？

●

提早了半个小时抵达那坐落在信义计划区新开幕的国际饭店，腋下夹着昨晚包好的那一盒旧卡带，我先在门口观赏了一会儿饭店大厅里进出的人类，对于他们每个人脸上都因走进了此间时尚豪华的人间天堂而油然露出幸福微笑的画面，我只是平静地任他们在面前无关痛痒地招摇。

莫非，离人生下车的时刻越近，我的心胸也罕见地开始显得无与伦比地开阔？进而对这些人的虚矫收起了我批判的利矛，甚至还产生了难得的一点同理心？三十年前的我不也是这样的吗？去了什么样的地方，认识了哪些人，这些事总在心里连成了反映自我价值的升降曲线。不能说那样的人生毫无价值，只是所有的派对都需要不停更换新鲜面孔。有一天他们也会像我此刻，站在派对的入口才意识到自己的穿着与表情都显得格格不入。每个曾经跑趴的人都会有那么一天的到来。想当年，在唱片业欣欣向荣一片大好的年代，自己也曾经是走路有风的。但终于可以庆幸的是，这些都不再是我的烦恼了。

抱着纸盒走过饭店的大厅，感觉自己看起来像个鬼祟的恐怖分子，正准备伺机在这个资本主义的天堂留下一枚定时炸弹。

为什么要抱着这个累赘出门，已经想不起最初的动机为何。前一晚严重失眠，天亮后却又陷入一场场毫无连贯的乱梦。也许在某个梦里，这盒子里真的放置了一枚土制炸弹。这一刻站在大厅中央，看着身边的每个人都像是在体内装载了自动导航系统般横冲直撞，唯有我毫无方向感可言，下意识就将原本夹在腋下的纸盒改抱在我的胸前。

庆幸还有这点重量让我感觉踏实安全，否则我可能就像浪花翻腾起的一点泡沫，随时可能蒸发。

与一群二十郎当岁的年轻小伙子一起步入了电梯。男孩们的发型与衣裤都经过一番精心搭配，一开口就在谈论起昨晚在某家夜店遇见的一群妹。时代的转折充分显现在这几个时髦小伙子身上。若是在当年，这么风骚做作的装扮不遭人侧目当成是 gay 才怪。可现在呢？难道他们当中没有藏着一个当年的自己？自己在他们这个年纪，不是也混在男生中间与女生打情骂俏？

尽管感应失灵，但还是趁着小伙子们不注意时，用力吸进了几缕从他们身上散发出的气味。那是古龙水刮胡水发蜡，加上些微的皮革与口香糖混合成的一种都会性的雄性分子，走到哪里都以这样的气味划出了他们的地盘。正当我如一只老狼被这群毛色丰满的小狼挤到了电梯厢中的角落，我听到了一个愉快而礼貌的声音。

——欸你要到几楼？

四壁光可鉴人的金属壁面上，反照出问话的那个年轻人无邪的微笑，完全不察有个中年男人一秒钟前正在忙着浏览他们每个人的喉结与裤裆。

——喔……嗯……卡萨布兰加餐厅，我看看那是几楼——？

慌张地把纸盒又挟回腋下，正准备腾出手伸进大衣掏出纸条，对方已经先一步帮我按下了六楼的号键。

——谢谢。我小声地说，不想引起太多的注意。六楼与二十楼的两枚纽扣似的小灯亮着，在总共三十层楼的双排按键中显得天南地北，仿佛标示着我与他们如同相隔几个世代的不同定位。

对方不知道有无听到我的答谢，早已又回到他的团体中继续交谈。我与他们又完全无关了，除了刚刚短暂的一句问话。

二十楼会是什么呢？这座如巴别巨塔的建筑里到底都藏了些什么？

可不可能有某一个楼层的存在，其实是大家从不知道的？

每个人都只知道自己将要前往的楼层。每个人都只负责自己分配到的区域楼层。人人都在自己的楼层中睡眠做爱吃饭或开会上班。没有人会知道全部三十层楼中每一层在进行中的活动。大家只按照灯号就相信了他在他以为的楼层出了电梯。

如果电梯中的楼层灯号是刻意被混淆的呢？在摩天楼的内部又怎么能数得出自己究竟在哪一层，如果不是因为标示是这么写的？

我们只能相信这些标示。

有人做好了排序标签，就有人会依照。没有人希望自己走进了某个没有楼号的幽灵楼层中。

一身黑色西装领结的接待站在餐厅的门口。

——有订位吗？

问话的同时，一面不免好奇地打量了一眼被我抱在胸前的包裹。

——我姓锺……

说完才发现自己根本答非所问。但对方却对这个答案满意地点了点头，引我往餐厅里走。

——喔是，锺先生。姚立委已经到了，您这边请。要帮您把外套挂起来吗？

已经好多年没有走进过这种高档的餐厅了，对方的殷勤亲切令我感到有些不知所措。我难为情地脱下了身上那件经年未送洗，凑近便可闻到一股潮霉味的破大衣。对方接过外套后，目光仍停留在我手中那个用胶带缠得乱七八糟的包裹。

——不，这个我自己拿！——

像是通过海关时突然被执勤人员叫住，我听见自己的回答里透露着莫名的心虚与紧张。自从进了饭店后，这一路上我不是没有察觉，抱着这个破纸盒的模样引来不少人投以怀疑与讶异的目光。我担心服务人员接下来会坚持我把东西留下甚至通报保全。我可不想在这样一个一看便知处处有既定潜规则的地方出洋相。

带着这盒旧卡带在身边，好像只是为了一种说不出的安全感。二十年没见了，一对一的相见一定有太多无法填补的空白。那个纸盒就像是今晚我偕行的一个伴侣，假装是某个我与姚共同认识的朋友。更因为在我心底仍有一道说不出的惘然挥之不去，才让我与手中的纸盒难舍难分。

我是当年三人当中唯一孤老无伴的。

如今才意识到，自己准备的这个纪念品太过诡异，有可能让姚太早感觉出这是最后一面的刻意。后悔事前没想清楚，如今我既放弃了要姚收下的念头，甚至也不想再带着那包东西回去。

交出了那纸盒，换回了一个金属的号码牌。

不知为何，让我想起了母亲骨灰寄放在庙里时我也领过一个这样的号码。

餐厅取名为卡萨布兰加正是因为那部老电影[1]，装潢完全复制了电影中那个北非风情的俱乐部，唯一不同的是多了一帧巨幅的电影剧照，男女主角离别前那深情相望的经典镜头。服务人员领着我穿过绿意盎然的棕榈、黑亮典雅的平台钢琴，停在

1　即《卡萨布兰卡》，1942 年在美国上映的爱情电影。

了以白色落地百叶扇门为隔间的隐秘包厢门口。

我还没有心理准备,对开式的白色木门便一下给拉启了。

——姚立委,您的客人到了。

里头独坐的那人显然原本正在沉思,被通报声突然打断之后,脸上出现了短暂的木然。两人目光相触的那一瞬,我与姚竟像是事前经过排演似的,保持着戏剧性的沉默谁也没出声。

曾经,姚是个宽肩方脸的运动型男孩,可是眼前的人轮廓依稀,却已成了一个无法具体形容出任何特征的中年人。没有我以为的一身西装革履与神采飞扬,那人穿的是一件家居简便的黑色高领毛衣(也许这就叫作低调的奢华?),戴着一顶棒球帽(是为了掩饰已稀疏的头顶不成?),坐在位子上打量着老同学的神情,显得哀伤而无奈。

是我的改变远比自以为的更夸张,所以才让姚震惊得连起身握一下手的应酬招呼都忘了不成?要不是服务人员已拉开了姚正对面的那张座椅,我当下有股立刻转身的冲动。如同一个贸然的闯入者,下意识欲逃离姚那双仿佛想要看穿我一切,困惑中却又带着讶异的目光。

那是姚没错。

若在街上擦身而过,也许不会教我驻足相认。

拷贝磨损了,画面泛黄了,一切熟悉但也陌生。仿佛某部老电影中的演员,在三十年后又在银幕上看到了自己的当年。不管是记忆中的拍摄过程,还是眼前放映中的最后成品,都同样让人觉得吃惊。

——可以开酒了。

姚先盼咐了服务人员,接着扭头问我:

——你吃牛肉吧?这里的牛排有名的。

没想到,这便是我们二十年后第一次晤面的开场白。

服务生为我们新开了一瓶老板私窖珍藏标价二万的红酒。看着两人的酒杯被慢慢注满,我决定打破沉默。

——不懂为什么人们说记忆像酒,酒的发酵与酿造过程,现在几乎可以完全用人工控制。但是记忆开封的时候,味道往往让我们吃了一惊,完全不是原先预想的,对不对?

我用微微发颤的手捧起酒杯,送到鼻前将那暗红的香气深深吸满,一边赞叹地连声说着"好酒"。

姚未置可否地朝我挤出了一丝微笑。

10　痴　魅

他想到两周前的那个周日早晨。

那时候，他的人生都还算是美好的。

那个早晨，在用过了简单的烘蛋加松饼后，他的妻子把一壶新煮好的咖啡放在了餐桌上，两人一边品饮着咖啡，一边在这个难得悠闲没有打扰的周日上午，享受着二十年婚姻后终于抵达的舒适状态。在宽平厚重的原木桌面两端，他打开了面前的笔电，妻子把报纸摊开，两人虽维持着各自的阅读习惯，但重要的是这样的陪伴。

一年前买下这张桦木餐桌是由于 Angela 的坚持。他问，这么大的餐桌要做什么？家里只有三个人，女儿上高中后晚上总有补习，而他自己应酬也多，能够一起上桌吃顿饭的机会并不多。当时妻子只是微笑着表达她的固执，这是结婚多年来他已习惯的一种模式，她的微笑总是一种自信的语言，不用争论，她自有她的理由。

结果证明 Angela 是对的。

一张够大的餐桌，让他们的生活里出现了以往所没有的相处时光。不管他多晚回到家，两人都可以坐在餐桌旁感受着有人等待与有人陪伴的安心。妻子从电视主播台退下后，经营了一家小型文创行销公司，白天两个人都在忙着，到了夜晚睡前这时分，他们各自倒一杯红酒，守着餐桌上自己的一角，整理着第二天工作的行程与资料，同时也守住了一个完整的共同空间。抬眼就可以看见彼此，不用隔着房间大呼小叫。在这块共有的领地，一个眼神一个呼吸都会立刻被接收，两人像是又回到年轻时，总是在彼此耳旁轻声细语那样无距离。

声音是最细致娇嫩的触摸。

亲昵对他来说，就该是像这种宁静的交流。

小时候生活里总是太多噪音与吵闹，不是父亲用他老兵的大嗓门，像练兵般雷霆万钧地吼着，就是母亲喝醉了酒，用他听不懂的原住民语在咒骂哭叫着。那个周日与 Angela 坐在餐桌各一端，他曾有一刻又想起了没有餐桌的童年。一家人都是从厨房里夹了菜捧着碗，动物似的寻找一个进食的地盘。父亲习惯坐在门前，每餐必配米酒的母亲跷着脚守住电视机，一餐饭总要吃上好久。哥哥还在的时候，干脆在客厅挨着墙壁一屁股坐在地板上扒饭，而他得先把患了唐氏症的小妹喂饱后，自己才站在厨房里把残羹剩菜扫进自己的肚子。

而他如今却有了这样一张气派高雅的原木餐桌。

他终于永远脱离了那样的人生。

餐桌不是用来吃饭又何妨？

就像婚姻。

最好的婚姻就是两个人能共享一张餐桌做自己的事，他如此相信。

目光不时就从笔电的荧幕上滑开，偷瞧着妻子阅报时微眯起眼的神情。

两人的视力都已出现老花，妻子却仍固执地不肯去验光配副眼镜。嘴上虽然总亏她人该服老，但是渐露出中年痕迹的她，在他的眼中不但不是减分，这些年反更增添了他对她的信任与依赖。

当年人人都羡慕他娶了一个美女，但是这点从来都不是 Angela 吸引他的主因。Angela 的美貌连她自己都觉得是一种负担。虽然在国外拿到了新闻硕士，但是 Angela 放弃了在电视新闻圈的工作，原因之一就是她受不了每天上镜头前，都要被造型师梳化成一个都快不认得的自己。所谓专业形象，她自嘲跟画皮的鬼没两样。那时也正逢他连任"立委"，在党里头的青壮派里声势爬窜最快，作为妻子的她竟会进一步替他想到，夫在政坛自己又是媒体人这样并不好，不知哪一天就会被在野党，甚至党内自己人拿出来批斗。她情愿每天绑个马尾一件黑色T恤，跟有创意点子的年轻人互动激荡，一点也不眷恋过去的那块美女招牌。

若说妻子是女性主义者,他也并不同意。她只是一直有自己的想法。而且随着年龄增长,她对很多事物看法的转变,有时也会让他微微吃惊。像是不知从何时开始,她不再看电视,却更认真地阅读报纸以及一切的纸本。

有时他甚至会觉得,妻子比他更适合出来参政。

她冷静且擅于组织规划,而且还是出生政治世家,不像他,只是一个老芋仔[1]之子。能从当年的反对党运动中出头,他自己都明白,与其说是他姚瑞峰有多大的本事,不如说是当年政治现实的风向把他吹到了后来的位置。就像是谁也没想到,作为反对党,他们那么快就取得了执政权。过去七年,关于他有机会入阁的风声一直不断,排字论辈也该轮到了,但是党内派系的倾轧反在执政后越演越烈,他几度与入阁失之交臂。

前一日中常会结束,秘书长突然叫他会后到他办公室来一下。

当天晚上是副主席嫁女的喜筵,他以为秘书长只是要叮咛他几位大老的接待工作。没想到秘书长一关起办公室的门便笑盈盈地对他说:这回有望了,春节前应该会内阁总辞。秘书长透露了可能的下一任内阁,嘱他别讲出去,真正的意思是,别忘了他在幕后帮忙推动一把的恩情。

可是,明年就要大选了,这时候怎么还会换阁揆?

---

[1] 指随国民政府赴台的退伍老兵,闽南语。

竟然在第一时间他想到的不是自己的位子，而是眼前的局势。

就是因为要摆平提名，所以这一切都要重乔啊！秘书长说。

他心不在焉地移动了一下滑鼠，偷偷打量了一眼坐在餐桌那头，正专注于某条新闻的妻子。一个月前他们还在为是否竞选第四届连任有过讨论，没想到她当时的回应竟然是反问他：你自己觉得，过去十几年你在"国会"究竟完成了多少以前的理想？

究竟要不要跟妻子透露昨天从秘书长那儿听到的口风呢？

外祖父是早年反对运动先锋的她，在他们大学初识时，也曾同样直白地问过：你一个外省人，为什么会选择加入这场党外运动呢？

直觉告诉他，他可以相信她。他选择据实回答。因为在另外那个党里他是不会有机会的，他说。他早看清楚了。如果自己是本省籍恐怕还比较可能得到拔擢。偏偏他只是一个老芋仔与山地婆的小孩，面对那些不是将官就是政商名流的后代，他的外省父亲除了提供他出身卑贱的血统证明外，别无任何其他帮助。他不想一辈子只能做一个无名的小党工，永远扮演着卑屈奉承的角色……

一口气将所有从前不曾吐露的怨气都在她面前坦白。总是自己人才最轻贱自己人，只有弱势的人才懂得这种现实。他几乎要对她咆哮：像你这种台籍望族之后是永远不可能明白我们这种人的愤怒的！

所以你打算隐瞒你自己的背景？可是你连台语都说不轮转……我母亲是原住民，我们是母系社会，台语我可以学……话还没说完，就看见她的眼神里闪动着像是同仇敌忾，又像是怜悯的一抹泪光……会很辛苦的，她说……就是需要有你这样的人……眨眨眼，二十年过去了，一路走来从学姐到革命同志，到如今的老夫老妻，Angela 却已不再像当年，对于他想要再次争取竞选提名，这回她的态度趋向保留。她总是提醒他，看看早年的当红炸子鸡，在一波波政治斗争中多少人都重摔了。原来都是一样的，她说，拿到了政治资源，就只剩你死我活的相残。她甚至是身边少数对明年的大选不乐观的人。

如果告诉她，我也许将会入阁的消息，她会怎么说？

她会希望我接受吗？

还是会用她云淡风轻、实则一针见血的方式，笑笑把问题丢还给他：你自己判断，这个位子你能坐多久啰……

端起马克杯，灌下一口只剩微温的咖啡。

他的眉心还有昨晚的宿醉在隐隐作痛。

虽然还没有告诉 Angela 这个消息，但前一晚在副主席嫁女的婚筵上，喜不自胜的他已在心里暗暗为自己庆祝过了，一没注意便喝多了几杯，最后是被人推上计程车的。记得回家的一路上都是闪烁流离的街景灯影，他一直都把头靠在窗上，像孩子在观赏圣诞节的百货公司橱窗般，直到一〇一大楼从他视线中消失。

　　中途他解开了领带,心情仍然处于飘飘然。虽然老家与自己的选区都在中部,台北这座城市却才是他真正的家,那个十六岁跑上台北考高中的孩子,如今终于是不折不扣的台北人了。他在这座城市里成家立业,购屋生女,二十多年来的两地奔波,他只记得自己日日夜夜都为着未来在打拼操烦,生怕一个松懈,就会让他已拥有的这一切如涨潮淹没了沙滩上堆起的碉堡,到了午夜梦里惊醒,发现全是幻影。然而,如果这次入阁的消息成真,应该就是为他过去这二十年的努力画下了一个保证,没有人再能否定他的成就,而那些忧心忡忡也应该暂时不再困扰着他了吧?

　　但是自己究竟在忧心什么呢?
　　当忧烦成为一种习惯,往往就记不得这种习惯是怎么开始的。

　　酒意稍退,惯性的多思多虑立刻又蠢蠢欲动起来。他开始想象着会不会这只是明升暗降,又是派系斗争中的一步抽车棋法,逼他让出了他经营二十年的地方势力?即将发布的这个位子,会不会是他政治生涯的最后一站?如果不是,那他接下来又该如何步步为营?似乎以内阁为跳板,接下来挑战台北市长也并非不可能……
　　一首耳熟的情歌就在这时候打断了他的漫天遐想。

计程车司机不知道何时转换了收音机频道,原来的古典乐变成了国语流行歌。我不愿看见你独自离去的身影,怕我会忍不住牵你手将你带走……我不愿看到你依依不舍的表情,怕我又会忍不住再停留怕你难过……他记得这首歌。这首歌当红的时候,他的人生似乎也起了某些变化。

是哪一年呢?发生了什么事呢?为什么那男子的歌声让他突然有种寂寞的感觉?

不是某段被尘封的记忆因此被打开,反而更像是有一些记忆始终如海上漂流的碎骸,总在他伸手无法触及的地方。

他对着车窗玻璃呵出了一口气,伸出手指头,想要在那结雾的窗玻璃上画一个什么字,脑子却像突然当机后的荧幕,他呆望着自己无法移动的指尖。

这座城市,给了他许多,当然也包括初恋与心痛。

能得到的,总是因为用了什么去交换。

只能清点自己得到的。追问到底失去了什么,那不是他的人生态度。

Angela放下报纸,哗啦一声折起了手中的版面,从餐桌的那一头推向了他。

"这些人,你觉得到底该不该让他们结婚?"

原来刚刚她那么专心在读的是这条新闻,同性恋婚姻合法化。姚瑞峰拿起马克杯,发现咖啡已经被他喝光了。他拿着杯子起身，走到 Angela 身后的饮水器给自己装了一杯温水。

"真没想到，安德森古柏[1]真的就出柜了——"

Angela 背对着他，看不见在谈论这位公开自己是同性恋的 CNN 首席主播时，脸上是什么表情："很勇敢吧？"

"因为他今天已经是安德森古柏了啊！"

说完他顿了一下，"如果他十年前就出柜，今天就坐不上这个位子了。"

Angela 转过头，语气中仿佛带了一点责备："也许新闻工作就是他最热爱的，他从来也没有在乎过，是不是真的要当上 CNN 的首席主播？"

他煞有介事地连连点头，然后摆出一副调侃的笑脸："喔，我忘了你也是学新闻出身的。怎么？安德森这个熟女杀手让你也煞到了吗？"

赶快让这个话题跳过去吧！他在心里自己嘀咕着。

"叫我师奶还差不多。不过安德森真的还蛮有魅力的，我承认。"

"现在他出柜了，很失望吗？"

二十年来他没有背叛过她，一次都没有，他知道自己没有心虚的理由。

"其实不会耶——"妻子装出一副少女情窦初开的口吻，"你以为师奶们在迷那些韩剧偶像男星是在干什么？就是一种

---

[1] Anderson Hays Cooper，美国记者、作家和电视主持人。

好像恋爱的感觉嘛，又不会真的想跟偶像真的发生什么肉体关系——"

"那我要说，你比起喜欢韩国男星的那些师奶们品味好太多了。好吧，我准许你继续偷偷暗恋安德森古柏！"

"说真的，难道男性观众不会觉得安德森古柏也很迷人吗？你们看他到底是什么感觉？光靠女性观众，他怎么会有那么高的人气？"

"还亏你自己也当过主播，怎么这么物化男性？"

她怎么突然对这个话题这么感兴趣？

要怎么样才能赶快把这个话题结束？

他想念起以前，这种新闻不会大剌剌登上报纸版面的时代。

"我们自己关起门聊天，又不是政见发表，你也太严肃了吧？"

Angela 再开口时，竟没察觉自己的语气比他刚才还要更加一本正经："你随便用物化两个字给我扣帽子，其实你也知道我不是那个意思。对，就是政治正确。你用物化两个字一下子就让我哑口无言了，为什么？"

因为你从来不曾处于弱势。你不知道政治正确是我们唯一的武器吗？

"好啦我收回，你没有物化男性。"他走回到自己的笔电前，拿起了之前她推过来的那份报纸，一面快速浏览，一面故作不经心地回答她的问题：

"所以有些事就是不能全部挑明摊开来说不是吗？……师奶疯狂在机场大喊欧巴我爱你，跟宅男拿着手机狂拍 show gril，社会观感就是不一样。但是真的那么不一样吗？也许连当事人自己也搞不清楚吧？……想必安德森古柏也吸引很多男性观众，但他们会跟自己说因为很欣赏他的专业啦，觉得他很敬业啦，社会早就教大家，不管男性女性，都有一套简化自己感觉的标准答案……哼哼，物化也许不是那么坏的一个字眼啦，它不是刚刚就让你突然停下来思考了吗？倒是安德森古柏出柜，有一种男人会很生气，干，我喜欢的主播竟然是个娘娘腔死 gay，好像这样他就会变成 gay 了，于是开始迁怒所有其他的 gay。而另外有一种男人会想，原来他是 gay 喔，怪不得我看到他播新闻的时候，明明知道很多女人喜欢他却不会对他有忌妒或憎恶……"

他放下报纸，发现妻子正若有所思地盯着他瞧。

他说得太多，也太详细了。

二十年了，她也许早有察觉。

但就像所有妻子都曾若有似无感觉过丈夫可能有过出轨的嫌疑，但终究选择不说。她不会不知，这二十年来他的全部重心都放在家庭与工作上，他连出轨的机会都没有。不，连这样的念头，都早已随着激素分泌的改变而变得越来越陌生了，也越来越明白那些出轨偷吃的男人是怎么回事。因为他们没有真正的人生目标,不知道有一个家庭可以为它付出是多少人一辈子的梦想,他们却如此糟蹋了这份天生的好运。难道他们不知道婚姻就是一张法律的契约吗?他们不敢杀人放火或勒赎抢劫,知道那是触法的,但却敢违背这份合约。为什么?因为他们不知道被放逐遭背叛的痛苦是什么。他们以为自己没有杀人,但他们的所作所为其实跟杀了人是差不多的,那样的痛苦,都像是让对方死过一次——

"所以你对同志婚姻合法化的看法是什么?"妻子端详了他几秒后终于开口。

他的胸口出现莫名的短暂心悸。

"我想,毕竟那是他们的人生,只要没有伤天害理,妨碍了别人的自由,我们无权帮他们决定,该做或不该做什么。"

既然都说了。
记得,不要露出愧疚或惆怅的表情。
他深吸了口气,坐回了餐桌上的笔电前。

"我的想法其实跟你差不多——"
Angela 起身收走了桌上的空杯与咖啡壶,走向开放式厨房里的那座吧台。

"不过这些话我们在家里说说就好。你可别在外面这么白目。"

"知道了。"

根本不需要那么担心的不是吗？原来不过是虚惊一场，他跟自己说。

打开了洗碗槽的龙头，水兀自哗哗流着，她却忘了该洗的杯盘仍被她留在吧台上。分心是由于眼前出现的画面。从水槽上方的窗户望出去，跟他们家格局相同的另一栋单位里，同样是厨房的窗口前，站的是一个身材雄健的三十多岁男性，他正把洗净后的一颗苹果，递给了刚刚走到他身边的另一个男子。

"阿峰，你知道我在看那个新闻的时候想起了谁？"

"谁？不是安德森古柏吗？"

"是你那个同学，丁崇光。挖空家里资产卷款潜逃的那个。"

继续盯着对面动静的同时，在她的意识中的某扇窗口，一盏微弱的光也在那一瞬间突然闪了一下。她什么也没看清楚，但是某种视觉暂留的模糊影像又好像呼之欲出。对面的窗景里出现了第三人，比另外两个男子年纪稍长的一位女性，一头染成蔓越莓红的短发。

"那关丁崇光什么事？"

红发女人注意到了来自对面的目光。侧身站立的那女子，也许并不是靠着眼角余光，而是凭着某种第六感发现到自己正被偷窥而倏地回望。这让 Angela 不自觉退后了半步，几乎认为那女人是自己的幻觉。

"那时候我就有怀疑，他会不会是 gay。你都没有感觉吗？"

男人短促地笑了两声，耸耸肩不予置评。"gay 的脸上没刻字，我不会没事去猜我身边的人谁是或者谁不是。"

"我这样想没有恶意，只是我一直觉得，他卷款潜逃这件事会不会跟他是 gay 有关？可能真的在台湾活得太痛苦了，他想要去一个没有人认识他的地方，才可以真正追寻他渴望的爱情——？"

"或者他想要的不只是爱情！"

他忍不住打断了她。

"我的意思是——我是说——这都是你的想象，他卷款潜逃的原因我们永远不会知道。所以——什么都有可能。"

等她再转过头去观望对窗，红发女人已经不见了。

她关起了水龙头。

但是她想跟他继续讨论爱情。

因为她发现，竟然这是一个他俩生活在一起二十年却从来没有真正触碰的话题。

或者他想要的不只是爱情——多么有趣的一句话。在她的世界里——也许该更精确些，"在像她这种所谓异性恋女性的世界里"？她即时在脑袋里将前提修正——大家都相信一句话，那就是爱情是女人的全部。难道都没有人发现这句话的矛盾吗？如果爱情真的是女人的全部，为什么还需要婚姻？相爱结婚，成家生子，这是大家都在依循的顺序。爱情与婚姻总是绑在一起，走不进婚姻的爱情不是成了奸情，就是被冠上"一段错误的感情"收场。成了家人，成了亲情，皆大欢喜。也许只有将婚姻的选项彻底排除，才能真正回答爱情到底是什么这个问题吧？可是她大半生都过完了，没有这个机会让她再重新选择了。也许，就只是那一种脸红心跳的感觉就叫爱情？只是那样而已吗？在她拿到硕士学位回国后，如果她没有对他开口：都已经四年了，我们之间现在到底要怎样，也许此刻的她会对爱情有完全不同的想象。

而他那时给她的答案是什么？

我想要跟你有一个家，他是这样说的，然后她就开心得不得了，觉得自己好幸福。

他想要的是一个家。

她终于恍然大悟。在二十年后的这个周日上午。在他们讨论过了同志婚姻这个话题，以及突然联想起在"国建会"实习时认识的那个叫阿崇的男生之后。

他想要的不只是爱情。

"唉，搞不懂耶，这样一个人就再也回不来了。"

不知道这句话究竟是想对谁说的。她的双肩不自主地抖颤起来，没发现原来是因为自己下意识发出了一阵无声的嗤笑。

拉下了眼前的百叶窗帘，她快步走向吧台，端起了待洗的杯碟，并在转身前不忘对着餐桌旁的男人再丢下一句：

"我看你从来都不参加同学会，为什么？你都不会想念你以前高中或是国中的同学吗？"

●

酒已斟好了。

来吧，先为老同学的重聚举杯。

也许，人生中没有所谓最佳的重逢时机点。但，这总是个开端。

如何能告诉你，从电话上相约到今日见面，不过短短一周时间，我的人生已经起了天翻地覆的变化？

我可能就要失去一切所有了，小锺。

也许这正是冥冥中的安排，让我的世界还没有完全崩坍之前能有这次见面的机会。老实说，出门前我还在犹豫是否该把今晚取消。但是我更清楚的是，过了今夜，也许我就没有见面的勇气了。

除了重聚之外，我们还能为什么干杯呢？

不如，就为人生中所有的那些巧合与谎言吧——

●

我们行礼如仪地举杯，接着拿起刀叉，对着盘中法式鸭胸卷饼开胃前菜装模作样地切划着。安全的话题，包括刚刚举行过的一〇一跨年烟火秀、我是否应该换用3G可上网手机，以及他是否应该把已出现地中海秃的头发干脆剪成时下渐成风尚的三分平头……都已点选打钩。政治的话题则都很有默契地刻意地避免。

虽然气氛如此小心翼翼，但对答时的语气，想必彼此都听得出其中的心不在焉。

无法让自己的思绪聚焦，我不知是否跟我已经很久没有沾酒了有关。同时，也很难不让自己分心，将眼前这个人的眉眼额唇开始进行与自己记忆的比对。二十岁的我被召唤到了桌前，对于五十岁的姚只有一种事不关己的淡漠。反倒是五十岁的我心神不宁地，脑里出现了一堆奇怪的假设。如果——想象还没真正启动，我就已感到羞惭了，像是心事已败露似的忙饮了一口红酒——如果两个中年半百的情人庆祝在一起三十周年，会不会也是这样无言的场景？或者是，两个半百的人如果才要开始约会，也会像此刻如此地别扭与做作吗？

不止一次在抬头听姚说话之时，我恍惚以为自己还在昨夜的梦里。眼前的人当真不是我的幻觉吗？

很想做的一件事，就是伸出手去确定一下。握住他的手，或是触碰一下他的脸颊，都好。这个人，在我三十岁以前用了太多的力气想要忘记，此时，却发现自己在记忆河岸上游下游来回奔跑，企图打捞残影余光。

我想，我不能再喝了。

●

"谁有了阿崇的消息，记得通知一下。"

"好，那就先这样……"

那年，挂电话前最后交换的叮咛我仍记得。没有预告任何的生离或死别，好像几天后我们就可能碰面那样的平淡与匆忙。

过去这些年，想要联络的念头总是不断浮现，就算是为了一个自私的理由吧。青春是如此短暂的东西，我的青春或许结束得比你们都更早。

有怀念，但更多的是遗憾。

自从大学毕业之后，对抗激愤与悲壮，几乎已取代了我其他所有的感觉。当时哪里会懂，我只是对于面对自己感到惧怕而已。

在我的眼里，你一直是那么安静稳重，你很早在音乐方面展露的才华更让我觉得你高高在上。当我发现其实你好像也有偷偷在注意我的时候，我说不出那是一种怎样的兴奋。如果不是因为你，让我在高一那段混乱的期间获得了一些被关心的期待，我很可能还要被当一次，被学校退学也说不一定。

你不了解。你根本不了解。

真爱会原谅所有人，除了没有爱的人。小锤，很多年前你曾经对我说过这句话，但是我始终不曾搞懂过。

没有谁生来便是无爱的。

不论是想去爱人，或是被爱的盼望，不都曾像一株小小的花苗？

每个人年轻时，不是都曾经努力地想要开成一朵花？

只是，谁又见过真爱？真爱岂有一定版本让人能预先指认："看啊！我的真爱正朝向我走来？"

总要等到事过境迁吧。

总是在以真爱为名伤痕累累之后吧。

而诗人所谓的原谅又是什么呢？

曾经梦想着，终将有一位头顶光环的盖世美男子来到我的生命里，面对形秽如残花的自己，他温柔抚触我已萎烂的珠蕾，并用一种性感磁性的嗓音，在亲吻过垂黄的花瓣后说道：不不，你一点也不悲丑，你我分明一样的美⋯⋯

但我的记忆中没有花，也没有原谅，只有三个不能相爱的人，无法成双，亦不能出柜。连同志都还不是，只能一直同学下去……

　　小锺，其实我都知道。

　　相信我，我都记得。

　　　　　　　　●

　　至于姚为什么也是魂不守舍，应该是跟被他放在桌角的那支苹果爱疯有关。我注意到他不时就用眼角余光偷瞄荧幕。当手机终于发出了以某出著名音乐剧插曲为铃声的来电显示，他立刻将它攫起，从位子上起身后立刻背对着我，开始压低嗓门通话。

　　只能怪这间包厢的隔音太好，没有一丝室外的杂音干扰。姚在电话上文意不明的断句宛如耳鸣，不想听到也难。（总编辑那边……？是价钱的问题……？）我小心地控制着自己呼吸的音量，生怕干扰了他与或许是某位政府要员之间的会议。若是以前，我的好奇心定会被点燃，竖起耳朵想要听得更仔细。（那又怎样？……所以呢？……除非我们……）

　　但今晚，我只希望有人陪我好好吃完一餐。

　　也许是最后的一餐。

　　想要自我了结的人，都是在多早以前就开始放弃进食的呢？

　　还是说要好好大吃一顿才是惯例？

　　——对不起，有点事要处理。

坐回了餐桌，姚的神色从心不在焉已经转为难掩的慌张。我的胡思乱想也因此被打断。要紧吗？也许你应该先去处理你的事情？我说。

本以为，在我故作体恤为他找了台阶后他会如释重负，又恢复我们入席前那种招牌式的应酬微笑，一面连声说着，真的很不好意思，我们再约，下次再约！那么我是否应该准备好在这时告知，不会有下次了？

出乎意料的是，在听到我的问话之后，整晚到此之前一直有意无意回避我眼神的他，竟欲言又止地，首次定神打量着我。

——换作是你……

姚轻咳了一声，结果下文就此打住，让那几个字听起来不像是假设，反倒像是某种结论。他到底想说什么？

这时服务人员再次推开门端进了今天的主菜。匆匆收回视线，低头看见搁在面前的精美瓷盘中央，正睡着一块小小的、与盘子尺寸不成比例的、周边呈现粉红与血丝的炭烤牛排。猛一看像极了一段人的舌头。

——对了，你那时候不是自己还成立音乐工作室，为什么后来就没有再发专辑了？姚趁机改变了话题。

——因为，那时候我……嗯，遇上唱片市场不景气。

——喔，那真是太可惜了。你写的那些歌我都很喜欢，尤其有一个女歌手，很像美国女歌星 K. D. Lang 的那个，叫什么名字？她那张专辑我要我女儿帮我灌到 iPod，有时候我还会听呢……

原来是这么回事。

那天当我听到他在电话上说,"这些年我都有在听你的歌",我还自作多情地以为,他指的是我的个人专辑、我的歌声。

握起手边的刀叉,接下来两人陷入了空寥,却又嫌被太多的过去挤进的静默里。餐具与瓷盘之间不时碰撞出让彼此都吃了一惊的问候。无意间,我们的眼神再度接触。

能看到你我真的很高兴,姚说。

对啊,真的很难得,我说。

●

我又怎么能够告诉你,刚才电话上那件让我心烦的事,某种程度上来说,其实也跟你有关?

身为政治人物被人恶意放话攻击是常有的事。但这回,直觉告诉我恐怕没那么容易全身而退。

幸好我们有约,小锤。等待对方回话的这段时间,我宁愿是跟你坐在这里。

过去这二十年来,很多事都尽量不再去回想。但只要一不小心想起，我就会被一股极深的懊悔所淹没。

　　就是两个礼拜前，有一天晚上我坐在计程车上，听到了一首伍佰好早以前的情歌。我当下愣住了，整个人几乎忘了身在何处。那首歌，大概是一九九六还是九七年的记忆了。两年以后，阿崇走了，你出柜了，而我也早已搅进了政坛这场浑水。我们也就是在那之后断了联络的。但是在我内心里我从来没有放弃过一个念头，我跟自己说这一切一定会改变的，好好打拼个十年，我们一定可以看到一个不同的人生。到时也许某个场合大家再相逢，不管当初的坚持是什么，选择的是什么，我们都完成了一些对自己的承诺。

　　可是那天晚上当我听到那首歌时，我第一个念头就是，我们都失败了。

　　改变发生了，可都不是我们原先所想象的样子。

　　人生已经没法再重来了。

　　你一定想知道我为什么会突然打电话给你。就是因为那个晚上这种失落的心情。我企图回溯，到底在人生的哪个岔路之后，这一切就开始距离自己的预设越来越远。

　　是你啊，小锺。

　　人生如果能重来，我想我会在十七岁那年，勇敢对你说出我很喜欢你。

　　也许是因为我的自卑，也许只是无知。也许你那时候根本没有那么在意我。你一直都是那么淡淡的，独来独往，让我摸不透你在想什么。

留下了一道隐约裂痕，随着生活中各种压力的拉扯，早已崩陷成峡谷，只能眼睁睁看着很多东西就一直不断掉落进了那个深黑的谷中。

多年来我就这么一直紧紧攀抓着断崖的边缘，不知什么时候自己就要掉下去了。

记得那年民歌大赛结束后，你的心情并未因获奖而兴高采烈，我因为父亲又再次入院得匆匆赶回台中，就这样错过了想和你深谈的机会。之后接到你的一通电话说想来散心，对你而言这不过是朋友之间再平常不过的拜访，但你可知当时我多么犹豫，最后还是不得不断然拒绝了你的要求。

你不会知道从小到大我多么以我的家庭为耻。

一个穷困的退役老兵娶了一个没念过书的山地女人，我出生的时候我爸都已经快六十了。从小到大，我的父母从没管过我，一个是年纪已经太大，一个是经常好几天不见，偷偷跑去高雄那种低下的酒店赚些外快，给自己买一堆我爸没有能力负担的时髦洋装与化妆品。

我还有一个哥哥。这个哥哥是母亲在嫁给我爸前跟另一个老兵生的，这种事在那个年代，在我生长的低阶层是很普遍的，你们这种正常家庭台北长大的小孩，也许很难想象这样的婚姻吧？

国小毕业那年，我又多了一个妹妹，一出生就发现有唐氏症，我爸一直说那不是他的种。我不知道老天爷究竟为什么跟我们这个家这么过不去。

三十岁之前的我，似乎也只有那个短暂的夏天，因为有你和阿崇在身边，曾让我暂时忘却了成长过程所留给我的阴影。有时候人活着就只是需要那一点点可以仰望的星光，即使在黑暗的大海上也就不会完全迷失了方向。

曾经，我希望你成为我可以取暖的光，听你唱歌，看你出唱片，然后有一天我可以对人家骄傲地说，嘿锺书元是我哥儿们——

那时候的你却始终不动声色，或者可以说刻意疏远，我只好又退回了自己无光的洞穴。我那时以为，你或许永远都不可能接受这样的感情，因为正常人家的小孩最后一定都还是会回到正常人的爱情。但是人生却总是充满了意想不到的反讽，谁会想得到，竟然是我这个野孩子最后乖乖地成了家？

毕竟人的一生中，能与"我到底是谁"这个问题切割的时间，是非常稀有且短促的。我不可能在你们面前永远隐藏，当人与人的关系开始变化，当意识到没处可躲的时候，我只能制造出另一个外衣把自己包覆。

记得高一放学后的那个黄昏，我曾跟你说过一个故事。

我说，某个深夜我在街头游荡结果上了某个男人的车。那个故事有部分是真,大多部分是假,是我给自己制造的第一件迷彩外衣。

小锺,你一定没注意,高一上体育课的时候我总会没事偷看你,我那时总想象着为什么我多的是一个残障的妹妹,而不是一个像你这样的弟弟?我的作业总是迟交,其实都是故意的,因为那样你就会很着急,忙着把你的作业笔记借给我抄。我为什么会被留级一年,不是我真的那么懒散或愚笨。

会从台中来考北联,都是因为我那个同母异父的哥哥。

他是一个很善良的人,我爸娶了他母亲,让当时生活已陷入绝境的他们母子有了安顿,对这件事他是心存感激的。我们差了七岁,从小真正关心我的人只有他。他读完五专就去了台北工作,每月按时寄钱,有空回家来都一定会带我去看电影,还有买一堆我喜欢的武侠小说。他那时总会说,你要用功,来考北部联招,哥会照顾你,你不用担心。

到了台北才知道他究竟在做什么工作。就是大家俗称的"马夫",专门送小姐去饭店应召,抽成之外还卖一些毒品。这还不是最让我震惊的部分。

半年后,台北开始出现了所谓的星期五牛郎店,他干脆自己也下了海。因为他长得很帅,很快有了包养他的女客,他的旧机车换成了轿车,我们也从小套房搬进了电梯大楼。只是,如果女客要来家里的时候,我就得在街上晃荡到深夜凌晨才可以回家。

有一天夜里,我回到我们住处的时候,发现他醉醺醺地倒在地上。我要扶他进房间,他却一把将我抱进他怀里,跟我说,阿峰,你长大了,我现在可以告诉你了,哥在做这个好辛苦,大家看我业绩好,以为我懂得吊客人胃口,其实是,我对她们没有胃口……我起初听不懂他在说什么,直到他把我压到地上开始吻我,一边在我耳边念着,阿峰,哥等你好多年了……

他说他会永远照顾我。他要我永远陪在他身边。

我并不恨他。那种感情外人是无法了解的。

这个世界上大多数人都在过着安全幸福的正常生活,他们从没有机会也没有意愿去了解,不属于他们世界的人会有什么样不同的感情需要。病态、堕落、下贱、无耻。他们只能以他们有限的生活经验订出标准,摆出自认高尚的姿态。

如果你问我感情是什么?我会说,每个人只能承受与付出,与他们社会条件相符的感情,并没有绝对。

我不是为自己找借口。在我的成长环境里,性这件事没有知识分子为它覆盖面纱,它就是赤裸裸的生命原始面貌。

我从不曾为自己也喜欢男性肉体而感到羞耻,因为我的人生中,还有更多远比这件事更让我难以启齿的不堪。

同时我也知道,与我哥之间的关系只会成为我想摆脱我们出身背景的最大障碍,这样下去我的人生必定迟早走上与他一样的路。决定要搬出去是件痛苦的决定,因为那意味着我不想成为跟他一样的人,没有人会再陪着他照顾他,他只能寂寞地在他的世界里继续漂浮。

他最后是吸毒过量猝死的。

既然搬了出去我就不能再回头，所以，我才给自己编了那个故事。某个体面帅哥用轿车把我载回家的故事。我用这个故事掩盖了这段关系所带给我的悲伤，忘掉了我自己的狠心。

小锤，你是唯一听过这个故事的人。

●

我开始祈祷姚的手机尽快再次响起，最好是十万火急地召他尽快赶往某个现场。看得出他的心思一直在另个遥远的地方。

随即想起了那片被我塞进口袋里的寄物牌。万一我的祈祷果真得到了回应，他必须火速离去，那么我又将如何处理那包越想越累赘的无用纪念？

——小锤，都没有想过要再做音乐吗？

姚仿佛偷窥到了我的思绪，突然有此一问。

——喔，不是想不想的问题，是……或许人生已经进入了另一个阶段，我不想再有什么压力。

——如果是资金上的问题……

——如果只是资金问题那还好解决，真正的问题是我……我，没有那个自信了。

这句话不知道勾起了姚的什么感触，他点点头，脸上浮现出一种沉思的表情。等到他又开口时,竟然提到了陈威的名字。

——有一天深夜,我一个人在乱转着电视频道,竟然看到那个家伙出现在某个回放的谈话性节目里。还记得那年你们都参加了同一场比赛——

我说我很少看电视。

——没看到也罢,看到了让人感觉有点悲伤。资深老艺人回忆当年秀场趣事是那天的主题。都一把年纪了,还是穿戴得一身大红大绿,而且动作举止跟个大娘没两样……他应该也是吧?

对于他的明知故问,我装作没有听见。

本想告诉姚,陈威的B十年前肝癌死了,那是我最后一次见到他。仍忘不了在葬礼上听陈威发过的誓,说他一个人也会好好活着,因为陪了他二十年的那个人,给了他足够可以走下去的动力……不打算在姚面前提起,是担心我可能无法克制自己想要反驳姚的冲动:凭什么说陈威那样看起来让人觉得悲伤?我可以想象在录影当天陈威喳喳呼呼,跟其他上节目的资深艺人们在化妆间又抱又嚷的模样。还能够被记得,一定让他格外珍惜每一次的录影。我不知道换作自己,是否能有像他那种重新抛头露面的勇气。

我其实是羡慕陈威的。

——我在看那个回放节目的时候,就想到了阿崇那时很生气,因为陈威被评审判犯规所以没有得到任何名次。看看陈威后来的表现,如果真给他得了名,不是很侮辱了那场民歌比赛？

我不会说阿崇错了。也许，我才是那个根本不该得到亚军的人。如果没得名的是我，我的人生或许会完全不同。但我相信，不管得不得名次，陈威依然还是陈威。

——所以，阿崇后来也从来没跟你联络？

我摇摇头。

——他为什么会这么做？跟过去彻底切断？当年搞运动时喊得最大声，没想到结果逃得最远……

还有酒吗？我问。

●

因为阿崇，我才开始接触到当时的党外运动。是他让我看到，政治将会是那个让我可以翻身的舞台。

对于那些年政治上的山雨欲来，阿崇其实比我更关心，总把打倒威权那些话挂在嘴上。听说他的父亲在外头还有两个细姨[1]，生了两个有朝一日将会跟他争遗产的弟弟。虽是本省籍，阿崇的父亲在蒋经国时代是被刻意拉拢的台籍企业家，所以阿崇一直认为他父亲是个没有骨气的人。只是阿崇缺乏一种政治嗅觉与沟通能力，就连读书会里的那些人只是表面上把他算成一分子他都看不出来。其实他们只是想借此对外宣称，某某大

---

1 太太以外的小妾，闽南语。

企业的儿子被他们吸收了,还有不断向他募款罢了。等我一步一步培养起了自己的实力,选上了代联会会长,他就只能成为我的小跟班。只是我从没有想到,有一天他也能伤我这么深。

我不相信你没有看出来,阿崇那时候很喜欢我。

跟你比起来,阿崇实在是太好掌握了。这么说也许有点自以为是,但是我所指的是当年,而不是后来的阿崇。

没有想过会跟阿崇在一起的。但是寂寞让人软弱。尤其那几年,当我常常一个人在听着你的专辑的时候。

我并没有责怪你的意思,小锤。你开始出唱片后,我暗自做了决定,或许我不该再出现去扰乱你的生活。

但是我没法让阿崇停止,在我们大学毕业后仍继续对我有期待。不管我去同志酒吧,或与别人发生一夜情,甚至后来我跟 Angela 交往,他都一概能忍下来。人毕竟是感情的动物,我也就渐渐习惯了有他在身边。我越往政治运动这条路上走,越知道除了短暂的肉体关系,我不可能跟另一个男人有什么稳定长期的发展。阿崇在那时是相对安全的陪伴,虽然他的个性总是那么冲动。Angela 去美国念书,我念完大五才毕业当兵,每次休假都只能去找他。有那么两三年,我们就好像是固定的伴侣,但是我们总可以跟旁人说我们是同学,我们一起去广场静坐,一起去砸鸡蛋,从来不会引来什么猜测。

但是阿崇要的不只这些。阿崇跟我们不同的是,他早已想好了他要的人生。他一直向往的是国外那种更公开更自由的同志生活。

Angela念完书回国,这回阿崇不想忍了,几度威胁我说他要跟她把话说清楚。我说你敢的话你就试试看,我会让他爸知道我俩的事,到时候他的弟弟们会继承家里的一切,而他会一无所有……我只是在吵架的时候用这话吓唬他而已,或许无意间让他开始警惕到这点,所以后来才会先下手为强。我是不是成了他潜逃海外的帮凶?我不知道。

吵归吵,但是碰到了彼此的身体却又是另一回事。看他那个样子,你一定想象不到,其实他在床上很厉害的。我承认这也是我的弱点,为什么还是会跟他纠缠不清,因为他在那方面一直比其他我所碰过的人更能满足我。这样说并不意味着我是个纯粹肉欲的人。当更深更长久的情感都不敢想的时候,所剩的不就是这个了?

我没想到最后是他把我给甩了。

分手的时候,他完全像变了一个人,变得尖酸而无情。他骂我是蕃仔,是吃软饭的。没错我承认,从大学时代开始我就没拒绝过他给我的经济支援。但是这么多年下来,我也给了他他想要的,不是吗?我没想到的是,跟我在一起,他仍没有放弃在等待一个更好的对象出现。一旦当他看到了那个可以带他前往他真正同志梦想生活的人,我对他而言就是一无所取、毫无价值了。

很讽刺,不是吗?

我被甩了以后竟然还掉了眼泪。

也许并不是为了失去他而哭,而是我知道有些东西我永远失去了。想寻找一个肉体灵魂都契合的伴的想法，在那时候就放弃了。我宁愿有一个家，一个正常的家可以让我安定下来，取代我的原生家庭，停止那种没有未来的感情所一再带来的惶恐与惆怅。

和 Angela 刚订婚的头几年，当然还是有些挣扎，没法一下全断得那么干净。之前有个开 gay bar 的家伙，算是多年的炮友吧。我那时主要时间在中部经营我的人脉，为了第一次参选"立委"在做准备，反正一周见一面，对方在台北根本也搞不清楚我的底细。他们开酒吧的，对于这种事或许也比较看得开，不会死缠烂打。我在订婚后断断续续还跟这个人有来往，他也没给我惹来什么麻烦。

直到有一次在做爱的时候，在昏暗的灯光下我看到了一个已有白发、眼袋暗沉的中年男人趴在我身上，我吓了一跳。

在那之前，我完全忘了年龄这回事。在我的美好幻想里，一直还是我们二十岁时的模样。就连到了今天，同志可以上街游行了，这已经不是禁忌了，但我们还是看不见老是什么，除了在公园里那些躲躲藏藏的欧吉桑。

为什么会提到陈威？因为他完全印证了我年轻时对于同志老后的最糟想象。仍然奇装异服，不知往脸上打了多少肉毒后那种与年龄不符的光滑皮肤，说起话来花枝乱颤，更糟的是，他已经完全失去了别人会怎么看他的自觉。

但我们都见过还在读官校时的他不是吗？那时候他在台上还是另一个样子，为什么老了之后变得这么惨不忍睹？到底是什么样的生活一点一滴改变了他？虽然我那个开酒吧的朋友那年才不过四十出头，但是在他身上我已经看到他的未来。他除了吧里的那些客人，几乎跟这个社会是脱节的，没有什么朋友，唯一最好的朋友竟然是个扮装秀艺人。他唯一的休闲活动就是上健身房，总说既然吃这行饭就得敬业，没有人要来 gay bar 看到一个有啤酒肚的酒保。然后有一天我看见他在镜子前对着自己的眼袋又拍又推的，问我是不是他也该去微整一下？我并不在乎他是酒保还是清道夫，但是要一个人的价值观与生命目标完全与他的职业切割是很少见的事。同样的，喜欢同性或异性真可以完全独立于社会资源与生存条件之外吗？他让我意识到同志想要白头到老有多么不切实际。这个世界到今天只走到了青春健美的男孩们高呼同志无罪，没有人可以告诉他们接下来该怎样面对老与丑、病与残。我们走在他们前面，理应留下一些可以称之为生命经验的东西，但是连我都自觉除了二十岁的心动三十岁的心痛之外我什么都没有，四十岁的我跟那些孩子们一样幼稚无知。

我也只不过是个凡夫俗众，没有那个大智慧去悟出怎样才能超脱既有的人类经验，认识真正的自己到底是什么样子。

真有自我这种东西吗？难道不就是从现有的分类中，找出不同的身份名牌换穿混搭而已？

平等的标准又是什么？跟谁平起平坐就算公平了吗？从外省老兵之子换成了原住民，从党外进入了"国会"，从同性恋变成了异性恋家庭里的人夫人父，谁又在乎我真正是谁，若是每个角色我都能演得有模有样的话？——

●

　　那间屋子里的游魂，虽然无声，但他仿佛仍听见了他们渴求被释放的呼喊。
　　甚至，那些呼喊的声音中，还包括了他自己。
　　垂着头坐在警局里，他想起了昨晚接下来发生的事情，并接受了它们只能一辈子藏在他心里不足为外人道的这个结局。
　　原来梦也可能是一个存在于现实里的空间。
　　一个曾有太多人把感情与希望投射其中的地方，就会成为梦的入口。同时，那些痴昧与消磨，那些无法重来，亦没有答案的心痛，便成了入梦的密码。
　　每个人可能都曾无意间闯入了某人的梦中，成为了别人梦里的角色而不自知。而且不只有活着的人，会在不知情的状况下走进了梦的入口。
　　还有那些死去的人。
　　死去的人不会再做梦了，所以更加不愿意离开，这些有梦的地方。
　　一团飘浮的光影，如同雷射投照在烟雾中。
　　经过了七天的捉迷藏，竟然就是对方现身的时刻了。
　　整整晃荡了一年，我已没有任何留恋了，汤哥说。
　　明天，是我一周年的忌日。等天一亮，我将会永远离开。

否则，我也会跟眼前这些老鬼一样，哪里也去不了，再也无法转世……

如光丝缕缕游动的灵魂终于凝聚，总算固形于一身白色西装礼服之下。那模样与神采，一点不像即将远行去投胎，更像是婚礼中的男主角，边说边朝着吧台前那一排面无表情的游魂扬臂一挥，如同介绍他的伴郎阵容般。

这些年他们夜夜来这儿守着，也真多亏了他们。你知道每天晚上门外还有多少孤魂野鬼想要混进来吗？

那些个鬼东西不是嗑药嗑死的，就是被人谋杀到处找人报复寻仇，一个个嘴歪眼斜的鬼相吓死人。

好在有这批痴心的老鬼在挡着门。不过，这也非长久之计——你懂我的意思吗？

只有你这个意外的闯入者，可以让这一切改变。

这些老鬼，他们现在能指望的也只有你了。

汤哥说着便抬手指了指那个坐在吧台最尾端，头上伤口一直在流血的男生。

一九八八年吧那时候——记得这家店刚开没多久，他年轻，我们也都年轻。某天晚上，他的 B 劈腿跟别人在这里被他抓到了。

也许不应该说被抓到，因为，如果只是偷吃就根本不会来这里了。其实更像是摆明了已经移情别恋，不是吗？可是怎么就这么傻，咽不下这口气，当天晚上他就跑到中山北路的一栋大楼顶楼往下一跳——

我不知道为什么，竟然一直记得最后那天晚上，他在这里唱那首林慧萍的《一生只爱一回的故事》，边唱还边哭的模样。

一生只爱一回的故事，我想早已不能感动你，宿命论的爱情，毕竟是不合实际……没有听过这首歌吗？那时候很红的。

还有那个胖得还满可爱的大叔，人不可貌相喔。

当时店里对他有好感的人还不少，可是他那个 B，我们都爱背后笑他花痴，不知道胖叔喜欢上他哪一点，对他的 B 总是好脾气地百般包容。没想到，七八年前才刚一退休，他就发现得了癌症，半年不到人就走了。

他的 B 后来还是常回来店里喝酒，肯定会寂寞吧？在一起十几年就这样没了，你教他怎么办？有些客人见他看起来一点也不难过，为胖叔觉得不值。难过原来还要做给别人看？还是说，gay 也应该开始宣扬守寡美德，等着人家帮他未来立个贞节牌坊？

胖叔死后会挂念也是自然。他那个 B 后来就一直单身，遇不到人，越喝越凶，这两年糖尿病高血压全来了……妈呀，这一说我才想起他的岁数，也快六十了呢！时间过得真是快。

看着这一切，不要说胖叔生前总是笑眯眯的表情消失了，连我也笑不出来。

跳楼的那个，你猜他来这儿是为啥？不为别的，原来是想等着听，有没有人会点唱《一生只爱一回的故事》。这么老的歌了，大概只有在这里还有人记得怎么唱吧？只要听到了那首歌，他就会露出很难过的表情，但还是夜夜跑来，等着再听一遍……

烧炭自杀的，爱滋病过世的，还有被逼成婚，洞房之夜跑来店里偷偷一瓶安眠药混了整瓶威士忌吞下的，更有落单回家，在巷口被流氓洗劫又乱棍重伤致死的……好几回汤哥说着，自己都失了神，半天才想起刚刚说到了哪儿。

不过，他们可不是从一开始就像现在这样，不说话也没表情。

我刚死的时候，那边那个平头的大哥，我们都叫他周董的，还可以跟我聊上几句。他死了也快五年了，我这一年就眼看着他越来越虚弱，现在也差不多成了半个植物人似的。那是因为——唉，早该投胎去的，偏偏又记挂着生前这些未了的人事不肯走，在这里待太久，把自己最后那一点魂魄都耗干了——所以说，老七的事我能不管吗？你看看他，连做梦都放不下！等他死了，我看也是这德性，夜夜来店里报到，一个人调酒，自说自笑，和这群老鬼继续耗到天荒地老。

只要这地方还在，不管换了什么人经营，改成什么店名，结果都是一样的。

这群老鬼陷在这里出不来，老七也只能跟着他们一起不能超生。

送我们上路吧，该是结束的时候了。

起初听到最后这一句，他还没会过意是什么意思，直到汤哥叫他去备冥纸。
　　阿龙脑中立刻闪过的念头便是冲进吧台想把老七拉走，没想到，明明站在那里的一个人形，等他一伸手却成了握不着也抓不住的一团光雾。扯起嗓门一声又一声地嗥，从老板大哥喊到 Andy，又从老七吼到林国雄，但是对方与他之间像隔着一道隔音玻璃，丝毫不为所动。阿龙慌了手脚，开始将酒瓶一只只全砸碎在地，但老七依然对这一切毫无反应。
　　放弃吧，我们是要去一个更好的地方，你应该为我们高兴。

　　你要他留下，难道你能保证，会陪他到最后？

●

　　没想到电梯竟然不能通往这座巨塔的最顶层。
　　是因为早已预见，这个城市里有太多像我这样的人会幻想要飞翔吗？
　　电梯不停地被不同楼层的人召唤，上楼下楼，下楼又上楼，滑门忙碌地反复开开又关关，我却把自己刻意遗留在电梯里。不必决定前往任何楼层，也许干脆永远留在原地，看着不同的脸孔进出，从相遇到分道扬镳就只有这短暂的十余秒钟，未尝不是一种自在的人生态度。

想去哪个楼层最后一定都去得了吗？总会误上了没看清楚是要上楼还是下楼的班次，或是在你的楼层，电梯门打开时永远都是满载。或是搭上了一班层层的灯钮都被按亮的电梯，延宕又延宕……

当姚终于告诉我，连续几通的来电究竟是关于何事，我没料到自己会当场笑出了声来。我真的不是故意的。只见他脸上刷地变得毫无血色，这样的姚从前没有见过，相信也会是我这辈子的最后一次了。

好笑吗？

被他这样质问，我仿佛又看到了很久很久以前的那个留级生，总是带着不耐烦的防卫式表情。被班导训斥完后回到座位时，他也会这样瞟我一眼，像是向我挑衅似的：好笑吗？曾经就是他那种让人猜不透的强作冷静，让我心底的某处起了骚动。他这样的表情没有改变，改变的是我。从自己失态的发笑声中，我同时听到幻灭与破碎。

我以为，在政坛打滚这么多年，姚对自己的同志案底随时有可能被爆早就做好了准备。从他的激烈反应，好像这纯粹只是政敌企图打击他的一项阴谋，他只是一个无辜的受害者。难道他以为，这些年来从没有人曾猜测过？不曾有人看得出来？甚至没有人会记得？

本想告诉他，打死不认就对了。媒体对这个消息的兴趣不会超过三天。陈威在三十年前就传授过我这个心法。但是我却不想费这个力气说出让他宽心的答案。在我心里蜷藏了这么多年的毒蛇终于昂头吐信了。无法否认，从他的失措与软弱中，我今晚的抑郁得到了意想不到的释放。

从这一刻杂志已经落版送场，到明晚将会出现在所有的便利超商，我可以想象，这将会是他这一生除了竞选开票外最难熬的二十四小时。但是我又有什么资格给他任何忠告和建议？再怎么说，他都是比我更懂得现实游戏规则的那个人。

会是谁？他重复问着自己同样的问题。到底会是谁爆的料？当他那双因酒精加上急躁而出现血丝的眼睛朝我这儿看过来的时候，我不知道为什么，有那么一秒钟，仿佛觉得自己也是阴谋共犯。

难道不是吗？我们集体打造了一个梦，却在它即将爆破前各自逃离纷飞，谁也没有为谁留下过任何警示。

往往，那个最不安全的人，结果都是你以为最安全的，我说。

这是我仅能分享的同病相怜了。

本以为他随时可能暴跳起来，没想到他只是继续沉默地坐在那里。几分钟过去了，才像是突然惊醒，拿起了桌上的酒瓶，把两只空杯又再度注满。他维持着那个握瓶的姿势，直到瓶底彻底干涸才终于放下。

我现在突然想做一件事，他说。

我疲倦地抬起眼。

如果手边有一把吉他的话，我可以帮你伴奏，再听你唱一次那首 *I'm Easy*……

他是什么时候练会那首曲子的？微愕的我不禁想念起两天前才被我连同手抄乐谱一并丢弃的那把吉他。原本它可以有着完全不同的命运，不是躺在垃圾场，而是伴我坐在五星级的饭店里。如果我可以预知，今晚竟会以姚的点歌作为收场的话。

我说，那不然就清唱好了。

但是显然我高估了自己已经荒废了快十年的嗓子。才唱到副歌，我就破音了。

电梯停在了二十楼。

门一打开，我和正要进电梯的那人匆忙交换了一个微笑。是那个稍早前在电梯里遇见的年轻人。

他按了一楼大厅的灯钮。

我才发现自己走出餐厅时连外套都没穿。那件破外套，还有那盒录音带，都还存放在餐厅寄物的柜台。

●

"是预谋还是临时起意？"

正是那天从皮夹里抽出照片的同一位警察。此刻他手上拿着布满折痕的杂志撕页，在他的眼前晃了几下：

"我们从你身上搜到了这个！特别把这则新闻撕下来带在身上，有什么目的？你跟这个姚瑞峰立委认识吗？上礼拜我们问你的时候你说没见过这个人，你为什么要隐瞒？"

被激怒的阿龙一时忘了自己被铐住无法活动，明知挣扎无效，却还是本能地像只困兽般，一面用力转扭着手腕，一面从鼻孔狠狠喷出了几口气。

他是什么时候把那几页报导装在身上的？

小闵来病房那是几天前的事了？昨天？还是前天？

恍惚记得，小闵离开后，自己一路沉浸在混乱的思绪中，没有发觉自己从病房大楼晃到了地下街的贩卖部。当时不能回去住处，因为以为小闵一定正在梳妆准备出门，只好打算买个微波加热的便当果腹，然后直接去上工。

他想起来了。

站在队伍中排队结账时，目光曾无聊地浏览过置于柜台附近的杂志书报区。上周神气活现跑来 MELODY 问东问西的女记者，她说她是哪家杂志的？不经意便多瞄了两眼，没想到杂志的封面人物竟让他觉得十分眼熟。

入阁大黑马一夕翻黑同志情踢爆美满婚姻拢是假

耸动的标题，配上的是焦点人物在立院问政时一帧横眉竖目的照片。封面上那个人多了年岁，发量也显得稀疏了些，不仔细瞧还真认不出，就是与老板合照中的同一人。

如果他事先帮老板收起了皮夹的话？

到那一刻他才发现，这个有头有脸的家伙，他的命运曾有一刻是握在他这个小人物手中的。

撕下了杂志中相关报导的那几页，折起来塞进夹克，破毁的册页便随手丢进了垃圾筒。他推开走廊上的逃生门，大步走进了室外的冷空气中。在暮色将至、人烟稀少的冬日庭园里他来回踱步，胸口窒闷灼热的感觉却依然不退。

　　MELODY 已经曝光了，怕以后也没人敢上门了。尤其是店里的客人都是中年以上，谁没有一些过去或一些好不容易建立起的地位身份？

　　天南地北的两个人，这段关系又是怎么开始的？

　　也许一开始，都只是涉世未深的年轻人，在那个封闭的年代，只要有对象可爱就好，只要尝一口爱的滋味就好，不管背景不看学历，没去想过这样的相爱日后有多艰难……如果发生在今日，就会变得比较容易了吗？

　　还是说，这样的相爱根本就不会发生了？

　　越是可以公开追求的年代，越是可以不必再容忍不相称的条件。伴侣一旦上了台面，就有了门当户对的比较之心，人的虚荣心就找到了舞台。小闵不让他曝光，现在他才懂了，其实是怕坏了她更好的机会。而他选择小闵不也是如此？难道不是因为不想让人觉得，他是一个宁舍美女而偏去爱欧吉桑的怪胎？从来没想过，也许 Tony 自杀不光是因为同志这个身份曝光而已。因为当年人妖的说法仍普遍，会不会那时他有一个没有曝光的情人从不知他在做变装秀，因为这个原因要跟他分手？Tony 是因为情伤才想不开？会不会这么多年来都错怪了 Tony 的家人？……

　　渐渐地酒精退去，他恢复了理智，知道这时候情绪万一失控，只会让事情变得更糟。按捺住差点要爆发的火气，他尽可能用他最和缓的语调，掩饰了此时让他最焦虑的疑问。他把目光转向了同样是从他夹克里被搜走的，如今搁在警察办公桌上的那支手机。

"两位大哥，我一定会好好回答你们每一个问题，只不过在这之前，能不能请你们帮个忙——"

"检察官等下就上班了，有什么事等他来了再说！"

"不是的——这件是跟我有没有纵火没有关系——"

现在真正需要被拯救的不是自己，是还躺在医院里的那个人。他克制住内心又一阵的翻腾，几乎是低声下气地："求求你们，能不能跟医院打个电话，我想知道。病人林国雄他……**他醒过来了没有**？……"

本以为他的请求会被断然拒绝，不料那两位员警互看了一眼后，其中一位便转身走向了办公桌，拿起了电话听筒。

这让阿龙的一颗心陡然悬升，他才发现原以为已做好的心理准备，不过是黑夜里擦亮火柴所恃的一点微亮，随时会被黑暗吞噬。

●

电梯下降中，一路上都只有两位乘客。我把脸别向侧里，因为嗅到对方的一身酒气，同时感觉到他似乎正在不怀好意地上下打量我。

请问——

经过十楼的时候，那男孩子终于开口了：你是不是以前出过唱片？

我也许高估了姚在同一个晚上所能够承受的震惊指数。

当我告诉他，我不再做音乐的真正理由是因为我的病情时，一直想要维持某种程度冷静的他，终于掩面发出了啜泣。

我迟疑地转过脸，注视着男孩因为微醺而带了点傻笑的脸庞，缓缓点了点头，承认自己曾经也是个音乐人。

喔我就知道！我就觉得你很面熟！我妈妈很喜欢你せ！我有印象我很小的时候，她一边在烫衣服一边就在放着你的歌——

姚问我，为什么从来没让他知道？

我反问：现在你知道了，有让你感觉比较好过吗？

我等一下要打电话给我妈，她一定想不到我会碰上了她少女时代的偶像！

当我转身打开餐厅包厢的拉门，姚并没挽留。我想，或许我们各自都还有太多的事得要处理。

竟然就跟着那男孩回到了一楼的大厅。一出电梯他就掏出了手机，打算与我合照上传。我挡住对方的手机镜头，告诉他我不想拍照。

我只是想给我妈一个 surprise 当纪念而已啦！

这个，你拿着。

我从口袋里掏出了那个寄物的小金属牌，放进了男孩的手心。

有一个盒子，那里面的东西，我相信会比一张照片更让令堂惊喜——如果，她真的曾经是我的粉丝的话。

就这样，金属牌的微凉触感立刻已成了过去。

就这样，那盒里的东西再与我没有关系了。

男孩开心地握着那牌子，按照我给的楼层指示又走进了电梯。当电梯门再度阖起的一瞬，我毅然地转过身朝着大门的方向迈去。与几个小时前走进此地时的迷乱畏怯相比，这一刻的我多了一种迫不及待，就像是，从今以后生命中再没有什么牵绊与阻挡。

有件事似乎已被我遗忘很久了。

那就是，眼泪原来这么沉重，而记忆原来也可以这么轻。

●

阿龙感觉自己的肩膀被人摇了一下。

陷入无解自问的他没注意到，帮他拨电话给医院的那位员警已经挂上了听筒，不知何时悄悄地站在了他的身边。阿龙失神地抬起头。

"你到底跟林国雄什么关系？……"

什么？ 阿龙目光涣散地，还无法从记忆中抽身。

"凌晨的时候林国雄突然出现心脏衰竭。刚刚护士长告诉我，一切发生得很快，本来病人的状态都很稳定的，他们对病人做了急救还是无效——"

"你为什么会要求我们打电话给医院？"

"王铭龙，站起来。"

"虽然这消息很不幸，但我们仍要依法行事。"

两个员警像是按照写好的相声台词，一搭一和说得有板有眼。

"这一连串发生的事情，都不可能是单纯的巧合。"

"你从一开始就跟我们说谎。看你哭成这个样子，还说你跟林国雄没有关系——？"

"是'那种的'关系吗？"

"你们两个是有感情还是财务纠纷吗？"

"你们是不是联手想要勒索立委，所以才会把照片寄给了周刊，然后又因分赃起了冲突？林国雄脑中风之前，你们是不是发生过殴打？"

"我们得把你移交地检署。"

阿龙吃惊地张着嘴，却一句话也说不出来。

把他留下来？你真的认为你可以照顾一个也许永远半身不遂的人？汤哥说。

还是让他跟我走？

现在也只有你能帮我们解除这个结界了。

快去拿歌本还有遥控器。很简单的，但偏偏死人就是没办法做这件事。还有冥纸跟火炉。你找到它们放在哪儿了吗？

你一定得帮帮他们，也是帮助老七和你自己。

你忍心看这些痴心人永远落进了不能转世的无间地狱吗？——

我走进过你的梦里。我企图将你带出你的梦境。
原本还在期待，等老七醒来的那日，他将以这样的开场向他表白。

（难道是因为知道，一旦醒来也就是 MELODY 的结束之日，所以你才不肯醒来？）

月黯云沉。
一夜无眠的他，原本握紧的双拳渐渐也因疲困而松垂。此刻他只想要好好躺下，但某个念头却又在瞌睡如涨潮来袭的前一秒，猛地把他拉上了岸。
他知道自己在害怕什么。
怕的是阖上眼后他会悲伤地发现，从今而后，自己真的不再有梦了。
所有的切切纷纷嘈嘈都在火影缠扭中化成灰了。
要毁掉一个梦的悔痛，与把梦留住的煎熬，哪一个才会是生前老七的选择？
还是因为同样都是苦，所以才选择了随汤哥而去？

（一直以为是眼前的这两个警察串通了媒体。难道向杂志爆料的,是你?)

　　被催眠的心只需要一个指令就能破除,让梦里的人惊醒发现,这一切只不过是梦,汤哥说。
　　你看,他们果然都醒过来了。
　　你从前都没听说过吗?这首歌是酒吧这一行的禁忌,除非要结束营业,不可以随便播的。这个法子果然奏效了。
　　下辈子?
　　我没想过这个问题。不过我碰过一个生前做乩童的鬼,他说我们的上辈子都是还没成年就夭折了,所以没有男女之间的冤与债。你觉得呢?
　　嗯,干脆下辈子还是当 gay 好了。
　　我要一世一世轮回下去,看看要到哪一世我们才可以终于不必再受苦。一定要过过那样的人生才甘心啦,你说是不是?
　　踩不完恼人舞步,喝不尽醉人醇酒……这是三步华尔兹哩!陪哥哥跳完这支舞,就算是道别吧……
　　怎么? Tony 没教过你吗?

　　阿龙闭起了眼,燃烧的纸钱轰然就窜成通顶火苗的那瞬间,又回到了他的脑海。他永远忘不了屋里那些游魂望着蔓烧的火势,惊怕地瞪眼呼喊却发不出声音的景象。他们颤抖着,开始彼此紧紧拥抱在一起,往角落的位置步步退缩,终于全挤在曾经是老七昏迷倒卧的甬道。无路可退了,反倒让他们慢慢地平静了下来。火光映红了他们苍白的面庞，在他们原本空洞的目光中也有了类似焦点死而复活的小小火苗跳跃。老七垂着臂立在原地，仰起脸望着朝屋顶舔舐的火舌。那个画面，不知为何，让阿龙有那么一刹那想起了杰克与豆蔓的童话故事。那个仰望的姿势，猛然一瞧会以为是个小男孩在等待着什么。也许他那一刻正在想的是，攀登不断抽长延伸的焰苗是不是就会再次遇到那个孤独的巨人？还是说他确定最后会有巨人穿破屋顶从云端跌落？在魔蔓顶端那个世界里曾经发生过的事，从此将会是他和巨人之间的秘密，永远只有他们自己才会知道……

还来不及追问汤哥那 Tony 现在好不好？便已听见消防车呜咿呜咿扯起了催命似的警笛。

记忆中，那刺耳嘶嚎从四面八方的巷弄里冲奔窜出，就像是一群噬梦的兽正狺狺龇牙，扑向了从那片火光中纷纷惊逃出的魂影。

——全书完

仿佛在痴昧／魑魅的城邦

王德威

> 我需要爱情故事——这不过是我求生的本能，无须逃脱。[1]

郭强生是台湾中坚代的重要小说家，最近几年因为同志议题小说《夜行之子》（二〇一〇）《惑乡之人》（二〇一二）以及散文专栏而广受好评。即将推出的《断代》代表他创作的又一重要突破。在这些作品里，郭强生状写同志世界的痴嗔贪怨、探勘情欲版图的曲折诡谲；行有余力，他更将禁色之恋延伸到历史国族层面，作为隐喻，也作为生命最为尖锐的见证。郭强生喜欢说故事。他的叙事线索绵密，充满剧场风格的冲突与巧合，甚至带有推理意味。然而他的故事内容总是阴郁浓丽的，千回百转，充满幽幽鬼气。这些特征在新作《断代》里达到一个临界点。

郭强生的写作起步很早，一九八七年就出版了第一本小说集《作伴》。这本小说集收有他高中到大学的创作，不乏习作

---

[1]《夜行之子》（台北：联合文学，二〇一〇），页九三。——原注

痕迹，但笔下透露的青春气息令人感动。之后《掏出你的手帕》《伤心时不要跳舞》题材扩大，基本仍属于都会爱情风格。九〇年代中郭强生赴美深造戏剧，学成归来后在剧场方面打开知名度。他虽未曾离开文学圈，但一直要到《夜行之子》才算正式重新以小说家身份亮相。

《夜行之子》是郭强生睽违创作十三年后的结集，由十三篇短篇组成。故事从纽约华洋杂处的同志世界开始，时间点则是九一一世贸中心大楼爆炸的前夕。这个世界上演轰趴、嗑药、扮装，还有无止无休的情欲争逐。但索多玛的狂欢驱散不了人人心中的抑郁浮躁，不祥之感由一个台湾留学生的失踪展开，蔓延到其他故事。这些故事若断若续，场景则由纽约转回台北的七条通、二二八公园。郭强生笔下的"夜行之子"在黑暗的渊薮里放纵他们的欲望，舔舐他们的伤痕。青春即逝的焦虑、所遇非人的悲哀，无不摧折人心。他们渴望爱情，但他们的爱情见不得天日。就像鬼魅一般，他们寻寻觅觅，无所依归。

《惑乡之人》是郭强生第一部长篇小说。借由一位"湾生"日籍导演在七〇年代重回台湾拍片的线索，郭强生铺陈出一则从殖民到后殖民时期的故事。时间从一九四一年延续到二〇〇七年，人物则包括"湾生"的日本人、大陆父亲、原住民母亲的外省第二代，再到美籍日裔"二世"。他们属于不同的时代背景；但都深受国族身份认同的困扰。他们不是原乡人，而是"惑"乡人。

而在身份不断变幻的过程里，郭强生更大胆以同志情欲凸显殖民、世代、血缘的错位关系。对他而言，只有同性之间那种相濡以沫的欲望或禁忌，才真正直捣殖民与被殖民者之间相互拟仿（mimicry）[1]的情意结。谁是施虐者，谁是受虐者，耐人寻味。《惑乡之人》也是一部具有鬼魅色彩的小说。真实与灵异此消彼长，与小说里电影作为一种魅幻的媒介互为表里。

至此，我们不难看出郭强生经营同志题材的野心。他一方面呈现当代、跨国同志众生相，一方面从历史的纵深里，发掘湮没深处的记忆。当年以《作伴》《伤心时不要跳舞》知名的青年作家尽管异性爱情写起来得心应手，但下笔似乎难逃啼笑因缘的公式。阅读《夜行之子》《惑乡之人》这样的小说，我们陡然感觉作家现在有了年纪，有了忏情的冲动。他的故事夸张艳异之余，每每流露无可奈何的凄凉。他不仅诉说炽热的爱情，更冷眼看待爱情的苦果。荒谬与虚无弥漫在他的字里行间。隐隐之间，我们感觉这是"伤心"之人的故事，仿佛一切的一切不足为外人道矣。

*

也许正是这样"伤心"的著书情怀，促使郭强生短短几年又写出另一本长篇小说《断代》吧。不论就风格、人物，以及

---

[1] "拟仿"（mimicry）当然出自霍米·巴巴（Homi Bhabha）后殖民论述的批判词汇。——原注

情节安排而言,《断代》都更上一层楼。《夜行之子》尽管已经打造了他同志三书阴郁的基调,毕竟是片段组合,难以刻画人物内心转折深度。《惑乡之人》虽有庞大的历史向度,而且获得大奖(金鼎奖)的肯定,却过于铺陈主题和线索,寓言性大过一切。在《断代》里,郭强生选择有所不为。他仍然要诉说一则——不,三则——动听的故事,但选择聚焦在特定人物上。他也不再汲汲于《惑乡之人》式的历史叙事,但对时间、生命流逝的省思,反而更胜以往。

《断代》的主人翁小锺曾是名民歌手,转任音乐制作人。小锺也是爱滋病阳性带原者。早在高中时期,小锺在懵懂的情况下被同学姚诱惑了。小锺暗恋姚,后者却难以捉摸,而且男女通吃。多年以后两人重逢,一切不堪回首。有病在身的小锺万念俱灰,而姚婚姻幸福,而且贵为"国会"要员。但事实果真如此么?

与此同时,台北七条通里一个破落的同志酒吧发生异象。老板老七突然中风,酒吧里人鬼交杂。小说另外介绍超商收银员阿龙的故事。阿龙爱恋风尘女子小闵,但是对同志酒吧的风风雨雨保持兴趣,阴错阳差地卷入老七中风的意外里……

如果读者觉得这三条线索已经十分复杂,这还是故事的梗概而已。各个线索又延伸出副线索,其中人物相互交错,形成一个信不信由你的情节网络,环环相扣,颇有推理小说的趣味。郭强生喜欢说故事,由此可见一斑。识者或要认为郭的故事似乎太过传奇,但我们不妨从另一个方向思考。用郭强生的话来说,"我需要爱情故事——这不过是我求生的本能,无须逃脱。"

> 恋一个人的折磨不是来自得不到,而是因为说不出,不断自语,害怕两人之间不再有故事。符号大师把爱情变成了语意,语意变成了文本,又将文本转成了系统,只因终有一个说不出的故事而已。
> ——《夜行之子》[1],页九二

爱情何以必须以故事般的方式演绎？就他的作品看来,有一种爱情如此"一言难尽",以致只能以最迂回的方式说出。或者说爱情力量如此神秘,不正如故事般地难以置信？或更存在主义式的,不论多么惊天动地的爱情,一旦说出口,也不过就是故事,或"故"事罢了。

在《断代》里,郭强生俨然有意将他的故事更加自我化。尽管表面情节繁复,他最终要处理的是笔下人物如何面对自己的过去——甚或是前世。小说的标题《断代》顾名思义,已经点出时间的"惘惘的威胁"。以第一人称出现的小锺俨然是叙事者的分身。小锺自知来日无多,回顾前半生跌跌撞撞的冒险,只有满目疮痍的喟叹——一切都要过去了。检索往事,他理解高中那年一场羞辱的性邂逅,竟是此生最刻骨铭心的爱

---

[1] 郭强生:《夜行之子》,初版,台北,联合文学,2010。

的启蒙。剪不断,理还乱的爱欲是痛苦和迷惘的根源,也是叙事的起点。

但小说真正的关键人物是姚。相对于小锺,姚周旋在同性与异性世界、执政党与反对党,还有上流与底层社会间,是个谜样的人物。他一样难以告别过去,也以最激烈甚至扭曲的方式找寻和解之道。姚是强势的,但在欲望深处,他却有难言之"瘾"。小说最后,故事急转直下,姚竟然和所有线索都沾上瓜葛。如果时光倒流,小锺与姚未必不能成为伴侣。然而俱往矣。小锺和姚不仅分道扬镳,也就要人鬼殊途。

就此我们回到郭强生一九八七年的《作伴》,那青年作家初试啼声之作。故事中的主人翁无不带有阿多尼斯(Adonis)美少年的双性丰采,而当时的少年果然不识愁滋味。一切的罗曼蒂克不过是有情的呢喃。然而就着二〇一五年的《断代》往回看,我们有了后见之明。原来《作伴》那样清丽的文字是日后悲伤叙事的前奏,而那些美少年注定要在情场打滚,成为难以超生的孤魂野鬼。回首三十年来的创作之路,有如前世与今生的碰撞,难怪郭强生觉得不胜沧桑了。

*

现代中国文学对同志题材的描写可以追溯到五四时代。叶鼎洛(一八九七——一九五八)的《男友》(一九二七)写一个男教员和男学生之间的暧昧情愫,既真切又感伤。庐隐

（一八九八——九三四）的《海滨故人》（一九二五）则写大学女生相濡以沫的感情以及必然的失落，淡淡点出同性友谊的惆然。以今天的角度而言，这些作品游走情爱想象的边缘，只是点到为止。主流论述对同志关系的描述，基本不脱道德窠臼。重要的例子包括老舍（一八九九——九六六）的《兔》（一九四三）和姜贵的《重阳》（一九六〇）等。后者将一九二〇年代国共两党合作投射到同性恋爱的关系里，熔情欲与政治于一炉，在现代中国小说独树一帜。

但论当代同志小说的突破，我们不得不归功白先勇。从六七〇年代《台北人》系列的《那满天亮晶晶的星星》、《纽约客》系列的《火岛之行》等，白先勇写出一个时代躁动不安的欲望，以及这种欲望的伦理、政治坐标。一九八三年《孽子》出版是同志文学的里程碑，也预示九〇年代同志文学异军突起。

在这样的脉络下，我们如何看待郭强生的作品？如果并列《孽子》和郭的同志三书，我们不难发现世代之间的异同。《孽子》处理同志圈的聚散离合，仍然难以摆脱家国伦理的分野。相形之下，郭强生的同志关系则像水银般的流淌，他的人物渗入社会各阶层，以各种身份进行多重人生。两位作家都描写疏离、放逐、不伦，以及无可逃避的罪孽感，但是白先勇慈悲得太多。他总能想象某种（未必见容主流的）伦理的力量，作为笔下孽子们出走与回归的辐辏点。郭强生的夜行之子不愿或不能找寻安顿的方式。在世纪末与世纪初的喧哗里，他们貌似有了更多的自为的空间，却也同时暴露更深的孤独与悲哀——

夜晚降临，族人聚于穴居洞前，大家交换了踌躇的眼神。手中的火把与四面的黑暗洪荒相较，那点光幅何其微弱。没有数据参考，只能凭感受臆断。改变会不会更好，永远是未知的冒险。

有人留下，有人上路。流散迁徙，各自于不同的落脚处形成新的部落，跳起不同的舞，祭拜起各自的神。

有人决定出柜，有人决定不出柜；有人不出柜却也平稳过完大半生，有人出柜后却伤痕累累。无法面对被指指点点宁愿娶妻生子的人不少。宁愿一次又一次爱得赴汤蹈火也无法忍受形只影单的人更多。所有的决定，到头来并非真正选择了哪一种幸福，而更像是，选择究竟宁愿受哪一种苦……

——《断代》，页九十二、页九十三

郭强生的写作其实更让我们想到九〇年代两部重要作品，朱天文的《荒人手记》（一九九四）以及邱妙津的《蒙马特遗书》（一九九七）。两作都以自我告白形式，演绎同志世界的他（她）／我关系。《荒人手记》思索色欲形上与形下的消长互动，《蒙马特遗书》则自剖情之为物最诱人也凶险的可能。两部作品在辩证情欲和书写的逻辑上有极大不同。《荒人手记》叩问书写作为救赎的可能，"我写故我在"的可能。《蒙马特遗书》则是不折不扣死亡书简，因为作者以自身的陨灭来完成文字的铭刻。两部作品都有相当自觉的表演性。前者以女作家"变装"

为男同志的书写，演绎性别角色的流动性；后者则将书写酝酿成为一桩（真实）死亡事件。

如上所述，郭强生的作品充满表演性，也借这一表演性通向他的伦理关怀。但他在意的不是朱天文式的文学形上剧场，也不是邱妙津式的决绝生命／写作演出。他的对同志伦理的推衍，表现在对推理小说这一文类的兴趣上。《夜行之子》《惑乡之人》已经可见推理元素的使用。是在《断代》里，郭真正将这一文类抽丝剥茧的特征提升成对小说人物关系、身份认同的隐喻。在同志的世界里，人人都扮演着或是社会认可，或是自己欲想的角色。这是表演甚至扮装的世界，也是一个谍对谍的世界。双方就算是裸裎相见，也难以认清互相的底线。

对郭强生而言，推理的底线不是谁是同志与否，而是爱情的真相。这是《断代》着墨最深的地方。如果"爱情"代表的是现代人生"亲密"关系的终极表现，郭强生所刻画的却是一种吊诡。同志圈的爱欲流转，往往以肉体、以青春作为筹码，哪有什么真情可言？同志来往"真相大白"的时刻，不带来爱情的宣示，而是不堪，是放逐，甚至是死亡。但相对地，郭强生也认为正因为这样的爱情如此不可恃，那些铤而走险、死而后已的恋人，不是更见证爱情摧枯拉朽的力量？

摆荡在这两种极端之间，《断代》的故事多头并进。结局意义如何，必须由读者自行领会。对郭强生而言，《断代》应该标志自己创作经验的盘整。青春的创痛、中年的忧伤成为一层又一层的积淀，如何挖掘剖析，不是易事。早在《夜行之子》

里，他已经向西方现代同志作家如王尔德（Oscar Wilde）、普鲁斯特（Marcel Proust），以及佛斯特（E. M. Foster）等频频致意，反思他们在书写和欲望之间的艰难历程。借着《断代》，他有意见贤思齐，也回顾自己所来之路。荒唐言中有着往事历历；再回首已是百年身。他创造了一个痴昧的城邦——也是充满魑魅的城邦。

后　记

郭强生十八岁进入台大外文系，我有幸曾担任他的导师。大学四年，强生给我的印象是极聪明、极乖巧，风度翩翩，不愧是校园才子，读书则力求"适可而止"。大四毕业那年，强生出版《作伴》，应他所请，我欣然为之作序，期许有加。哪里知道当时的老师和学生其实一样天真。

九〇年代中期强生赴纽约大学深造，我适在哥伦比亚大学任教，于是又有了见面机会。记得他邀请我看了好几场百老汇戏剧，聚会场合也常看到他。我甚至曾安排他到哥大教了几年课。之后他回到台湾，我转往哈佛，逐渐断了联络。

强生回台后曾经热衷剧场编导，未料这几年他重拾小说创作；而且迭获好评。看强生的作品我每每觉得不安，倒不是内容有多少耸动之处，而是叙述者的姿态如此阴郁苍凉，和印象中那个年轻的、仿佛不识愁滋味的大学生判若两人。我不禁关心起来：这些年，他过得好么？

在新作中他对自己成长的世代频频致意，不禁让我心有戚戚焉。想起他大学英文作文写的就是小说，而且内容悲伤，以致我十分不解。我们的师生关系是一回事，但显然有另一个作为小说家的强生，这些年经过了更多我所不知道的生命历练。虚构与真实永远难以厘清。阅读他的小说，还有他更贴近自己生活的散文，我似乎正在重新认识——想象——一个作家的前世今生。

也许这正是文学迷人之处吧。强生的新作定名为《断代》，似乎呼应了我们的今昔之感。曾经的少年已经是中年，谁又没有难言的往事？唯有文字见证着一路走来的欢乐与悲伤。谨缀数语，聊记三十年师生缘分。祝福强生。

在纯真失落的痛苦中觉醒——
郭强生专访

何敬尧 采访

何：《断代》的书写突破了以往同志文学的单一位置，企图站在一个更高点、更宽广的面向上，重新回顾台湾同志历史。对您而言，此书写角度有何意义？

郭：我一直对于同志文学这个标签有疑问。譬如，你要如何定义它？作品中有同志角色？是否要验明正身，我是同志，所以我写的东西叫同志文学？读者是同志，所以才归类为同志文学？甚至，是不是同志文学只是同志运动底下的附庸？作为创作者，我不会先想这是不是同志文学，只是认真对待让我觉得值得思考的主题。我从一个文学创作者的角度出发，探索这些同志角色如何看待自己的成长、如何应对面貌丕变的大环境。现在的人很容易受短线的激情刺激一下，而后却是船过水无痕。以同志的背景去切入台湾这三十年的变化，可以帮助我带出一个重要的概念——从八〇年代以后，台湾时常处于"纯真失落、激情过后"的焦虑与彷徨。这与同志运动很像：诸多以往受争议且不见于大众讨论的话题都揭开了，可是接下来要如何走下去呢？像台湾的环境，忽然解严、选"总统"了，但接下来要面对一个大疑问：还能相信什么？过去的威权洗脑、国族的负担、旧的身份都拿掉了，好轻松，激情兴奋了一下，却发现接下来衍生了更多问题，比想象中更难处理。

何：所以其实更像是描述时代的小说？
郭：我认为作家一定都会被自己的时代制约，但同时作家最重要的任务，则是要观察自己的时代。我们这一代的人最大的冲击与痛苦是，知道这世界不是表面上看到的这样而已，那还要相信什么呢？纯真失落之后，激情之后，还有什么可以相信？我找到的方式，则是一种文学上的处理，不是把它当成一种运动的议题，而是要把这些议题拉到一个文学的再创造。真正说起来，这是一本关于时间与回忆的小说。若你说《断代》是用一个更高点、更宽广的角度来看，我则会说，这是回归到以文学来思考的原点。我想要把前因后果经由我现在的观点来重新整理。这样的书写，早十年我可能也做不到。我从二〇〇〇年返台之后，这十多年来也经历了时代的激情，但创作者如果随之起舞，可能就无法进行写作。我也是到二〇一〇年才开始把心静下来。文学都是需要沉淀的，与网路的即时很不相同。到目前为止的《夜行之子》《惑乡之人》到《断代》，我都是在处理这样沉淀过的心情。

所以，我不会自己设计出一种叙事的风格或策略框限住自己，而是让题材考验自己还能不能找出不同的书写方式。

何：《断代》安排了"阿龙"这一位异性恋（双性恋？）的人物，作为串联篇章的角色，这样的角色象征什么？

郭：故事中，一定要存在属于这个时代的人，不能只是沉溺在八〇年代。看望过去的理由，是为了看接下来要如何走。现在要做 gay 会比以往简单，认识人的管道也多，但这么多复杂的选项，反而令人更迷糊。这些更多的选项，真的能让孩子们理解性是什么？爱是什么吗？譬如阿龙，他对于异性有感觉，但又同时认为他做酒店小姐的女朋友是不干净的，在这种羞耻心之下，还有更深一层的羞耻：若爱的是同性，他喜欢的会是年纪大的五十几岁的欧吉桑，这样反而让他更困惑——做了同志，他将成为边缘世界里更边缘的人。开了门之后，才知道那是另一个世界，才发现自己的心何其复杂，真正面对自己也更困难。揭开问题，并不代表就会得到答案。

何：在 gay bar "美乐地"门前的众多鬼魂聚会，让读者心惊胆破，此情节是否暗喻了什么？

郭：鬼故事很难处理。在所有的文本里都存在着鬼，不是那种眼睛看到、撞邪的鬼，我想要拉出来的鬼，是在故事、历史、记忆里的鬼,让它自然呈现出来。我想要抓住故事里本身的鬼,就算读者看到也不会觉得奇怪,像是我的《夜行之子》《惑乡之人》里面都有鬼呀。我一直企图跟不同的鬼沟通,毕竟,鬼比人有趣多了。我想要将有形／无形、阳间／阴间这样的空间概念打破,就像是那一间 gay bar,进去便是一个梦,可以通往各处。我想要创造出一些新的鬼,而这些鬼都是同志,我觉得很有趣。

何:《断代》的一些章节,引用了王尔德、萨特、E.M. 福斯特、加缪的名句作为引言,是否与小说主题有所关联?

郭:确实很有关联。我想探索一个新时代的存在主义需要思考的问题。我想要回到存在主义式的提问:关于同志的"存在"是什么?早年存在主义宣布了上帝已死,现在我们一步步走向更无所依靠的世界。我企图用小说提供了一个假设:人类除了没有神,而同时以往相信的性、婚姻、家庭三者合一的关系也可能面临崩解,那会是什么样的状态?这个问题探到底处,是不分同性或异性恋的。"我究竟是谁?"究竟"我"是社会给我的位置、是用你如何爱或选择不爱所做的宣誓?还是存在其他意义?我的小说希望能给有这些对存在抱持疑问的读者来看,就算你不是同志,也能从这些问题看见自己。

——《联合文学》杂志三六四期

沙影梦魂，众生情劫：谁是凶手？

张霭珠

郭强生的《断代》乃是继《夜行之子》（二〇一〇）和《惑乡之人》（二〇一二）的力作。在郭强生的同志小说中，总有一群漂泊游离的帅男、型男、剩男、弃男，挥霍虚耗着突如其来的情欲和（不再）青春叛乱的肉体，带点装腔作势，带点浪荡不羁，仿佛急于向别人和自己证明：这肉身还活着。然而在那千姿百态的皮相肉身下却藏着透到骨子里的寂寞苍凉。有时阅读郭强生仿佛在阅读酷儿版的张爱玲；然而张爱玲小说中，异性恋男女主角在阴暗角落的权谋算计不只是爱情，还包括随着爱情可能带来的婚姻和其附加价值。而在郭强生的"张爱玲酷儿版"，男同志对于爱情的权谋算计却是因为婚姻成家不可得，"真爱"成为了唯一的诉求，反更凸显同志爱情的曲折与吊诡。

相较于《夜行之子》偶尔流露出辞溢于情的感伤主义，《断代》的文字则更为凝练精准，刻画入微的呈现了同志肉身情欲和爱恨嗔痴的浮世绘，比起白先勇不遑多让；他犀利又深刻的直捣同性恋和异性恋之间恐同和恋同的灰色地带，且又将性和政治交互指涉谐仿，可说是直追创作《美国天使》的汤尼·库许纳（Tony Kushner）。郭强生所塑造的各种各样同志角色鲜活立体，不限于前同运时期台湾文学那些受到天谴、背负道德原罪的负面剪影，也不囿于后同运时期某些同志文学政治正确的"好男人症状"。《断代》的几个主要角色均被赋予复杂的心理深度，以及面临抉择算计时人性的挣扎。

小说叙事以推理小说的手法展开，从美乐地酒吧老板倒地不起、遭人纵火且又鬼影幢幢来追索悬案元凶；循这样的故事线来串缀几个主要角色的回忆和忏情告白，而对悬案的追问则演绎为对性向认同的追问："你是不是？"也是追查众生情劫之罪魁祸首的楔子。年老色衰的老七守着中山北路七条通男同志酒吧，"美乐地"是他营生的工具，也是他打发人生残暮，借以和社会连接的唯一途径。他唯一认定的情人是多年前邂逅却突然失联的"大学生"，为此他无视于扮装皇后汤哥锲而不舍的追求。但他在汤哥罹患绝症时提供食宿，伴他走完人生最后一程，也算是有情有义。小锺是民歌手兼音乐制作人，也是小说中最具反思能力的角色（他往往也是作者批判社会现状的代言人）。小锺情路坎坷：他在高中时受到同学姚瑞峰的诱惑，尝到情欲初体验。大学时和姚重逢，与姚及姚的好友阿崇成为死党，在姚利用女友Angela的"掩护"下，上演着暧昧又似假还真的四角关系。各人大学毕业后，姚有意往政途发展，和Angela结了婚；阿崇大学时义正词严，在社运活动中摇旗呐喊，后来却掏空家族企业，潜逃美国，和土生华人汤玛斯共筑爱巢……

在小锺的回顾中，他和姚与阿崇这段介于"男男社交"和"男男性交"之间的三角关系，扑朔迷离，终将人鬼殊途："拒绝了任何字符将我们命名，我们永远也成不了彼此生命中真正的，同志。在未来都只能各自上路，生存之道存乎一念之间，谁也念不了谁的经。就让同学的归同学，同志的归同志。"

小锺是个有良知、不回避伦理责任、对自我诚实的人，然而这也形成他生命中无法承受之重。在一九九〇年代"关于这座岛的很多谎言都将被毁灭……旧的谎言被揭穿，新的谎言立刻补位"，小锺却无法如姚般的机敏权谋；姚趁着"大好时机已为所有想翻身者打开了大门，受害者的光荣标签几乎来不及分发"的社会转型期，利用自己出身于原住民母亲的身份，抢到了受害者光荣的标签，成为进身政坛的敲门砖。

小锺关心同志议题，鼓起勇气在音乐会的舞台上公开出柜，然而却未在对的时机做对的事情。在同志运动初期，激进分子需要"华丽梦幻彩光的加持，要异性恋对他们敬爱地拍拍手"，锺却不识时务地要求台下连署，要求治安单位扫荡三温暖，"避免药物与不安全性爱对同志生命的残害"。如此"不识时务"使他成为同志圈内所排斥的反动保守分子。小锺对同运的批评带着厌世者的喋喋不休，却不乏黑色幽默的异想，令人想到王文兴《背海的人》中的爷。他想象如自己这般连在同志国度都无法取得公民权的沉默大多数，带来改变世界的那一天：

　　等到他们终于发狂了的那一天，有的脱下内裤冲进嘉年华式的反歧视大游行队伍中，如洪水猛兽对着咩咩可爱羊群扑咬，接着不顾花容失色的四面惊叫，他们开始射精，看看这个扮神扮鬼恐吓他们的世界，最后到底能定出他们什么罪名！

小锺虽然出柜，仍不忘对家的责任。妹弟长年移民国外，小锺独自负起为年迈患病的父母照护送终的责任，最后在乡下家屋和两老的骨灰坛相对，虽不能传宗接代，也算无愧于心："虽然是烂命一条，至少知道生错的是时代，不是自己。"小锺对于男欢男爱，有自己独特的观察与妙语：

　　同性间太清楚彼此相同的配备，对方的施或受与自己的性幻想，根本无法切割……这种同时以多种分身进行的性爱，是需要更高度进化发展后的脑细胞才能执行的任务……

相对于老七和小锺，阿龙和姚则是游走于同性恋和异性恋机制之间的角色。在超商打工的阿龙已有女友小闵，却意外卷入老七中风和美乐地酒吧的火灾。当年暗恋阿龙的国标舞助教Tony在一场选举活动中表演而被媒体污名化，乃至羞愧自杀。

阿龙自责于未能及时救回 Tony，而将赎罪的念头移情至老七，不顾小闵的不满而去照顾老七，未料却一步步介入美乐地酒吧人鬼夹缠的异质空间。有趣的是，就连群鬼漫游、等待超度的场域也具体而微地呈现了同志时尚恋物的次文化：

> 在 MELODY 门口守候的人已经多到十位。在入夜的低温下，约定好了似的都是全套西装打扮……有一九八〇年代那种大垫肩型的，或一九九〇年代长版窄领四扣的……一群衣冠楚楚的身影，就这样在店门前聚集不散，仿佛前来参加一场神秘的聚会。

在推理小说般的叙事中，最终谜底解开，姚竟是所有要角情劫的"元凶"：他是老七终其一生唯一认定的"大学生情人"，也是小锺濒死自惭形秽也要见上一面而无憾的初恋对象，更是阿崇一路委曲求全却难讨其欢心的炮友。姚周旋于众男人之间，游刃有余，而在异性恋婚姻的庇护下，事业家庭左右逢源。他在同志圈内，是个高明的不沾锅玩家，也是个掠夺者；然而故事结尾，由于美乐地火灾，一张被老七珍藏多年的"情人照"曝光于媒体，姚的入阁之梦毁于一旦。从另一角度而言，原生家庭破碎的他渴望有自己的家，在异性恋机制的恐同窥视下仕途中断，他又何尝不是个受害者？

最后，在老七宣告不治的时刻，阿龙听从汤哥鬼魂的指令，放火烧掉美乐地，也解放了这群来自不同年代，备受压迫桎梏的同志冤魂。一则则原本可发展为浪漫传奇、惊心动魄的邂逅，最终变调为似是而非、又似曾相识的沙影梦魂、弥漫着痴昧且痴魅的酷儿志异。

在郭强生戏剧化的多线叙事铺陈下，同志的爱情和政治、性、谎言以及恐同窥视之间难以切割；阴郁秾丽的忏情告白和恋人絮语总挥不去纠纠缠缠的魑魅魍魉：那些恍若前世今生的情伤史或伤情史；那一连串被作践和作践别人的爱情病历表；终身伴侣不可得而必须孤独面对青春不再、贫病老残的终极宿命；以及出柜或不出柜都得如鬼魅般，守着黑暗王国的一方秘密基地作为存活的策略⋯⋯这种种同志的集体记忆和情感结构，都在郭强生兼具宏观与微观的笔下深刻展现。

张霭珠，台湾交通大学外文系教授，著名酷儿与性别理论、剧场表演与影像文化学者，着有《性别越界与酷儿表演》《全球化时空、身体、记忆：台湾新电影及其影响》、英文学术专书 Queer Performativity and performance 以及 Remapping Memories and public Space: Taiwan's Theater of Action in the Opposition Movement and Social Movements, from 1986 to 1997 等。

©民主与建设出版社，2018

图书在版编目（CIP）数据

断代 / 郭强生著. -- 北京：民主与建设出版社，2018.3

ISBN 978-7-5139-1945-6

Ⅰ.①断… Ⅱ.①郭… Ⅲ.①长篇小说—中国—当代 Ⅳ.①I247.5

中国版本图书馆CIP数据核字(2018)第020803号

断代©2015郭强生
中文简体字版©2018银杏树下（北京）图书有限责任公司
版权登记号：01-2018-2980

断代

DUAN DAI

出 版 人：李声笑	
著　　者：郭强生	
筹划出版：后浪出版公司	
出版统筹：吴兴元	编辑统筹：梅天明
责任编辑：王　越	特约编辑：王介平
营销推广：ONEBOOK	装帧制造：墨白空间·曾艺豪

出版发行：民主与建设出版社有限责任公司
电　　话：（010）59417747　59419778
地　　址：北京市海淀区西三环中路十号望海楼E座7层
邮　　编：100142
印　　刷：天津翔远印刷有限公司
版　　次：2018年7月第1版
印　　次：2018年7月第1次印刷
开　　本：889mm×1194mm　1/32
印　　张：9.75
字　　数：193千
书　　号：ISBN 978-7-5139-1945-6
定　　价：42.00元

后浪出版咨询（北京）有限责任公司 常年法律顾问：北京大成律师事务所　周天晖 copyright@hinabook.com
未经许可，不得以任何方式复制或抄袭本书部分或全部内容
版权所有，侵权必究